中國語言文字研究輯刊

二五編

許學仁 主編

第 5 冊

高誘音注研究

劉 芹 著

花木蘭文化事業有限公司

國家圖書館出版品預行編目資料

高誘音注研究／劉芹 著 -- 初版 -- 新北市：花木蘭文化事業
有限公司，2023〔民112〕
目 4+206 面；21×29.7 公分
（中國語言文字研究輯刊 二五編；第 5 冊）
ISBN 978-626-344-426-3（精裝）
1.CST：（漢）高誘 2.CST：聲韻學 3.CST：研究考訂
802.08   112010451

ISBN-978-626-344-426-3

中國語言文字研究輯刊
二五編　第五冊　　　　　　　ISBN：978-626-344-426-3

高誘音注研究

作　　者　劉芹
主　　編　許學仁
總 編 輯　杜潔祥
副總編輯　楊嘉樂
編輯主任　許郁翎
編　　輯　張雅淋、潘玟靜　美術編輯　陳逸婷
出　　版　花木蘭文化事業有限公司
發 行 人　高小娟
聯絡地址　235 新北市中和區中安街七二號十三樓
　　　　　電話：02-2923-1455 ／傳真：02-2923-1452
網　　址　http://www.huamulan.tw 信箱　service@huamulans.com
印　　刷　普羅文化出版廣告事業
初　　版　2023 年 9 月
定　　價　二五編 22 冊（精裝）新台幣 70,000 元　　版權所有‧請勿翻印

高誘音注研究

劉芹 著

作者簡介

劉芹，女，1979 年出生，江蘇省高郵市人。首都師範大學文學博士，師從馮蒸教授，主要從事歷史語言學、漢語音韻學研究。現為揚州大學廣陵學院副教授，碩士研究生導師，江蘇省語言學會會員，揚州市語言學會理事。2016 年入選江蘇省高校「青藍工程」優秀青年骨幹教師培養對象，2021 年入選江蘇省高校「青藍工程」中青年學術帶頭人培養對象。先後在《中國典籍與文化》《古漢語研究》《南開語言學刊》《古籍整理研究學刊》《江海學刊》等刊物發表論文數十篇。

提　要

　　高誘是東漢末訓詁大家，曾師從東漢大儒盧植，一生著述頗豐。現存「三書注」——《戰國策注》、《淮南子注》、《呂氏春秋注》是後人瞭解和研究高誘在傳統小學史上成就的重要依據。通過對高誘「三書注」音注材料的測查與分析，考察高誘音注所用方法、術語，整理出音注術語體式，界定音注術語功能，揭示上古中古語音音變對應規律，尋求高誘音注原因及其音注指導思想，反映高誘音注表現的音義關係現象，探討上古漢語異讀與形態音變關係。

　　文章緒論主要介紹「三書注」的版本情況，高誘音注研究情況、研究價值及高誘音注研究存在的問題，說明所要解決的問題、使用的材料和方法。第二章分析高誘音注情況，對高誘音注使用的音注方法及音注方式、術語作出說明，且對音注術語的體式進行分類討論。第三章討論高誘音注術語的性質功能，高誘直音、比擬音注術語與性質功能相互交叉，譬況音注術語可能與聲調變化、聲母清濁相關。第四章通過高誘音注材料揭示上古中古語音音變對應規律，同時對高誘音注被注音字與注音字語音對應的聲紐混注、韻部對轉、韻部旁轉等現象作出總結，在此基礎上結合各家上古漢語擬音說明上古漢語聲紐、韻部各自語音關聯。第五章梳理高誘音注中保存的方音，追溯部分方言區保存古方音的歷史。第六章解讀高誘音注原因，高誘音注除了純粹注音以外，至少有將近一半是為明義而注，可見詞語的音義關係從來就是關聯密切的。第七章重點探討高誘音注反映的音義關係問題，即詞彙意義和語法意義變化是如何通過語音變化實現的？語法意義變化與語音變化之間是否存在規律？第八章對高誘音注異讀反映的上古漢語形態問題進行揭示，以肯定東漢時期已存在形態音變現象。最後總結前述諸章研究內容。

江蘇省高校「青藍工程」項目
（蘇教師函〔2021〕11號）階段性成果

目

次

第一章　緒　論

　　高誘是東漢末的訓詁大家，曾師從東漢大儒盧植，史書無傳，生卒年不詳。一生著述頗豐，除了注過《呂氏春秋》、《淮南子》外，還注過《戰國策》（自北宋即已有散佚），另撰有《孟子章句》、《孝經解》（後兩書早已亡佚）。今天我們所能見到高誘作的注本即世人所謂高誘的「三書注」──《戰國策注》、《淮南子注》、《呂氏春秋注》。高誘「三書注」是後人瞭解和研究高誘在傳統小學史上成就的重要依據與憑藉。

第一節　高誘「三書注」版本情況

一、高誘「三書注」略說

　　《四庫全書·雜史類·戰國策注·提要》記載：「後漢高誘注本二十卷今闕第一、第五、第十一至二十，止存八卷……有誘注者僅二卷至四卷，六卷至十卷〔註1〕。」《隋書·經籍志》：「《戰國策》二十一卷，高誘撰注〔註2〕。」到宋代時，《戰國策》正文和注文都有散佚，高誘注本「今存者十篇〔註3〕」。（現

〔註 1〕永瑢、紀昀等：《文淵閣四庫全書》（第 406 冊），臺北：臺灣商務印書館，1986 年版，第 239 頁。
〔註 2〕魏徵等：《隋書·經籍志》，北京：中華書局，1973 年版，第 959 頁。
〔註 3〕諸祖耿：《戰國策集注匯考》，南京：江蘇古籍出版社，1985 年版，第 1800 頁。

·1·

在高誘《戰國策》注本十篇，較清代多出來的兩篇即卷三十二《宋衛》、三十三《中山》，這兩篇可能是從其他傳本中補進的。後姚宏重校時，又加注。為與高注相別，他在高注後加「續」字。但在流傳過程中，有時「續」字脫漏，這就造成了與高注相混的現象。）殘存的高誘注文，主要集中在今本《戰國策》卷二至卷四、卷六至卷十、卷三十二、卷三十三這十卷中。

《四庫全書・雜家類・淮南鴻烈解・提要》：「《隋志》、《唐志》、《宋志》皆許氏、高氏二注並列。陸德明《莊子釋文》，引《淮南子》注稱許慎。李善《文選注》，殷敬順《列子釋文》引《淮南子》注或稱高誘或稱許慎，是原有二注之明證。後慎注散佚，傳刻者誤以誘注題慎名也〔註4〕。」現在《淮南子》的傳世本，是高誘和許慎兩家注的混合本。清代以後的許多學者對高注進行了整理，並依據唐宋類書進行了輯佚，其中清人陶方琦《淮南許注異同詁・自敘》云：「臣某據文推次，頗見端緒。高注篇各皆有『故曰因以題篇』之語，其間奇字，並載音讀〔註5〕。」楊樹達持有相同觀點，認為今本注許、高混亂，凡篇題上注有「因以題篇」四字者即為高注，列出《淮南子》中高誘注十三篇分別為《原道》、《俶真》、《天文》、《地形》、《時則》、《覽冥》、《精神》、《本經》、《主術》、《氾論》、《說山》、《脩務》，餘八篇《繆稱》、《齊俗》、《道應》、《論言》、《兵略》、《人間》、《泰族》、《要略》為許注。近人劉文典亦持與此二家相同觀點，目前此結論已為大多數人接受。

《四庫全書・雜家類・呂氏春秋・提要》：「自漢以來，注者惟高誘一家。訓詁簡質〔註6〕。」

由此可見，高誘《戰國策注》已殘缺不全，《淮南子注》摻有許慎的注解，《呂氏春秋注》保存完好。

二、「三書」注本略說

《戰國策》由西漢劉向編訂而成，東漢末涿郡人高誘最早為《戰國策》作

〔註4〕永瑢、紀昀等：《文淵閣四庫全書》（第848冊），臺北：臺灣商務印書館，1986年版，第505頁。

〔註5〕顧廷龍等：《續修四庫全書》（第1121冊），上海：上海古籍出版社，2002年版，第412頁。

〔註6〕永瑢、紀昀等：《文淵閣四庫全書》（第848冊），臺北：臺灣商務印書館，1986年版，第272頁。

注。及至今日，各家校勘注釋《戰國策》皆以高注本為憑依。

《淮南子》原名《淮南鴻烈》，由淮南王劉安及其門客集體編纂而成。該書是繼《呂氏春秋》之後，集先秦諸子學說之大成而為一家言的又一部大書。先後給《淮南子》做過注的，僅東漢一朝，就有許慎、馬融、延篤、盧植、高誘等人。但流傳至今的，僅有高誘注及許慎注（許注為輯本）。至明代，許、高二家之注已混雜不分，後經幾代學者分析考證，才得以將高注十三篇、許注八篇分開。

《呂氏春秋》是秦人呂不韋及其門客編纂而成，《漢書・藝文志》記錄該書有 26 篇。盧植曾為《呂氏春秋》、《淮南子》等作過訓解。高誘《呂氏春秋・序略》云：「復依先師舊訓，輒乃為之解焉。」另《淮南子注・敘》載：「自誘之少，從故侍中同縣盧君（盧植），受其句讀，誦舉大義。」由此可知，盧植確作《呂氏春秋訓解》等書，惜原書不存。現在可見的傳世本基本上是《呂氏春秋》正文與高誘注文的合本，並無白文單行本。世傳最早為北宋刊本，以後歷代皆有刊本或鈔本，大抵是以高誘注本為底本。

三、高誘「三書注」校本

（一）《戰國策注》校本

曾鞏校訂本，曾鞏，北宋人，他將殘缺的官藏劉向校本和高誘注本彙集成書，並借散落在民間的藏本相校，恢復到劉向所校的卷數。

姚宏《戰國策續注》，姚宏，北宋人，他匯合諸本，依據曾本高注續加校注，刊行於世，篇第仍依曾本之舊。

姚寬《戰國策集注》，姚寬係姚宏弟，其所舉引證書籍及所存佚文之古注比姚宏多。

南宋鮑彪，鑒於舊本之訛誤，以及高注與原文偶有混淆，依曾本重加編訂，並為之注，1174 年編成《戰國策注》十卷。

元人吳師道不滿鮑氏重排卷次，妄改古書，於是就以鮑本為底本，正其謬誤，補其闕漏，於元泰定二年（1325 年）撰成《戰國策校注補正》。

明清時期，流傳的《戰國策》版本主要是鮑彪注十卷本，吳師道補正鮑注十卷本和姚宏注三十三卷本（包括題高誘注三十二卷本）。

（二）《淮南子注》校本

清代學者王念孫《讀書雜志》八十二卷，其中《淮南子內篇雜誌》二十二卷，主要從文字、音韻、訓詁、校勘諸方面對《淮南子》進行考釋。多據高注訂正文之訛誤，部分論及高注之失誤。

清人俞樾《諸子平議》三十五卷，其中《淮南內篇平議》三卷，俞氏的訓詁、考據，在方法上跟王氏一致，以古音求古義，不限形體，只是不如王氏謹嚴。

民國劉文典撰有《淮南鴻烈集解》二十一卷，於民國十二年癸亥（1923）上海商務印書館排印。

民國方光撰《淮南子要略篇釋》一卷，民國十七年辛卯（1928）惠陽方氏山山館刊《國學別錄》。

另外還有吳承仕撰《淮南子舊注校理》，民國十三年付文楷齋刊本；楊樹達撰《淮南子證聞》，一九五三年中國科學院排印；向宗魯撰《淮南子校文》，手稿本，鍾佛操有過錄本；馬宗霍撰《淮南子舊注參正》，一九八四年齊魯書社排印；于省吾撰《淮南子新證》，在《雙劍誃諸子新證》內；何寧撰《淮南子集釋》，中華書局一九九八年十月版；張雙棣撰《淮南子校釋》，北京大學出版社一九九七年八月版。

（三）《呂氏春秋注》校本

高注《呂氏春秋》流傳至今雖然已有 1800 餘年，但卻一直不受重視。直至有清一代，考據之風大興，畢沅以元刊大字高誘注本為底本，參校李翰、許宗魯、宋啟明、劉如寵、汪一鸞、朱夢龍、陳仁錫諸本，加以校勘，並錄盧文弨、謝墉、錢大昕、孫志祖、段玉裁、趙曦明、孫星衍諸說，附加己意作《〈呂氏春秋〉新校正》，學術界這才對其研究重視起來。

此後有許維遹《呂氏春秋集釋》，民國二十二年，榮成許維遹以畢沅校刊靈巖山館本為底本，參校眾本，引證古代典籍，博採各家之說，間附己見。

蔣維喬等《呂氏春秋匯校》，民國二十四年，武進人蔣維喬以畢沅校經訓堂原刊本為底本，引據古代典籍，唐、宋類書及元、明諸本，校訂偽舛，對畢校本亦多指謫。

陳奇猷自 1938 年始，歷時 40 餘年整理研究《呂氏春秋》，數易其稿，最

終於 1984 年纂成《呂氏春秋校釋》一書。該本以畢沅校正本為底本，廣搜元、明舊刊本及日本諸刻本十餘種，並參校唐、宋以來類書及甲骨、金文材料輔以考證，且在書末附《呂氏春秋佚文》、《呂氏春秋校釋所引據舊刻本》、《呂氏春秋校釋引用諸家校說列目》、《呂氏春秋考證資料輯要》等重要資料。

其後，陳奇猷又以近 20 年的時間進行補證，寫成《呂氏春秋新校釋》，該書不僅對以往的校釋進行了大量補充，還對古人的論述作出校正。《呂氏春秋新校釋》是一部研究《呂氏春秋》及高誘注的巨著。

《呂氏春秋注疏》為王利器所作，作者廣搜博採，歷覽群籍，書中不僅對呂書的源流、思想等作了精闢的考證和論述，而且疏解舊注，對原書、舊注的出處作了詳細的考證，訂正文字，判明訛誤，澄清聚訟。《呂氏春秋注疏》堪稱學林奇峰，為學者研究《呂氏春秋》及高注必備之書。

第二節　高誘音注研究現狀

古注中的音注材料為研究當時語音情況提供了重要線索，高誘「三書注」中的音注材料，對於瞭解漢代的語音面貌具有重要的意義，於是就有學者利用高誘音注材料開展語音研究。目前有關高誘音注的研究情況，單篇論文較多，如 1991 年平山久雄著、曲翰章譯《高誘注〈淮南子〉〈呂氏春秋〉的「急氣言」與「緩氣言」》一文，專門討論了高誘音注術語「急氣言」、「緩氣言」的性質意義。王明春 2005 年《高誘注中的「讀曰（為）」和「讀如（若）」》、2006 年《高誘注中的注音術語》，繼續對高誘音注的術語性質展開研究。1992年楊蓉蓉關注到高誘注中保存的一些古代方音語料，成文《高誘注所存古方音疏證》，展示了高誘音注材料的方言價值。2002 年華學誠對這一專題再度挖掘，有文《論高誘的方言研究》，對高誘古注引證的 84 次方言，25 個不同地名，分地域進行了詞義與方音的討論。2004 年徐志林專注於高誘注《呂氏春秋》的讀音研究，《〈呂氏春秋〉高注音讀研究》以《呂氏春秋》高誘注中保留的 66 條注音例，對照王力先生上古聲韻系統，描寫高誘音注被音字與注音字的聲韻異同情況。2005 年吳先文《〈淮南子〉高誘注之注音研究》對於《淮南子》高誘注的同字標音、他字標音兩種注音方法進行了梳理說明。2009 年何志華《〈淮南子〉高誘注音讀斠證》一文，以高注為例，分析考證高誘注音體

例及依據，並加校證。2020 年孫玉文以高誘《呂氏春秋注》《淮南子注》的注音材料與中古韻書《廣韻》、《集韻》作對比，梳理中古韻書未收的一些上古讀音，可以說孫玉文《從東漢高誘的注音材料看中古韻書未收的一些上古讀音》一文，啟發我們把握重視所有上古漢語的語音語料，充分肯定這些語料對於深入研究上古語音現實的必要意義與重要價值。

以上單篇文章論題多集中在高誘音注術語性質、高誘音注保存的方音，高誘音注方式方法、高誘音注校正、高誘音注保存的古音等方面。這些文章因為選題限制，或者研究內容侷限某一領域，或者研究對象未能覆蓋高誘所有音注材料，或者不能完全展開深入問題本質。所以對高誘「三書注」音注材料的語音價值挖掘皆流於表面，不夠深入詳細。

當然，高誘音注相關的專題研究文章也有一些，比如翟思成 2001 年碩士學位論文《高誘音注材料測查與分析》，主要以《呂氏春秋》83 例高誘音注材料作為測查對象，輔以《淮南子》音注材料作補充，分析了高誘音注體式，對高誘音注術語性質作了界定，並肯定了高誘音注材料在訓詁學方面的價值。其他有關高誘音注的專題文章多從訓詁角度展開，其中涉及一些音注問題或音注現象的論述。如：2003 年徐志林《〈呂氏春秋〉高誘注研究》，2004 年趙奇棟《〈淮南子〉東漢注研究》，2004 年王明春《高誘訓詁術語研究》，2004 年吳先文《〈淮南子〉高誘注訓詁研究》，2005 年王麗芬《〈呂氏春秋〉高誘注研究》，2008 年吳欣《高誘〈呂氏春秋注〉詞彙研究》等。這類專題研究多是涉及高誘音注方式、音注術語功能及高誘音注標音精細方面的討論，具體的上古漢語語音反映的事實或規律揭示基本沒有。

綜觀目前學界對高誘音注的研究現狀，較多集中在高誘音注方式、音注術語的性質、被注音字與注音字上古聲韻對比概況、音注保存的方音現象探討幾個方面。這些研究高誘音注的文章使用的材料多因選題限制，未能囊括所有高誘音注材料。最為重要的一點是，高誘音注材料的語音價值未能完全得到挖掘。目前對於高誘音注材料的語音認識描寫的多、解釋的少，只關注到中古韻書未保存高誘的一些注音，儘管認識到這些注音對於揭示上古漢語語音有積極現實意義，真正著手分析探究的文章，目前卻仍未見到。鑒於目前高誘音注研究存在研究對象狹隘不全面，研究內容侷限不深刻，研究價值體現淺顯不充分，我們認為有必要對高誘音注作一個全面系統的梳理研究，這將有助於上古

漢語的研究。對高誘音注被注音字與注音字的上古中古聲韻概況作個比較，尋找上古至中古語音音變規律，同時揭示一些上古語音聲韻事實，這可充分體現高誘「三書注」的語音價值；另外從高誘音注被注音字與注音字的音義關係中尋找漢語語詞詞彙語法意義變化規律，探求語詞在上古漢語的形態變化，這可充分挖掘高誘「三書注」的詞彙、語法價值。

第三節　高誘音注研究價值

高誘是僅次於鄭玄的又一位訓詁大師，由於傳統訓詁學研究存在重經注和《說文》的傾向，對鄭玄和許慎的研究已發展為「鄭學」、「許學」（或稱《說文》學）的同時，對東漢其他訓詁學家的研究則相對薄弱。近 50 年來學者們對高誘在訓詁實踐方面的成就有所認識，研究的論文多起來。其中不乏有對高誘部分音注材料進行研究和探討的論題，但缺乏全面性、系統性。我們認為對高誘「三書注」的音注材料進行全面的梳理研究，價值是不容忽視的，具體體現在以下幾個方面：

首先，語音研究方面。高誘「三書注」中的音注材料可以幫助探求上古至中古語音發展規律的線索，認識一些語音演變現象，如：「古無輕唇音」，「古無舌上音」，「娘日歸泥」，中古音聲紐類隔相切、部分韻類相通的情況，上古的聲類情況、韻部對轉混用情況以及古今韻類的對應關係及規律等等。

第二，詞彙研究方面。詞彙研究方面的價值主要集中於對詞義的研究。高誘的訓詁指導思想對其音注是有相當影響的，「三書注」中的音注材料包含了大量與詞義有關的信息，如詞的詞彙語境義、引申義、假借義、破讀義等，可以幫助把握高誘注重音義關係的音注思想，探索古代漢語異讀別義現象。

第三，語法研究方面。高誘「三書注」中的音注材料涉及音義關係的音注有部分異讀現象，通過對異讀現象的分析，確定異讀別義的功能，找出語音音變與語法意義變化的對應規律，探求上古漢語異讀與形態音變關係，同時為上古漢語形態研究補充論證資料，將有助於對上古漢語是否存在形態變化這一問題有更深一層的認識與思考。

最後，古籍整理閱讀、傳統文化傳承方面。通過研究高誘「三書注」音注材料，有助於對《戰國策》、《淮南子》、《呂氏春秋》三部書原文的準確解讀，更好地傳承與弘揚中華優秀傳統文化。

　　語言是發展變化的，現代漢語是古代漢語發展演變的結果，二者一脈相承。對高誘音注材料音義關係的辨析，還將有助於學校語言文字的教學，使學生更方便理清語詞的音義關係，起到以簡馭繁的效果。

　　說明：

　　1. 高誘「三書注」音注資料的收集，《呂氏春秋》沒有爭議。《淮南子》以各家認同為高注的十三篇為考察對象。《戰國策》音注材料本就少，共 8 例，其中 6 例均在考證後所得高注十篇範圍內，僅 2 例出《楚四》、《趙三》，故本文一併納入考察範圍。

　　2. 本文使用的「三書注」的本子主要是陳奇猷《呂氏春秋校釋》、劉文典《淮南鴻烈集解》、高誘（注）《戰國策》，參考畢沅校正高誘（注）《呂氏春秋》、張雙棣《淮南子校釋》、何寧《淮南子集釋》。

　　3. 本文研究使用統計分析法，應用於高誘「三書注」音注材料及注音方式統計分析中；比勘法，用於高誘注《呂氏春秋》陳奇猷校本與畢沅校本、《淮南子》劉文典集解本與張雙棣校釋本、何寧集釋本各家注解觀點的參照印證；歷史比較法，主要用於高誘音注上古音與中古音的聲韻比較分析；歸納分析法，主要用於對高誘音注中音注術語性質功能界定、高誘音注上古中古語音對應規律、高誘音注原因、高誘音注反映音義關係以及高誘音注異讀與形態音變問題的綜合歸納；文獻求證法，應用於高誘音注中標音類破讀所反映的音義關係在古文獻中的證據。

第二章　高誘音注情況

第一節　高誘音注方法及音注方式

一、高誘音注方法

　　高誘音注材料較為豐富，《呂氏春秋》、《淮南子》、《戰國策》共保存了 386 例音注材料。其中見於《呂氏春秋》注者 82 例，《淮南子》注者 296 例，《戰國策》注者 8 例，音注方法可歸納為四類。

（一）直音法

　　高誘音注採用直音法，《呂氏春秋》注者 12 例，《淮南子》注者 2 例，《戰國策》注者 6 例。由於直音法音注用例不多，於是引起一些學者的質疑。他們認為高誘音注沒有直音法，代表人物有劉文典，他說：「漢代諸師皆言「讀」，不言「音」。（高注中）凡言「某音某」者，皆後人所加〔註1〕。」陳奇猷也說：「蓋高注例言『讀若某』，無言『音某』者〔註2〕。」蔣維喬言：「高注無音某之例，漢儒注解中亦罕見〔註3〕。」又云：「高誘為字作音，僅言讀若某，無音某之例〔註4〕。」然而，高誘「三書注」中確確實實存在直音的例子，是否為後人

〔註 1〕陳奇猷：《呂氏春秋校釋》，上海：學林出版社，1984 年版，第 630 頁注 12。
〔註 2〕陳奇猷：《呂氏春秋校釋》，上海：學林出版社，1984 年版，第 437、1240、1524 頁。
〔註 3〕陳奇猷：《呂氏春秋校釋》，上海：學林出版社，1984 年版，第 276 頁。
〔註 4〕陳奇猷：《呂氏春秋校釋》，上海：學林出版社，1984 年版，第 1371 頁。

妄加，還不能認定。因此王明春認為高誘音注有直音注音法。翟思成則從直音法的起始時間和高誘的自敘兩方面提出高誘音注有直音法，並指出直音法始於高誘。

有關直音法的起始年代，洪誠《訓詁學》中主張，某，音某或某，音某某之某，這種直音方法起源於魏人蘇林。高誘《淮南子注·敘》曰：「自誘之少，從故侍中、同縣盧君受其句讀，誦舉大義。會遭兵災，天下棋峙，亡失書傳，廢不尋修，二十餘載。建安十年，辟司空掾，除東郡濮陽令，覩時人少為《淮南》者，懼遂凌遲，於是以朝餔事畢之間，乃深思先師之訓，參以經傳道家之言，比方其事，為之注解，悉載本文，並舉音讀。」通過這段高誘自敘，標舉字音「音」、「讀」二字平列，字異而義實無別。《淮南子·俶真訓》：「猶得肆其志，充其欲，何況懷瓌瑋之道，忘肝膽，遺耳目，獨浮游無方之外，不與物相弊摋。」高注：「弊，音『跋涉』之跋。摋，讀楚人言殺。」「音」、「讀」二字變文同義，即是其例。如果說直音系後人妄加於高注中，《淮南子》中畢竟只見 2 例，可是《呂氏春秋》、《戰國策》中高注「音某」直音法還有些用例，也都是妄加不成？這還是有點可疑。

另外，通過對《呂氏春秋》、《淮南子》、《戰國策》中音注術語搜查，發現高氏標舉字音之法，即用「讀」字、「音」字，謂「某讀某」、「某讀如某」、「某讀曰某」等形式；「某音某」、「某音曰某」等形式。「某讀某」與「某音某」皆取音同音近字直接注音，性質相同。

以此我們保守以為，高誘音注材料有直音法的注音方法，且直音這種注音法很可能源起於高誘，而非魏人蘇林。

（二）比擬音注法

比擬音注法，通過打比方的形式對語詞進行注音的一種方法，主要借助「讀」組合成的術語對語詞讀音作近似標注。高誘音注大多採用比擬音注法，《呂氏春秋》注者 68 例，《淮南子》注者 290 例，《戰國策》注者 2 例。具體的音注方式詳見表 2-1。

（三）譬況音注法

譬況音注法，即通過對語詞讀音的特徵進行描寫注音的一種方法。《顏氏家訓·音辭篇》：「逮鄭玄注六經，高誘解《呂覽》、《淮南》，許慎造《說文》，劉

熹制《釋名》，始有譬況假藉以證音字耳[註5]。」高誘音注譬況音注法共見 13 例，其中《呂氏春秋》注者 1 例，《淮南子》注者 12 例，此類音注法除《呂氏春秋》1 例單獨使用外，其他均與比擬音注法配合使用，旨在說明具體的發音方法。採取的音注方式詳見表 2-1。

（四）無音讀音注法

高誘音注中有 4 例「某某之某」的音注方法，皆出《淮南子》，2 例「謂某某之某」的音注方法。這 6 例注音要麼隱含有「讀」或「音」字，要麼「謂」字對等於「讀」或「音」義。茲列一類說明。

二、高誘音注方式

高誘「三書注」四種音注方法各取不同的音注方式，每類注音法使用哪種方式，表現不同，具體可據表 2-1 以察其頻次對應關係。

表 2-1　音注方法及音注方式統計表　　　　　　　　　　（單位：例）

音注方法	音注方式	《呂氏春秋》	《淮南子》	《戰國策》	合　計
直音法	音	12	2	6	20
比擬音注法	讀	12	242	1	255
	讀曰	21	21	1	43
	讀如	30	10		40
	讀若	1	5		6
	讀近	3	6		9
	讀為	1	2		3
	讀似		4		4
無音讀音注法		2	4		6
合計		82	296	8	386 [註6]
譬況音注法	急氣言		4		4
	急舌言		1		1
	急察言		1		1
	緩氣言	1	3		4

[註5] 顏之推撰、王利器集解：《顏氏家訓集解》（增補本），北京：中華書局，2002 年版，第 638 頁。

[註6] 譬況音注法 13 例中 12 例均與比擬音注法結合使用，便不再重複計入音注總數據中，所以得高誘音注材料數據 386 例。

	閉口言		1		1
	籠口言		2		2
合計		1	12		13

通過列表可看出，高誘最主要的音注方法是比擬音注法，共有 360 例，占總音注的 93.5％，比擬音注法的音注方式最多見為「讀」。其次為直音法，20 例，最多見的音注方式為「音」。譬況音注法 13 例多與比擬音注法結合使用，主要以「急」「緩」「閉」「籠」進行發音描寫。無音讀音注法 6 例。

第二節　高誘音注術語體式

高誘音注術語體式的分析研究，翟思成曾以《呂氏春秋》高誘注作為考察對象，進行過相關梳理工作。可惜的是作者材料有限，顯然對高誘音注術語體式分析不能做到全面；其次，作者在音注術語體式分析時不夠詳細，條理性不是太強；最後未能對每種術語的習慣性體式作出說明。本文在充分考察高誘「三書注」音注材料的基礎上，對高誘 386 例音注材料術語體式進行分析發現，高誘音注術語體式靈活多樣。

一、直音法的音注術語體式

（一）「音相近」式

高注屬於此式者 3 例，AB 互為異文，或 AB 有通假關係，其中 B 為本字。

1. A 音與 B 相近

《呂氏春秋·仲春紀·仲春》：「是月也，玄鳥至。至之日，以太牢祀於高禖。」高注：「郊音與高相近。」《詩·大雅·生民》：「克禋克祀，以弗無子」。毛傳：「弗，去也，去無子，求有子，古者必立郊禖焉。玄鳥至之日，以太牢祠於郊禖，天子親往，后妃率九嬪御。乃禮天子所御，帶以弓韣，授以弓矢，於郊禖之前。」鄭玄箋：「姜嫄之生后稷如何乎？乃禋祀上帝於郊禖，以祓除其無子之疾而得其福也。」陳奐傳疏：「郊禖即禖，宮於郊，故謂之郊禖。」《禮記·月令》：「仲春之月，……是月也，玄鳥至。至之日，以大牢祠於高禖。天子親往，后妃帥九嬪御。乃禮天子所御，帶以弓韣，授以弓矢，於高禖之前。」

2. A 為 B，音相近

《呂氏春秋・士容論・任地》：「其深殖之度，陰土必得，大草不生，又無螟蜮。」高注：「蜮或作螣。兗州謂蜮為螣，音相近也。」

3. A 作 B，音相近

《戰國策・秦一》：「形容枯槁，面目犁黑，狀有歸色。」高注：「歸當作愧，愧，慙也。音相近，故作歸耳。」歸為借字，愧為本字。

（二）「A 音 B」式

高注此式者 10 例，占直音法的 50%，B 為常用詞。

《呂氏春秋・仲春紀・貴生》：「故曰：『道之真，以持身，其緒餘，以為國家；其土苴，以治天下。』」高注：「苴，音鮓。」

《呂氏春秋・慎行論・求人》：「許由辭曰：『為天下之不治與？而既已治矣。自為與？鷦鷯巢於林，不過一枝……』」高注：「鷦，音超。」

（三）「A 音某某之某」式

高注此式 3 例。

1. 引用經典文句注音

《呂氏春秋・季夏紀・明理》：「其妖孽有生如帶，有鬼投其陴，有兔生雉，雉亦生鴽。」高注：「陴，音『楊子愛骭一毛』之骭。」

《呂氏春秋・離俗覽・離俗》：「乃負石而沉於募水。」高注：「募，音『千伯』之伯〔註7〕。」

2. 引用常用語注音

《淮南子・俶真訓》：「猶得肆其志，充其欲，何況懷璝瑋之道，忘肝膽，遺耳目，獨浮游無方之外，不與物相弊搬。」高注：「弊，音『跋涉』之跋」。

（四）「A 音曰某某之某」式

高注此式 1 例，某某為常用語。

《呂氏春秋・季夏紀・音初》：「周昭王親將征荊，辛餘靡長且多力，為王右。還反涉漢，梁敗，王及蔡公抎於漢中。」高注：「抎，音曰『顛隕』之隕。」

〔註7〕吳承仕《經籍舊音辨證》對此條出按語：「千『伯』之伯應作『佰』，形近之誤也。《食貨志》『無農夫之苦，有仟佰之得』，顏注音『莫白反』。字亦通作『陌』，正與募音近。《說文》：『𨟻，讀若阡陌之陌』是其比。今偽為『伯』，音義俱非。」

（五）「A 與 B 其音同」式

高注此式 1 例，B 為異文。

《呂氏春秋・貴直論・過理》：「宋王築為蘗帝，鴟夷血，高懸之，射著甲胄，從下，血墜流地。」高注：「『蘗』當作『轠』，『帝』當作『臺』，『蘗』與『轠』其音同，『帝』與『臺』字相似，因作『蘗帝』耳。」

（六）「A 音釋作 B」式

高注此式者 1 例。

《戰國策・趙三》：「虞卿曰：『此飾說也，秦既解邯鄲之圍，而趙王入朝使趙郝約事於秦割六縣而講。』」高注：「郝，音釋作赦。」

（七）「A 音某某反」式

高注此式者 1 例，兼有直音和反切注音。

《戰國策・中山》：「王曰：『寡人既已興師矣，乃使五校大夫王陵五役軍營也。』」高注：「校，音明孝反〔註8〕。」

二、比擬音注法的音注術語體式

（一）讀　如

1.「A 讀如某某之某」式

高注此式者 28 例，占全部讀如比擬音注方式的 70%。

（1）引用經典語句

《淮南子・說林訓》：「以一世之度制治天下，譬猶客之乘舟，中流遺其劍，遽契其舟桅。」高注：「桅，讀如《左傳》『襄王出居鄭地氾』之氾也。」

《淮南子・天文訓》：「秋分蔈定，蔈定而禾熟。」高注：「蔈，讀如《詩》『有貓有虎』之貓。」

《淮南子・說林訓》：「古之所為不可更，則推車至今無蟬匷。」高注：「匷，讀如『孔子射于矍相』之矍。」

（2）引用經典書目篇章名

《呂氏春秋・孟春紀・孟春》：「東風解凍，蟄蟲始振。」高注：「蟄，讀如

〔註8〕「明孝反」之「明」當為「胡」字誤。

《詩》『文王之什』。」

　　《呂氏春秋・季春紀・季春》:「是月也,乃合纍牛,騰馬游牝于牧。」高注:「纍,讀如《詩》『葛纍』之纍。」

　　《呂氏春秋・季冬紀・季冬》:「是月也,命漁師始漁,天子親往。」高注:「漁讀如《論語》之語。」

　　（3）引用常用語

　　《呂氏春秋・孟夏紀・誣徒》:「不能學者,從師苦而欲學之功也。」高注:「苦,讀如『鹽會』之鹽。」

　　《淮南子・地形訓》:「縣圃、涼風、樊桐在昆侖閶闔之中。」高注:「樊,讀如『麥飯』之飯。」

　　2.「A 讀如 B」式

　　高注此式者 10 例,占全部:讀如「比擬音注方式的 25%。

　　（1）引用經典語句

　　《呂氏春秋・季春紀・盡數》:「集於聖人,與為夐明。」高注:「夐讀如《詩》云『于嗟夐兮』。」

　　（2）AB 有通假關係,其中 B 為本字

　　《呂氏春秋・季夏紀・音律》:「夷則之月,修法飭刑,選士厲兵。」高注:「飭,讀如敕,飭正刑法,所以行法也。」飭,《說文・力部》:「致堅也,從人從力食聲,讀若敕」。敕,《說文・攴部》:「誠也,臿地曰敕,從攴束聲。」飭、敕二字讀音相近,典籍常多通用。

　　（3）異文相標

　　《淮南子・地形訓》:「䖟魚在其南。」高注:「䖟,讀如蚌也。」䖟,明《正字通》「同蚌」。

　　3.「A 讀如 BC」式

　　高注此式者 1 例,BC 為常用詞。

　　《呂氏春秋・不苟論・贊能》:「桓公使人以朝車迎之,祓以爟火,釁以犧豭焉。」高注:「爟,讀如權衡。」

　　4.「A 讀如某同」式

　　高注此式者 1 例,為方言標音。

《淮南子・說山訓》：「譬若樹荷山上，而畜火井中。」高注：「荷，讀如燕人強秦言『胡』同也。」

（二）讀

1.「A 讀 B」式

高注此式者 10 例。

（1）引用常用語

《淮南子・原道訓》：「夫舉天下萬物，蚑蟯貞蟲。」高注：「蟯，讀饒。」

《淮南子・天文訓》：「太陰在酉，歲名曰作。」高注：「作，讀昨。」

（2）方言標音

《淮南子・俶真訓》：「猶得肆其志，充其欲，何況懷瓌瑋之道，忘肝膽，遺耳目，獨浮游無方之外，不與物相弊撠。」高注：「撠，讀楚人言『殺』。」

《淮南子・本經訓》：「淌流瀷淢，菱杅紛抱。」高注：「杅，讀楚言『杅』。」

（3）AB 有通假關係，A 為借字，B 為本字

《呂氏春秋・孟春紀・孟春》：「田事既飭，先定準直，農乃不惑。」高注：「飭，讀勅。」飭、勅古音相近，常相通用。

2.「A 讀 BC」式

高注此式者 5 例，BC 為常用語。

《淮南子・原道訓》：「上游於霄霓之野，下出於無垠之門。」高注：「霄，讀紺緅。」

《淮南子・本經訓》：「秉太一者，牢籠天地，彈壓山川。」高注：「牢，讀屋霤。」

3.「A 讀 BA」式

高注此式者 1 例，BA 為常用語。

《淮南子・精神訓》：「而堯糲粝不糳，素題不枅。」高注：「枅，讀雞枅。」

4.「A 讀 CBA」式

高注此式者 1 例，以常見地名標音。

《淮南子・俶真訓》：「是故形傷于寒暑燥溼之虐者，形苑而神壯。」高注：「苑，讀南陽苑。」

5.「A 讀 EDBCA」

高注此式者 2 例,以俗語標音。

《淮南子·俶真訓》:「設於無垓坫之宇。」高注:「垓,讀人飲食太多以思下垓。」

《淮南子·俶真訓》:「夫牛蹏之涔,無尺之鯉。」高注:「涔,讀延袥曷問,急氣閉口言也。」

6.「讀 A 為 B」式

高注此式者 2 例,以方言標音。

《淮南子·原道訓》:「先者隤陷,則後者以謀;先者敗績,則後者違之。」高注:「楚人讀『蹟』為『隤』。」

《淮南子·原道訓》:「凡人之志各有所在而神有所繫者,其行也,足蹪趏埳、頭抵植木而不自知也。」高注:「楚人讀『蹟』為『蹪』。」

7.「A 讀某某之某」式

高注屬於此式者 225 例,占全部「讀」比擬音注方式的 88.2%,占全部音注材料的 58.3%。

(1)引用常用語

《呂氏春秋·孟春紀·孟春》:「無聚大眾,無置城郭,揜骼霾髊。」高注:「髊,讀『水漬物』之漬。」

《淮南子·覽冥訓》:「一自以為馬,一自以為牛,其行蹎蹎,其視瞑瞑。」高注:「蹎,讀『填實』之填。」

《淮南子·主術訓》:「人得其宜,物得其安,是以器械不苦,而職事不嫚。」高注:「嫚,讀『慢緩』之慢。」

(2)引用專名(人名、地名、水名)

《淮南子·俶真訓》:「不以曲故是非相尤,茫茫沉沉,是謂大治。」高注:「茫,讀『王莽』之莽。」

《淮南子·精神訓》:「窈窈冥冥,芒芠漠閔,澒蒙鴻洞,莫知其門。」高注:「澒,讀『項羽』之項。」

《淮南子·原道訓》:「新而不朗,久而不渝。」高注:「朗,讀『汝南朗陵』之朗。」

《淮南子‧俶真訓》:「莫窺形於生鐵,而窺於明鏡者,以覩其易也。」高注:「易,讀『河閒易縣』之易。」

《淮南子‧氾論訓》:「湣王專用淖齒而死於東廟。」高注:「湣,讀『汶水』之汶。」

（3）引用常見事物名

《淮南子‧說山訓》:「力貴齊,知貴捷。」高注:「齊,讀『蒜齏』之齏。」

（4）引用經典篇章名

《淮南子‧原道訓》:「故雖游於江潯海裔。」高注:「潯,讀《葛覃》之覃也。」

《淮南子‧精神訓》:「渾然而入,逯然而來。」高注:「逯,讀《詩‧綠衣》之綠。」

《淮南子‧說林訓》:「心所說,毀舟為杕;心所欲,毀鐘為鐸。」高注:「杕,讀《詩》『有杕之杜』也。」

（5）引用經典語句

《淮南子‧俶真訓》:「鏤之以剞劂,雜之以青黃,華藻鎛鮮,龍蛇虎豹。」高注:「劂,讀《詩》『蹶角』之蹶也。」

《淮南子‧本經訓》:「淌流瀷減,菱杼紾抱。」高注:「減,讀『郁乎文哉』之郁。」

《淮南子‧本經訓》:「淌流瀷減,菱杼紾抱。」高注:「抱,讀『岐嶷』之嶷。」

《淮南子‧氾論訓》:「冬日則不勝霜雪霧露,夏日則不勝暑熱蚉蝱。」高注:「蚉,讀《詩》云『言采其茵』之茵也。」

《淮南子‧氾論訓》:「古之兵,弓劍而已矣,槽矛無擊,脩戟無刺。」高注:「槽,讀『領如蠐螬』之螬也。」

《淮南子‧說山訓》:「人不愛倕之手,而愛己之指。」高注:「倕,讀《詩》『惴惴其栗』之惴也。」

《淮南子‧說山訓》:「見棗而求成布,雖其理哉,亦不病暮。」高注:「棗,讀《傳》曰『有蜮不為災』之蜮。」

（6）方言標音

《淮南子‧覽冥訓》：「猨狖顛蹶而失木枝，又況直蛇鱓之類乎！」高注：「狖，讀『中山人相遺物』之遺。」

《淮南子‧本經訓》：「是以松柏箘露夏槁，江河山川絕而不流。」高注：「露，讀『南陽人言道路』之路。」

8.「A讀（與）某同」式

高注此式者8例。

（1）引用經典語句

《呂氏春秋‧季春紀‧季春》：「國人儺，九門磔禳，以畢春氣。」高注：「儺，讀《論語》『鄉人儺』同。」

《淮南子‧原道訓》：「扶搖抮抱羊角而上。」高注：「抮，讀與《左傳》『憚而能眕』者同也。」

《淮南子‧俶真訓》：「四時未分，萬物未生，汪然平靜，寂然清澄，莫見其形。」高注：「汪，讀《傳》『矢諸周氏之汪』同。」

《淮南子‧俶真訓》：「今夫萬物之疏躍枝舉，百事之莖葉條櫱，皆本於一根，而條循千萬也。」高注：「櫱，讀《詩‧頌》『苞有三蘗』同。」

（2）方言標音

《淮南子‧覽冥訓》：「潦水不泄，瀸濊極望，旬月不雨則涸而枯澤，受灜而無源者。」高注：「灜，讀燕人強春〔註9〕言『敕』同也。」

《淮南子‧說林訓》：「使但〔註10〕吹竽，使氏厭竅，雖中節而不可聽。」高注：「但，讀燕言『鉏』同也。」

《淮南子‧時則訓》：「具樸曲筥筐。」高注：「樸，讀南陽人言『山陵』同。」

（3）A與某有通假關係，A為本字

《戰國策‧中山》：「傷者厚養，勞者相饗，飲食餔餽。」高注：「吳謂食為餽，祭鬼亦為餽。古文通用，讀與饋同。」

〔註 9〕莊逵吉云：「強春疑當作強秦」，見劉文典：《淮南鴻烈集解》，北京：中華書局，1989年版，第216頁。

〔註10〕王念孫云：「高讀與燕言鉏同，則其字當從且，不當從旦」，見劉文典：《淮南鴻烈集解》，北京：中華書局，1989年版，第563頁。

9.「A，一讀 B」式

高注此式者 1 例，標明異文。

《淮南子·地形訓》:「煖濕生容。」高注:「煖，一讀暵，當風乾燥之貌也。」
暵，《說文》「乾也」。《詩·王風·中谷有蓷》:「中谷有蓷，暵其濕矣。有女仳
離，啜其泣矣。」

（三）讀 曰

1.「A 讀曰 B」式

高注此式者 31 例，占全部「讀曰」比擬音注方式的 72.1%。

（1）引用常用詞

《呂氏春秋·季春紀·季春》:「鳴鳩拂其羽，戴任降于桑，具栚曲簾筐。」
高注:「栚，讀曰朕。」

《戰國策·齊一》:「鄒忌修八尺有餘，身體昳麗，朝服衣冠窺鏡。」高注:
「昳，讀曰逸。」

《淮南子·原道訓》:「角觡生也。」高注:「觡，讀曰格。」

《淮南子·俶真訓》:「其兄掩戶而入覘之，則虎搏而殺之。」高注:「掩，
讀曰奄。」

（2）AB 有通假關係，A 為借字，B 為本字

《呂氏春秋·孟春紀·重己》:「燀熱則理塞，理塞則氣不達。」高注:
「燀，讀曰亶。亶，厚也。」

《呂氏春秋·孟春紀·重己》:「胃充則中大鞔，中大鞔而氣不達。」高注:
「鞔讀曰懣。」

《呂氏春秋·孟秋紀·振亂》:「所以蘄有道行有義者，為其賞也。」高注:
「蘄讀曰祈。」

（3）AB 有通假關係，AB 音同義通

《呂氏春秋·孟春紀·本生》:「夫水之性清，土者抇〔註11〕之，故不得清。」
高注:「抇，讀曰骨。骨，濁也。」骨即滑字，滑有混濁義。汩、滑音同義通，
通假。

〔註11〕范耕研、孫志楫、陳奇猷皆認為「抇」字係「汩」字誤。詳陳奇猷:《呂氏春秋新
校釋》，上海:上海古籍出版社，2002 年版，第 24～25 頁。

《呂氏春秋・孟春紀・重己》：「使烏獲疾引牛尾，尾絕力勯，而牛不可行，逆也。」高注：「勯，讀曰單。單，盡也。」殫，《說文》「殛盡也」，古多借單字為之。如《禮記・郊特牲》：「唯為社事，單出里。」單通殫，表示盡義。勯，《集韻》「力竭也」。勯、殫音同義通，通假。

2.「A 讀曰某某之某」式

高注此式者 9 例，某某為常用語。

《呂氏春秋・孟春紀・去私》：「墨者有鉅子腹䵍，居秦，其子殺人。」高注：「䵍，讀曰『車笣』之笣。」

《呂氏春秋・季春紀・圜道》：「人之竅九，一有所居則八虛。」高注：「居，讀曰『居處』之居。」

3.「AB 讀曰 CD」式

高注此式者 2 例，異文標音。

《淮南子・精神訓》：「子求行年五十有四而病傴僂，脊管高於頂，膈下迫頤，兩脾在上，燭營指天。」高注：「燭營，讀曰括撮也。」

《淮南子・脩務訓》：「啳睽哆噅，籧蒢戚施，雖粉白黛黑弗能為美者，嫫母、仳倠也。」高注：「仳倠，一說：讀曰莊維也。」

4.「AB 讀曰 CDE」式

高注此式者 1 例。

《淮南子・主術訓》：「趙武靈王貝帶鵕䴊而朝，趙國化之。」高注：「鵕䴊，讀曰私鈚頭，二字三音也。」

（四）讀　近

1.「A 讀近 B」式

高注此式者 7 例，以常用詞標音。

《呂氏春秋・仲夏紀・仲夏》：「行春令，則五穀晚熟，百螣時起，其國乃饑。」高注：「螣，讀近殆。」

《淮南子・氾論訓》：「葬死人者裘不可以藏，相戲以刃者太祖軹其肘。」高注：「軹，讀近茸，急察言之。」

2.「A 讀近某某之某」式

高注此式者 2 例，某某為常用語。

《淮南子・地形訓》：「皮革屬焉，白色主肺，勇敢不仁；其地宜黍，多旄犀。」高注：「旄，讀近『綢繆』之繆，急氣言乃得之。」

《淮南子・本經訓》：「愚夫憃婦皆有流連之心，悽愴之志。」高注：「憃，讀近貯益之肚戀，籠口言之也。」

（五）讀　若

1.「A 讀若 B」式

高注此式者 1 例。

《淮南子・原道訓》：「猶錞之與刃，刃犯難而錞無患者，何也？以其託於後位也。」高注：「錞，讀若頓。」

2.「A 讀若某某之某」式

高注此式者 5 例，引用常用語標音。

《呂氏春秋・季夏紀・季夏》：「是月也，令漁師，伐蛟取鼉，升龜取黿。」高注：「漁讀若『相語』之語。」

《淮南子・天文訓》：「月者，陰之宗也，是以月虛而魚腦減，月死而蠃蚌膲。」高注：「膲，讀若『物醮炒』之醮也。」

《淮南子・天文訓》：「爰始將行，是謂朏明。」高注：「朏，讀若『朏諾皋』之朏也。」

（六）讀　為

1.「A 讀為某某之某」式

高注此式者 2 例，某某為常用語。

《呂氏春秋・季夏紀・明理》：「其日有鬭蝕，有倍僑，有暈珥。」高注：「暈，讀為『君國子民』之君。」

《淮南子・俶真訓》：「設於無垓坫之宇。」高注：「坫，讀為『筦氏有反坫』之坫。」

2.「AB 讀為 CB」式

高注此式者 1 例。

《淮南子‧地形訓》:「自東北至西北方,有跂踵民、句嬰民。」高注:「句嬰,讀為九嬰。」

(七)讀　似

「A 讀似 B」式,高注此式者 4 例。

1. 方言標音

《淮南子‧說山訓》:「泰山之容,巍巍然高,去之千里,不見埵塄,遠之故也。」高注:「埵,讀似望,作江、淮間人言能得之也。」

2. 常用詞相標

《淮南子‧本經訓》:「是以松柏箘露夏槁,江河三川絕而不流。」高注:「箘,讀似綸。」

《淮南子‧說林訓》:「雖欲謹亡馬,不發戶轔。」高注:「轔,讀似隣,急氣言乃得之也。」

《淮南子‧脩務訓》:「胡人有知利者,而人謂之駤。」高注:「駤,讀似質,緩氣言之者,在舌頭乃得。」

三、未注音讀音注法的音注術語體式

(一)謂某某之某

高注此式者 2 例,某某為常用語。

《呂氏春秋‧開春論‧審為》:「『殺所飾、要所以飾,則不知所為矣。』」高注:「為謂『相為』之為[註12]。」

《呂氏春秋‧仲春紀‧情慾》:「民人怨謗,又樹大讎;意氣易動,蹻然不固。」高注:「蹻謂『乘蹻』之蹻[註13]。」

(二)某某之某

高注此式者 4 例。

〔註12〕畢沅校勘改正「謂」為「讀」,陳奇猷以為是。詳陳奇猷:《呂氏春秋校釋》,上海:學林出版社,1984 年版,第 1455 頁。

〔註13〕畢沅疑注是「讀乘蹻之蹻」。陳奇猷亦以為高注「謂」是「讀」,是。詳陳奇猷:《呂氏春秋校釋》,上海:學林出版社,1984 年版,第 89 頁。

1. 引用常用語

《淮南子‧原道訓》:「馳要裹，建翠蓋。」高注:「裹，『橈弱』之弱。」

《淮南子‧俶真訓》:「聚眾不足以極其變，積財不足以贍其費，於是萬民乃始儴觟離跂。」高注:「觟，『傒徑』之傒也。」

《淮南子‧時則訓》:「湛熺必潔，水泉必香。」高注:「熺，『炊爨火』之爨也。」

2. 引用專名（人名）

《淮南子‧俶真訓》:「虛無寂寞，蕭條霄霓，無有彷彿，氣遂而大通冥冥者也。」高注:「霓，『翟氏』之翟也。」

四、譬況音注法的音注術語體式

（一）急氣言

高注此式者 3 例，分別與讀近、讀似、讀結合使用。

《淮南子‧地形訓》:「皮革屬焉，白色主肺，勇敢不仁；其地宜黍，多旄犀。」高注:「旄，讀近『綢繆』之繆，急氣言乃得之。」

《淮南子‧說林訓》:「雖欲謹亡馬，不發戶轔。」高注:「轔，讀似隣，急氣言乃得之也。」

《淮南子‧脩務訓》:「唇䏶哆噅，籧篨戚施，雖粉白黛黑弗能為美者，嫫母、仳倠也。」高注:「唇，讀『權衡』之權，急氣言之。」

（二）急舌言

高注此式者 1 例，與讀近結合使用。

《淮南子‧說山訓》:「劙靡勿釋，牛車絕轔。」高注:「轔，讀近藺，急舌言之乃得也。」

（三）急察言

高注此式者 1 例，與讀近結合使用。

《淮南子‧氾論訓》:「葬死人者裘不可以藏，相戲以刃者太祖軵其肘。」高注:「軵，讀近茸，急察言之。」

（四）緩氣言

高注此式者 4 例，分別與讀近、讀似、讀結合使用。

《呂氏春秋‧慎行論‧慎行》：「崔杼之子相與私鬨。」高注：「鬨讀近鴻，緩氣言之。」

《淮南子‧原道訓》：「蛟龍水居，虎豹山處，天地之性也。」高注：「蛟，讀『人情性交易』之交，緩氣言乃得耳。」

《淮南子‧本經訓》：「飛蛩滿野，天旱地坼。」高注：「螣，讀近殆，緩氣言之。」

《淮南子‧脩務訓》：「胡人有知利者，而人謂之駤。」高注：「駤，讀似質，緩氣言之者，在舌頭乃得。」

（五）閉口言

高注此式者 1 例，與讀結合使用。

《淮南子‧俶真訓》：「夫牛蹄之涔，無尺之鯉。」高注：「涔，讀延祜曷問，急氣閉口言也。」

（六）籠口言

高注此式者 2 例，分別與讀、讀近結合使用。

《淮南子‧地形訓》：「短頸，大肩下尻，竅通於陰，骨幹屬焉，黑色主腎，其人惷愚。」高注：「惷，讀『人謂惷然無知』之惷也，籠口言乃得。」

《淮南子‧本經訓》：「愚夫惷婦皆有流連之心，悽愴之志。」高注：「惷，讀近貯益之肚戀，籠口言之也。」

譬況音注法與比擬音注法結合使用的 12 例中有 6 例與「讀近」結合使用，2 例與「讀似」結合使用，4 例與「讀」結合使用。

第三節　高誘音注方法方式與音注體式對應關係分析

高誘音注常見四種音注方法，每種方法各有不同的音注方式，而同一種音注方式又會表現出不同的音注模式或體式。具體的音注方法、音注方式、音注體式的對應關係，詳見表 2-2。

表 2-2　高誘音注方法方式與音注體式對應關係表

音注方法	音注方式	音注體式	例 次	百分比
直音法	音 20	音相近	3	15%
		A 音 B	10	50%

		A 音某某之某	3	15%
		A 音曰 B	1	5%
		A 與 B 其音同	1	5%
		A 音釋作 B	1	5%
		A 音某某反	1	5%
比擬音注法	讀如 40	A 讀如某某之某	28	70%
		A 讀如 B	10	25%
		A 讀如 BC	1	2.5%
		A 讀如某同	1	2.5%
	讀曰 43	A 讀曰 B	31	72.1%
		A 讀曰某某之某	9	20.9%
		AB 讀曰 CD	2	4.7%
		AB 讀曰 CDE	1	2.3%
	讀 255	A 讀 B	10	3.9%
		A 讀 BC	5	2.0%
		A 讀 BA	1	0.4%
		A 讀 CBA	1	0.4%
		A 讀 EDBCA	2	0.8%
		讀 A 為 B	2	0.8%
		A 讀某某之某	225	88.2%
		A 讀（與）某同	8	3.1%
		A 一讀 B	1	0.4%
	讀若 6	A 讀若 B	1	16.7%
		A 讀若某某之某	5	83.3%
	讀為 3	A 讀為某某之某	2	66.7%
		AB 讀為 CB	1	33.3%
	讀似 4	A 讀似 B	4	100%
	讀近 9	A 讀近 B	7	77.8%
		A 讀近某某之某	2	22.2%
譬況音注法	急氣言 3	A 讀近某某之某，急氣言乃得之	1	33.3%
		A 讀似 B，急氣言乃得之	1	33.3%
		A 讀某某之某，急氣言之	1	33.4%
	急察言 1	A 讀近 B，急察言之	1	100%
	急舌言 1	A 讀近 B，急舌言之乃得	1	100%
	緩氣言 4	A 讀近 B，緩氣言之	2	50%
		A 讀某某之某，緩氣乃得	1	25%
		A 讀似 B，緩氣言之者，在舌頭乃得	1	25%

	閉口言 1	A 讀 BCDE，急氣閉口言	1	100%
	籠口言 2	A 讀某某之某，籠口言乃得	1	50%
		A 讀近某某之某，籠口言之	1	50%
未注音讀音注法 6		A 某某之某	4	66.7%
		A 謂某某之某	2	33.3%

　　據上表統計數據，可清楚看出高誘各類音注方式所傾向習慣的音注體式，下面分別對各類音注方式所傾向的音注體式作個總結。

　　直音法採用「音」音注方式，這種方式以「A 音 B」式為最多見，占直音法 50%強，其次為「音相近」式，「A 音某某之某」式。

　　比擬音注法中「讀」音注方式最為豐富。主要以「A 讀某某之某」式為主要音注體式，占「讀」音注方式 88.2%強。「讀如」音注方式以「A 讀如某某之某」式最多見，占「讀如」音注方式 75%強，其次為「A 讀如 B」式。「讀曰」音注方式以「A 讀曰 B」式最多見，占「讀曰」音注方式 72.1%，其次為「A 讀曰某某之某」式。「讀若」音注方式 6 見，其以「A 讀若某某之某」音注體式為多見，占「讀若」音注方式 83.3%，餘一例音注體式為「A 讀若 B」式。「讀為」音注方式 3 見，以「A 讀為某某之某」體式為主。「讀似」音注方式共見 4 例，均以「A 讀似 B」體式出現。「讀近」音注方式凡 9 見，以「A 讀近 B」式多見，餘 2 例為「A 讀近某某之某」式。

　　譬況音注法中「急氣言」音注方式凡 3 見，與「讀近、讀似、讀」分別結合使用。「急察言」音注方式 1 見，與「讀近」結合使用。「急舌言」音注方式 1 見，與「讀近」結合使用。「緩氣言」音注方式 4 見，分別與「讀近、讀、讀似」結合使用。「閉口言」音注方式 1 例，與「讀」結合使用。「籠口言」音注方式 2 例，與「讀、讀近」結合使用。

　　未注音讀音注法以「某某之某」為多見，6 例中 4 見。

第三章　高誘音注術語的性質功能

　　根據對高誘音注術語的分類統計，發現其音注方式是豐富多樣的。對於不同音注術語的性質和功能究竟是怎麼樣一種情況？前輩學者們對不同音注術語的性質功能進行了深入的研究探討，各有不同的界定。

第一節　比擬音注法和直音法音注術語性質功能

一、前人研究情況簡介

（一）比擬音注術語性質研究

1. 清儒的不同看法

　　段玉裁在其《周禮漢讀考‧序》中有一段精彩言論，「漢人作注，於字發疑正讀，其例有三：一曰讀如、讀若，二曰讀為、讀曰，三曰當為。讀如、讀若者，擬其音也，古無反語，故為比方之詞。讀為、讀曰者，易其字也，易之以音相近之字，故為變化之詞。比方主乎同，音同而義可推也。變化主乎異，字異而義了然也。比方主乎音，變化主乎義。比方不易字，故下文仍舉經之本字。變化字已易，故下文輒舉所易之字。注經必兼茲二者，故有『讀如』、有『讀為』。字書不言變化，故有『讀如』，無『讀為』。有言『讀如某』、『讀為某』，而某仍本字者，『如』以別其音，『為』以別其義。『當為』者，定為之

誤、聲之誤而改其字也，為救正之詞，形近而偽，謂之字之誤，聲近而偽，謂之聲之誤。字誤聲誤而正之，皆謂之『當為』。凡言『讀為』者，不以為誤，凡言『當為』者，直斥其誤。三者分，而漢注可讀，而經可讀〔註1〕。」對於讀如、讀若，讀為、讀曰，當為這三類注釋術語的差別，段玉裁分別得非常清楚。他在《說文解字·言部》「讀」下注云：「擬其音曰讀，凡言讀如、讀若皆是也；易其字以釋其義曰讀，凡言讀為、讀曰、當為皆是也；人所誦習曰讀，……；諷誦亦為讀；……諷誦亦可云讀，而讀之義不止於諷誦，諷誦止得其文辭，讀乃得其義蘊〔註2〕。」又《說文解字·示部》「祡」下注云：「凡言『讀若』者，皆擬其音也。凡傳注言『讀為』者，皆易其字也。注經必兼茲二者。故有『讀為』，有『讀若』。『讀為』亦言『讀曰』，『讀若』亦言『讀如』。字書但言其本字本音，故有『讀若』，無『讀為』也〔註3〕。」很明顯，段玉裁主張「讀如」、「讀若」是標音的，「讀為」、「讀曰」是明假借的，「當為」是辨字形的。

王引之《經義述聞·自序》復述父王念孫之言：「訓詁之旨存乎聲音，字之聲同聲近者，經傳往往假借。學者以聲求義，破其假借之字而讀以本字，則渙然冰釋。如其假借之字而強為之解，則詰屈為病矣。故毛公《詩傳》多易假借之字而訓以本字，已開改讀之先。至康成箋《詩》注《禮》，屢云某讀為某，而假借之例大明。後人或病康成破字者，不知古字之多假借也〔註4〕。」

錢大昕《潛研堂文集》卷三《古同音假借說》：「漢人言讀若者，皆文字假借之例，不特寓其音，並可通其字。……許氏書所云『讀若』、云『讀與某同』，皆古書假借之例，假其音，並假其義，音同而義亦隨之〔註5〕。」錢大昕與王氏父子的觀點一致，認為「讀若」、「讀為」等都是明假借的。

王筠《說文釋例》卷十一：「《說文》讀若有第明其音者，有兼明假借者，不可一概論也〔註6〕。」王筠認為「讀若」、「讀為」等各自既有標音的，也有明假借的。

〔註1〕段玉裁：《經韻樓集》，南京：江蘇古籍出版社，2010年版，第24頁。
〔註2〕段玉裁：《說文解字注》，上海：上海古籍出版社，1988年版，第90頁。
〔註3〕段玉裁：《說文解字注》，上海：上海古籍出版社，1988年版，第6頁。
〔註4〕王引之：《經義述聞》，南京：江蘇古籍出版社，2000年版，第1頁。
〔註5〕錢大昕：《潛研堂集》，上海：上海古籍出版社，1989年版，第44～46頁。
〔註6〕王筠：《說文釋例》，北京：中華書局，1987年版，第261～262頁。

清儒對於這幾個術語的性質功能，意見互有異同。

2. 近現代學者的看法

楊樹達《說文讀若探源》〔註7〕在批評清儒各家之說未盡如人意後，認為所謂「讀若」是「經典緣同音而假借，許君緣經典之假借而證同音，非至順利自然之事乎？」他認為《說文》800 餘次讀若來源略有四：一是漢時經典的今古異文形體雖異而音讀無殊，可以此音擬彼音；二是經傳往往取本字之音義而捨其形（即通假），故可緣通假而悟同音；三是一字有重文，形符同而聲符異，可據此異文以明音讀；四是漢代經術盛行，經師成說眾多，可依之裁定字音。另外，讀若的用字規律是「必以易識之字擬希見之文」。

陸志韋《說文解字讀若音訂》對「讀若」材料作了全面的音值考訂，認為許慎的讀若皆有所本，而二徐本所存已非原樣，許慎漢音與古音已有異。認為許慎「讀若」與鄭玄「讀為」是「並以注音」的，段玉裁的三分乃是「妄作分別也，其說不攻而自破〔註8〕。」

沈兼士《吳著經籍舊音辨證發墨》則云：「漢魏人作音之例，殆有非段玉裁《周禮漢讀考》讀如、讀為、當為三例所能賅括者。蓋古注中注音之字，往往示義，而釋義之文，亦往往示音，不如後世字書中音義分界之嚴，故其注音不僅言通用，且以明同用，不如後世韻書反切之但識讀音而已。通用者，義異而音通，即假借之一種，人習知之。同用者，辭異而義同，音雖各別，亦可換讀〔註9〕。」

洪誠《訓詁學》中對段玉裁「讀為」、「讀曰」、「讀如」、「讀若」術語的區分有中肯批評，認為段玉裁沒有按照術語的使用者和這些使用者的時代先後，對這些術語的用法進行分析比較，缺乏歷史觀點歷史分析的方法。指出這些術語「只是大體有些區分，並無嚴格的界線。因為這些術語，不是產生於一時，不是規定於某一個訓詁家，也沒有約定成例。改字擬音，既可以用『讀如』，也可以用『讀為』；不改字表義，『讀如』『讀為』也可以通用；改字表義，大多數用『讀為』、『讀曰』，也用『讀如』……〔註10〕」

〔註7〕楊樹達：《積微居小學述林》（卷四），北京：中華書局，1983 年版，第 109～111 頁。
〔註8〕陸志韋：《說文解字讀若音訂》，《燕京學報》，1946 年第 30 期，第 142 頁。
〔註9〕吳承仕：《經籍舊音辨證》，北京：中華書局，1986 年版，第 313 頁。
〔註10〕洪誠：《訓詁學》，南京：江蘇古籍出版社，1984 年版，第 183～186 頁。

　　王力《古代漢語》教材中，對這兩個術語進行了比較客觀的敘述，認為「讀為」、「讀曰」這兩個術語是用本字來說明假借字；「讀若」、「讀如」這兩個術語一般是用來注音。「讀為」、「讀曰」和「讀若」、「讀如」的分別就在於前者必然是用本字破假借字，後者則一般用於注音，但有時也是用本字破假借字。

　　郭在貽《訓詁學》中認為，擬音的術語是「讀如」、「讀若」；改字的術語是「讀為」、「讀曰」。

　　可以看到這些學者們的認識比清儒的籠統說法前進了一大步，他們開始深入到材料的內部，看到了「讀」所包含的不同層次和不同來源的複雜內容。當然，對這幾個術語的研究，進行橫向、縱向的描寫，得出的結論更有意義。

　　虞萬里《三禮漢讀、異文及其古音系統》〔註11〕一文，對《三禮》的「讀」作深入的系統研究，認為段玉裁之說「似是而非」，云「漢儒解經，未有反語，各本師讀方音，以譬況讀若之法解之。《周禮》鄭注引杜說 180 餘次，凡言讀者，多作『某讀為某』，其次為『某讀為某某』；引鄭眾讀如者約 20 次。鄭玄自注則有『如』『若』『為』『曰』，體式繁多，亦偶有『某讀某』者。許慎《說文》一律言『讀若』。高誘古籍注多言『某讀某』、『某讀某某之某』。至應劭、服虔注《漢書》，此類術語極少使用，多言某音近某，或直言某音某。由此可概見各人用語有所偏向，非必如段氏所定者」；「一篇之中，用語復異，則『讀為』猶『當為』也。一人之注，字相同而用語相異，則知漢儒注經，本非先有定式，然後作注遵循之」；所以他認為「諧聲中之聲韻乃先秦及漢人以『手』傳遞於今世者；漢讀中之聲韻乃漢人以『口』傳遞於今世者」，則「讀」都關乎「音」。

　　張能甫《關於鄭玄注中「讀為」、「讀如」的再思考》〔註12〕一文對鄭玄《三禮注》和《毛詩箋》四部書中的「讀」作了定量研究，得出結論：「『讀為』的主要功能是易字，占 87.6%；『讀如』主要是用來擬音的，占 41%」（「讀曰」近「讀為」，「讀若」近「讀如」），然而交叉的情況是「相同術語表示不同的意義，不同的術語表示相同的音義」，情況是很複雜的。

〔註11〕虞萬里：《三禮漢讀、異文及其古音系統》，《語言研究》，1997 年第 2 期，第 99～137 頁。

〔註12〕張能甫：《關於鄭玄注中「讀為」、「讀如」的再思考》，《古漢語研究》，1998 年第 3 期，第 65～69 頁。

翟思成（2001）對高誘音注材料測查分析後分題討論「讀為（曰）」和「讀如（若）」兩類術語的功能區別，認為「讀為（曰）」和「讀如（若）」兩類術語並無嚴格的區分，段玉裁之說失於片面。

王明春（2004）對高誘訓詁術語進行研究時也分題討論了「讀為（曰）」和「讀如（若）」兩類術語的功能區別，結論與翟說一致。並對兩者主要用法作了比較，認為「讀為（曰）」主要用於明假借，而兼有注音等功能，「讀如（若）」主要用於注音，兼有假借等功能。

趙奇棟（2004）對淮南子東漢注進行研究時認為「讀曰」的作用並不僅侷限於改字表義。明假借、注音、聲訓、兼注音義等都是其主要作用。其中注讀音用例最多，佔用例總數的 61.1% 強，「讀為」作用僅為注音。「讀若」、「讀如」的作用在於注音。也就是說這幾類術語功能本質已無多大區別。

王麗芬（2005）《〈呂氏春秋〉高誘注研究》，其中談到高誘比擬音注術語功能，也認為區別不明顯。

（二）直音音注術語性質研究

直音法音注術語的性質，學界的看法比較一致，即作用多樣。學者們沒有專門的討論，只在各家對專書經典注解中出現的直音法性質，作具體說明。如萬獻初將《經典釋文》直音法性質功能歸納為：1. 顯示音變構詞、形變構詞；2. 明假借；3. 辨析字形。其他還有時建國的《〈經典釋文〉直音的性質》，尹戴忠的《〈楚辭〉洪興祖直音研究》等，各家都認同直音法的性質並不僅示標音，還有明假借、辨字形、標音兼釋義等等功能。

二、高誘比擬音注術語及直音音注術語性質界定

通過對高誘比擬音注術語及直音音注術語的整理及分析發現：首先，比擬音注法中相近的音注術語，各自表示多種功能，而一些功能又是交疊的，造成術語涵義功能交織不清的複雜紛亂狀態。如「讀為（曰）」和「讀如（若）」這一組相近的術語，它們的功能既有區別又有相似之處，因此要將兩者截然分開是很困難的。事實上，比擬音注術語在長期的訓詁實踐中，在某種程度上已經彼此通用，形成異名同實的現狀，所以對它們的區分並不能做到涇渭分明，只能對各音注術語的主要性質功能作一大致區分。

高誘直音法音注術語的性質功能是多樣的，有假借、標音、表示字形變化等。

（一）比擬音注術語及直音音注術語性質功能界定使用術語概念說明

1. 標音。主要用來注音，無直接明確釋義作用。當然部分涉及詞義解釋的如注音同時具有分辨詞的所指義、語法義作用，即異讀別義，這種情況主要還在注音，不過這種注音同時兼具了釋義功能，而與直接釋義的注音又不相同。因此為了確保行文條理性與稱說方便，一併歸為標音一類。

2. 釋義。明確指明意義，採用聲訓方式明義。「聲訓的旨趣是揭示語源，是解釋詞的命名立意之義，不是為了解釋詞的所指義〔註13〕。」此類與標音類中涉及釋義一類內涵不同，這類音注重在意義解釋，直接明確，故另列一類。

3. 異文。朱承平《異文類語料的鑒別與應用》一書中說到「過去和現在『異文』所指稱的對象，主要是包括版本異文、引用異文、兩書異文三種。但只要認真考察一下相關語料，就會發現指稱同一事物（或人物）的名稱異文，也應該屬於異文的範疇〔註14〕。」同時說明「名稱異文，是古人對同一人物（或同一事物、同一名物、同一地點地域）採用的不同稱謂方式和不同書寫方式〔註15〕。」高誘音注異文對象多是名稱異文一類，主要包括高誘明確說明當作某、與某同以及一部分形體相異意義相同的音注。

4. 假借（用字假借即通假，分同源通用、同音借用）。假借最早作為六書造字法之一，即許慎所謂的「本無其字，依聲託事」。後來鄭玄也提到這一概念，不過所指明顯變化，他說：「其始書之也，倉卒無其字，或以音類比方假借之，趣於近之而已〔註16〕。」他在古注中標注的假借字並非「本無其字」，足見鄭玄「假借」與許慎「假借」並非同一現象。截至有清一代，如段玉裁、王念孫等人，注意且認識到許、鄭二人假借概念的區別，開始將本無其字的假借與本有其字的假借區分開來。現代我們習慣將本無其字的假借稱作假借，本有其字的假借稱作通假。具體到通假現象，情況又有點兒複雜，因為假借、通假，都只是需要兩字音同或音近即可，意義常無關聯。可是根據學者們的研究，通假中

〔註13〕孫雍長：《訓詁原理》，北京：語文出版社，1997 年版，第 211 頁。

〔註14〕朱承平：《異文類語料的鑒別與應用》，長沙：嶽麓書社，2005 年版，第 1 頁。

〔註15〕朱承平：《異文類語料的鑒別與應用》，長沙：嶽麓書社，2005 年版，第 3 頁。

〔註16〕陸德明：《經典釋文》，北京：中華書局，1983 年版，第 2 頁。

除了意義無關的通假外，還存在意義關聯的通假。陸宗達、王寧《訓詁方法論》（1983）中把傳統訓詁學中的「通假字」以此區別為「同源通用字」和「同音借用字」兩個概念，分別對應意義相關、意義無關的通假。

　　其實一直以來，小學研究者們，尤其有清一代，如戴震、朱駿聲等人多將假借、通假混為一談，統言假借，更遑論對通假再作區分。及至現代，以假借指稱通假，仍頻見。即就高誘音注術語性質功能研究，前人成果當中，假借、通假名稱不分，通假從意義再分更未見論。本文主張宜如陸、王之說，用字假借（通假）區分為通假（同源通用）與通假（同音借用）兩類。

　　本文使用標音、釋義、異文、通假（同音借用）、通假（同源通用）五類術語遵從此處界定。

（二）比擬音注術語及直音音注術語性質界定數據統計分析

　　通過對高誘比擬音注法音注術語及直音法音注術語的性質功能分別進行數據統計梳理，可一探高誘比擬音注術語及直音音注術語的主要功能習慣。

表 3-1　「三書注」比擬音注術語及直音音注術語功能統計表（單位：次）

注音類型	功能	《呂氏春秋》		《淮南子》		《戰國策》		總出現次數	總百分比
		出現次數	百分比	出現次數	百分比	出現次數	百分比		
讀 255	標音	9	3.5%	227	89.0%			236	92.5%
	通假（同音借用）	3	1.2%	4	1.6%			7	2.8%
	通假（同源通用）			5	2.0%	1	0.4%	6	2.4%
	釋義			1	0.4%			1	0.4%
	異文			5	1.9%			5	1.9%
讀曰 43	標音	10	23.3%	16	37.2%	1	2.3%	27	62.8%
	通假（同音借用）	7	16.3%	2	4.7%			9	21%
	通假（同源通用）	3	7.0%	1	2.3%			4	9.3%
	釋義	1	2.3%					1	2.3%
	異文			2	4.6%			2	4.6%

讀如 40	標音	23	57.5%	7	17.5%			30	75.0%
	通假（同音借用）	4	10%	1	2.5%			5	12.5%
	通假（同源通用）	2	5%					2	5%
	異文	1	2.5%	2	5.0%			3	7.5%
讀若 6	標音	1	16.7%	5	83.3%			6	100%
讀近 9	標音	3	33.3%	6	66.7%			9	100%
讀為 3	標音	1	33.3%	2	66.7%			3	100%
讀似 4	標音			4	100%			4	100%
音 20	標音	5	25%	2	10%	4	20%	11	55%
	通假（同音借用）	4	20%			2	10%	6	30%
	異文	3	15%					3	15%
無音讀 6	標音	2	33.3%	4	66.7%			6	100%

　　根據上表，高誘「三書注」音注 386 例，其中用於標音共計 332 例，通假（同音借用）27 例，通假（同源通用）12 例，異文 13 例，釋義 2 例。

　　高誘「三書注」比擬音注法各類音注術語之間的性質功能是相互交叉的，每類音注術語的主要功能一致，即都用來標音。如「讀」用來標音，占此類音注術語的 92.4%，「讀曰」主要功能是標音，其次是明通假（同音借用），「讀如」與「讀曰」的情況一致，「讀若」、「讀近」、「讀為」、「讀似」均用來標音。

　　直音法音注術語「音」的性質功能是清楚明白的：標音、假借和異文三種。

　　高誘「三書注」音注術語既可標音，又可明通假，還可表示異文、釋義，那麼這些術語功能的頻次分布表現如何呢？見表 3-2。

表 3-2　音注術語功能統計表

音注術語功能	出現次數（次）	總百分比
標音	332	86.0%
通假（同音借用）	27	7.0%
異文	13	3.4%
通假（同源通用）	12	3.1%
釋義	2	0.5%

很明顯，高誘音注材料主要的功能還是重在標音，僅這一功能就佔了 86.0％強，其次才是明通假（同音借用）、明異文和通假（同源通用）、釋義。

第二節　譬況音注法音注術語功能

一、前人有關譬況音注術語性質研究情況簡介

前人對譬況音注術語的關注，主要集中在急言、緩言的性質問題上，閉口、籠口的術語性質，明白易解，無需多贅。顏之推《顏氏家訓·音辭篇》開頭一節談到漢魏音注所指的音已很難正確區分之後，感歎地說「古語與今殊別，其間輕重清濁猶未可曉；加以內言、外言、急言、徐言、讀若之類，更使人疑〔註17〕。」由此可見，這裡所說的「急言」「徐言」就是高誘注的「急氣言」「緩氣言」等。

張世祿《中國音韻學史》：「『急言』『緩言』的分別，在所舉例證當中，很難推尋適當的解釋，因為聲調、元音以及舌前化的關係，似乎都不是這種分別的標準〔註18〕。」

周祖謨在《顏氏家訓音辭篇注補》〔註19〕中提出兩種解釋，他說，「蓋東漢之末，學者已精於審音。論發音之部位，則有橫口在舌之法。論韻之洪細，則有內言、外言、急言、緩言之目。論韻之開合，則有跂口、籠口之名。論韻尾之開閉，則有開唇、合唇、閉口之說。」急氣緩氣之說，可有兩解，其一，「急氣言」（包括『急舌言』『急察言』，下同）＝平聲，「緩氣言」＝仄聲，根據的是「急氣言」各例被注字的中古音都是平聲，「緩氣言」各例被注字的中古音除蛟字外都是仄聲；其二，「急氣言」＝細音（帶介音 i），「緩言」＝洪音（不帶介音 i），這裡根據的是「急氣言」各例注音用字的中古音韻地位都是三四等，「緩氣言」各例注音用字都是一二等（只有駐字例外，周祖謨認為這裡的「緩氣言」乃「急氣言」之誤）。細音由於有介音 i 的關係，口腔的氣流通道先窄後寬，給人以「急速造作」的印象，洪音則不然，給人以「舒緩自然」的印象，

〔註17〕顏之推撰，王利器集解：《顏氏家訓集解》（增補本），北京：中華書局，2002 年版，第 191 頁。

〔註18〕張世祿：《中國音韻學史》（上卷），上海：商務印書館，1938 年版，第 93 頁注 15。

〔註19〕周祖謨：《問學集》（上），北京：中華書局，1966 年版，第 407～410 頁。

所以被分別命名為「急氣言」與「緩氣言」。以上簡要並記了兩種解釋，但重點放在第二種洪細說上，這從論述的繁簡和前後行文可以看出。周祖謨在將《顏氏家訓音辭篇注補》收入《問學集》時又加了後記，附載了 1945 年魏建功來信中的批評文字〔註20〕，批評內容主要是關於「急氣言」「緩氣言」的解釋。在批評周祖謨的洪細說的同時指出是一種相對聲調說，即由「急」到「緩」是相對關係，假定為上聲〉入聲、平聲〉去聲序列，並解釋了適用於這一序列的各例注中「急氣言」「緩氣言」的意思；稱讚周氏「擘析精微，足祛宿疑。」

平山久雄在周祖謨、魏建功兩人研究的基礎上指出譬況音注術語是一種聲調說〔註21〕。他主張，在「急氣言」＝上聲，「緩氣言」＝去聲這一點上，是一種聲調說，並且認為由「急」到「緩」並不是相對的。同時認為高注「急氣言」「緩氣言」伴同「A 讀近 B」（包括讀似），而「A 讀近 B」的 B 正如字面所示，與 A 是近似音。首先舉出近似音，然後說明如何修正該音才能正確發出 A 音，包含「急氣言」「緩氣言」的短句正是規定這種修正方法的。平山久雄並在此基礎上進一步描述了高誘時代假定存在上聲去聲調值具體的發音方法：「急」可作「急迫」義解，喉頭極度緊縮將氣流擠出的感覺謂之「急」或「急氣」，當然沒有必要把漢末上聲調值看作與唐末或六朝完全相同。上聲當時還是低音域，也許是伴隨喉頭緊張在唐代才突然上升的。其次，「緩氣言」的「緩」使人感到與沈約等命名的「去聲」的「去」，在字義上有相通的地方。去聲音節是語音明顯變弱而消失，因而說成「去」或「緩」。「去」是講聽覺印象，而「緩氣」是抑制氣流使聲音變弱，是講發音感覺。大約當時的去聲是低音域的徐緩下降調，有意使呼氣壓降低以壓低聲音，聲音的物理強度也同時降低。對去聲調值僅從「去」的字面意義作上述論述也許會有牽強附會之嫌，如把「去」與「緩氣」互相印證，即可避免疏漏。推斷高誘所依據的漢末語言，上聲的特點是喉頭極度緊張，去聲則是努力使氣流徐緩。可把漢語聲調調值從文獻上上溯得比以往更早。

鄭張尚芳（1998）對周祖謨「聲調平仄說」及「韻母洪細說」提出質疑，將「急氣」「緩氣」與韻類等位、元音短長對應聯繫起來。他以高誘「涔」、「駤」

〔註20〕周祖謨：《問學集》（上），北京：中華書局，1966 年版，第 428～433 頁。

〔註21〕平山久雄著，曲翰章譯：《高誘注〈淮南子〉〈呂氏春秋〉的「急氣言」與「緩氣言」》，《古漢語研究》，1991 年第 3 期，第 39～44 頁。

音注的例子說明緩氣為四等，與長元音相合，急氣為三等韻，與短元音相合的觀點；並以高誘譬況音注十例結合上古中古漢語語音及方言研究作出結論：三等讀急氣短元音，純四等及一二等讀緩氣長元音。

「急氣」「緩氣」性質，學界意見不一。一則古注例證不多，材料侷限，聲調、韻類、元音或多能扯上關係，至於有無代表性普遍性，囿於材料，難作定論。二則，高誘音注用字或有訛誤，這也給語音考察帶來干擾，影響其性質認定。

二、譬況音注術語的性質界定

我們認為譬況音注術語「閉口言」當與韻尾的開閉有關，「籠口言」當與韻類的開合口有關，高注「閉口言」1 例，與「急氣」結合使用，「籠口言」2 例。

《淮南子・俶真訓》：「夫牛蹏之涔，無尺之鯉。塊阜之山，無丈之材。」高注：「涔，讀延祜曷問，急氣閉口言也。」

此例注音字四個，無一與被注音字對應，多數學者認為此例音注有誤，詳周祖謨（1966）、平山久雄（1991）、鄭張尚芳（1998）。「涔」，《廣韻》：「涔陽，地名；又管涔，山名；又蹏涔不容尺鯉；蹏，牛馬跡」，「鋤針切」。根據《廣韻》反切注音，涔字中古侵韻崇紐，讀閉音節-m 尾。高誘注此字，譬況描寫其發音閉口，證成此字上古正讀閉音節。由此，高注 1 例「閉口言」的性質一目了然，即指閉音節韻尾而言。

《淮南子・地形訓》：「短頸，大肩下尻，竅通於陰，骨幹屬焉，黑色主腎，其人惷愚。」高注：「惷，讀『人謂惷然無知』之惷也，籠口言乃得。」

《淮南子・本經訓》：「愚夫惷婦皆有流連之心，悽愴之志。」高注：「惷，讀近貯益之胗戇，籠口言之也。」

高誘為「惷」字作音 2 例，其中 1 例以同字相標，用「讀」注音。2 例音注均輔以譬況注音「籠口言」說明。「惷」《廣韻》有三音，分別為「書容切」、「丑江切」、「丑用切」。「籠口」，顧名思義，即嘴唇攏圓。嘴唇攏圓的發音要麼聲母是唇音聲母，要麼韻母具有合口特徵，方籠口發音。中古「惷」三個讀音聲母皆非唇音聲母，韻母皆為合口韻。以此可知高誘「籠口言」即謂韻母合口發音。

通過以上 3 例「閉口言」、「籠口言」分析，高誘「閉口言」描述韻尾所用，

表示韻尾閉合的閉音節發音特徵，「籠口言」描述韻類合口發音所用，表示合口韻類的發音特徵。

譬況音注術語「急氣言」（包括急舌言、急察言）與「緩氣言」的性質，需要對比了來看。顯然，「急」和「緩」只是相對的概念。如果「急」指「快、短促、不能延伸」等，那麼「緩」可以指「慢、舒緩、能延伸」等。高誘的「急」和「緩」應該是聽感上或心理上的，自然無法用具體的標尺來丈量如何才是「急」，如何才是「緩」。聲音裏面能夠導致「急」和「緩」，聽覺上或心理上的差別只能是「聲音的高低（音高）」、「聲音的強弱（音強）」、「聲音的長短（音長）」以及「音色（音質）」的不同。這也就是說，與聲音的四要素，即音高、音強、音長和音色存在著某種關係。通過對高誘音注「急」和「緩」用例的分析，可以排除「音長」和「音色」的關聯性。

《淮南子・說林訓》：「雖欲謹亡馬，不發戶轔。」高注：「轔，戶限也，楚人謂之轔。轔讀似隣，急氣言乃得之也。」

根據高注，轔表示戶限義，此義《廣韻》中為橉字。橉，《廣韻》：「門限也，又牛車絕橉」，「良忍切」。轔，《廣韻》：「車聲」，「力珍切」。轔，《廣韻》另有一音，「良刃切」，輪，《廣韻》：「輪轢，車踐」，「良刃切」。轔，「上同」。高誘注音字隣，《廣韻》「力珍切」。橉、轔、隣三字諧聲，中古聲母相同，聲調有別。上古同為真部來紐，韻部聲紐完全相同。

語言裏面能分長短的一般只有元音，如英語的長短元音。就漢藏語而言，語言裏面長短不同的也只能是元音。漢藏語系一些語言元音是有長短不同的，如獨龍語、現代藏語等。鄭張尚芳曾經設想，中古漢語一等和三等的差別上古是元音的不同，其中一等是長元音而三等是短元音。但是，我們從高誘「急氣」和「緩氣」用例來看，兩者不僅韻母相同而且「等」也完全相同，如「橉」「轔」和「隣」。因而，我們通過對高誘「急氣」和「緩氣」用例分析完全可以排除「音長」和「音色」的不同。那麼，高誘「急氣」和「緩氣」只能是「聲音的高低（音高）」和「聲音的強弱（音強）」不同。就漢語以及漢藏語而言，「聲音高低（音高）」不同的是聲調，而「聲音強弱（音強）」不同的是輔音和聲調。語言裏面，不同輔音的強弱程度是不一樣的。依照輔音強弱程度的不同，不同的輔音可以排成一個序列。其中清輔音的發音強度要強於濁輔音。

《淮南子・脩務訓》：「胡人有知利者，而人謂之駤。」高注：「駤，忿戾惡理不通達。駤，讀似質，緩氣言之者，在舌頭乃得。」

《廣韻》恎，「惡恎」，「徒結切」。恎字義與文義合，高誘此例當為本字「恎」作音。質，《廣韻》裏面音「之日切」和「陟利切」兩音。其中「之日切」一音跟「駤」同為入聲，最為匹配。「質」和「駤」最大的差別是聲母的不同，「質」清輔音聲母和「駤」為濁輔音聲母。高誘注「急」和「緩」用例裏面獨此例屬於聲母清濁不同。高誘云：「駤，讀似質，緩氣言之者，在舌頭乃得。」顯然，在高誘看來，「質」音「急」而「駤」音「緩」。「質」中古屬於章母，而章母高誘時代已經齶化。這一點從後漢三國時期的梵漢對譯中可以看出。「駤」，屬於定母。所以，高誘說「在舌頭乃得」。如此看來，高誘的「急」和「緩」跟輔音的清濁有關係。

自然，高誘的「急」和「緩」並非完全是輔音清濁的不同。或者，輔音清濁只是高誘「急」和「緩」的一個方面而已。前文提到，聽感上或心理上的「急」和「緩」還有一個重要原因是「聲音的高低」。漢語以及漢藏語裏面，「聲音高低」的表現形式是聲調；或聲調主要是由「聲音的高低」決定。正如周祖謨等學者所指出的那樣，高誘的「急」和「緩」跟聲調有著密切的關係。

《淮南子・氾論訓》：「葬死人者裘不可以藏，相戲以刃者太祖軵其肘。」高注：「軵，擠也，讀近茸，急察言之。」

軵，《廣韻》：「推車，或作揖」，「而隴切」。字或從手戎聲，《廣韻》「亦作軵」。軵義與文義合。茸，《廣韻》：「草生皃」，「而容切」。「軵」為上聲，而「茸」為平聲。漢語聲調原本沒有，是語言演變過程慢慢產生的。但是，離沈約不遠的高誘時代聲調早就已經產生。了尊《悉曇輪略圖抄》引《元和新聲譜》云：「平聲者哀而安，上聲者厲而舉，去聲者清而遠，入聲者直而促。」就四聲命名也可以知道，平聲的調形應該「平」而「上」的調形是「升」。據現代學者的研究，上聲來自上古漢語的喉塞音韻尾；而通過實驗也證明喉塞音韻尾會產生「升」調。就吳語方言等「上聲」的類型來看，上聲是一個極其短促的升調。朱曉農認為漢語的上聲來自假聲[註22]。俞敏云：「上聲是高調。……淳祐《悉曇集記》附《林記》說：『答上聲平聲高下雖異，凡音相類，

〔註22〕朱曉農：《論早期上聲帶假聲》，《中國語文》，2007 年第 2 期，第 160～168 頁。

以為一韻。《韻詮》之意，專同此耳。』這就是說平聲比上聲低〔註23〕。」「茸」和「軵」其他語言條件全同，而獨聲調不同。高云：「軵，擠也，讀近茸，急察言之。」「急」正符合上聲「厲而舉」的特徵。這一例正跟下面的例子相平行：

　　《淮南子‧說林訓》：「雖欲謹亡馬，不發戶轔。」高注：「轔，戶限也，楚人謂之轔。轔，讀似隣，急氣言乃得之也。」

　　轔，表示戶限義，《廣韻》此義字作「橉」。《淮南子‧氾論訓》：「枕戶橉而臥者，鬼神跖其首。」橉，《廣韻》：「門限也，又牛車絕橉」，「良忍切」。此例本字當為橉，不過高誘亦說明轔字來自楚地。至於該詞讀音，「似隣」，且需急氣發音可得。隣，《廣韻》「力珍切」。橉，《廣韻》：臻軫開三上來；隣，《廣韻》：臻真開三平來。兩詞音近，只在聲調之別。

　　《淮南子‧說山訓》：「牛車絕轔。」高注：「轔，讀近藺，急舌言之乃得也。」

　　橉，《廣韻》：「門限也，又牛車絕橉」，「良忍切」。橉，《廣韻》：「木名」，「良刃切」。《淮南子》「牛車絕轔」對應《廣韻》「良忍切」之「橉」義。藺，《廣韻》：「草名，莞屬」，「良刃切」。橉，《廣韻》：臻軫開三上來；藺，《廣韻》：臻震開三去來。

　　「讀近」表示被注音字與注音字兩字讀音相近。轔、藺上古同為真部來紐，聲紐韻部完全相同。在高誘看來，「藺」字「緩」，而「轔」字「急」。我們從上述兩例幾乎平行的例子裏面可以看出不論注字是平聲還是去聲，如果被注字是上聲則一律注為「急氣」。就吳語四聲的調形而言，上聲最為短促，比如溫州話。溫州話的上聲最高調值甚至超出五讀，而且帶有明顯緊喉。這跟古人用「厲而舉」，描述上聲是一致的。因而，高誘注裏面，上聲總是「急」，而相對的非上聲則是「緩」。

　　《呂氏春秋‧慎行論‧慎行》：「崔杼之子相與私鬨。」高注：「鬨讀近鴻，緩氣言之。」

　　鬨（鬨），《廣韻》：「兵鬨也，胡貢切，又下降切，俗作鬨。」鬨，《廣韻》：「《說文》云：『鬥也，孟子鄒與魯鬨』，俗作鬨」，「胡絳切」。鴻，《廣韻》：

〔註23〕 俞敏：《後漢三國梵漢對音譜》，收錄於俞敏：《俞敏語言學論文集》，北京：商務印書館，1999年版，第47頁。

「《詩》傳云：『大曰鴻，小曰鴈』」，「戶工切」。又《廣韻》：「鴻蒙」，「胡孔切」。鴈，《廣韻》去聲；鴻，《廣韻》平聲、上聲異讀。如果高誘的「鴻」讀上聲，自然屬於「急」；如果「鴻」讀平聲，相對於去聲也屬於「急」，見下。

《淮南子·本經訓》：「飛蟺滿野，天旱地坼。」高注：「蟺，讀近殆，緩氣言之。」

蟺，《廣韻》：「蟺蛇，或曰食禾蟲」，「徒登切」。螣，《廣韻》：「螣蛇」，「直稔切」。螣，《廣韻》：「螣蛇」，「徒德切」。依照《淮南子·本經訓》意義，其字應該是《詩經》裏面的「去其螟螣」的「螣」。《詩經·大田》：「去其螟螣，及其蟊賊。」傳：「食心曰螟，食葉曰螣。」《釋文》：「螣，徒得反。」此「螣」《詩經》裏面跟「賊」押韻，應屬於入聲。此「螣」，《廣韻》裏面字作从蟲弋聲，云「食禾葉蟲」，音「徒德切」。殆，《廣韻》：「徒亥切」。螣，入聲；殆，上聲。

通過以上分析，我們或可以說高誘所謂的「急」和「緩」跟聲調有關係。聲音的高低曲折決定了聲調的類型。「上聲厲而舉，去聲清而遠。」清·段玉裁提出「古有去聲」說。其依據主要是《詩經》裏面去聲跟非去聲常常押韻。奧德里古爾（1954）通過對越南語漢語借詞聲調的分析，提出漢語的去聲源於 -s 韻尾〔註24〕。俞敏通過梵漢比較也得出漢語的去聲對譯梵文帶 -s 韻尾的音節〔註25〕。但是，高誘時代去聲應該已經產生。上聲在當時是一個高調，而去聲俞敏認為是低調〔註26〕。這跟我們前面已經分析的聲調高低一致。可見，周祖謨等認為「急」、「緩」跟聲調有關是符合高注事例所反映出的大部分事實的。但是，僅僅用四聲解釋高注的「急」、「緩」是不全面的。因為，前面已經討論了「急」、「緩」還跟輔音的清濁有關係。

《淮南子·俶真訓》：「夫牛蹏之涔，無尺之鯉。」高注：「涔，讀延祜曷問，急氣閉口言也。」

此例裏面沒有一個跟被注字「涔」匹配的注字，或可能是高誘當時的熟語。

〔註24〕〔法〕奧德里古爾（A. G. Haudricourt）：De l'origine des Tons en Vietnaien, Journal Asiatique 242, 1954.馮烝譯：《越南語聲調的起源》，載中國社會科學院民族研究所語言研究室編：《民族語文研究情報資料集》（第 7 集），1986 年版，第 88～96 頁。

〔註25〕俞敏：《後漢三國梵漢對音譜》，收錄於俞敏：《俞敏語言學論文集》，北京：商務印書館，1999 年版，第 22 頁。

〔註26〕俞敏：《後漢三國梵漢對音譜》，收錄於俞敏：《俞敏語言學論文集》，北京：商務印書館，1999 年版，第 47 頁。

淶，《廣韻》：「淶陽，地名；又管淶，山名；又蹄淶不容尺鯉；蹄，牛馬跡」，「鋤針切」。顯然，這裡的「急氣」是指「淶」而言。高注「淶」跟下面的事例是相平行的，試看：

《淮南子・脩務訓》：「唇腠哆噅，籧篨戚施，雖粉白黛黑弗能為美者，嫫母、仳倠也。」高注：「唇，讀『權衡』之權，急氣言之。」

楊樹達曰：「唇為齤之或字〔註27〕。」《說文・齒部》齤，「缺齒也。一曰曲齒。从齒关聲。讀若權。」《廣韻》無唇字。齤，《廣韻》：「齒曲」，「巨員切」。《淮南子・道應訓》：「齤然而笑曰。」注：「齤，音拳。」權，《廣韻》：「權變也」，「巨員切」。《廣韻》「齤」、「拳」、「權」同音。

《淮南子・地形訓》：「皮革屬焉，白色主肺，勇敢不仁；其地宜黍，多旄犀。」高注：「旄，讀近『綢繆』之繆，急氣言乃得之。」

旄，《廣韻》：「旄鉞」，「莫袍切」。氂，《廣韻》：「犛牛尾也」，「莫袍切」。《廣韻》『旄』『氂』音同義通。《經典釋文》為旄字「旄牛」義作音「音毛」、「莫袍反」。「旄」文義與《廣韻》、《經典釋文》義皆合。繆，《廣韻》：「《詩》傳云：『綢繆，猶纏綿也』」，「武彪切」，「又目、謬二音」。《詩・唐風・綢繆》，《釋文》：「綢，直留反；繆，亡侯反。」《詩・豳風・鴟鴞》：「迨天之未陰雨，徹彼桑土，綢繆牖戶。」《釋文》：「綢，直留反；繆，莫侯反。」旄，上古明母宵部；綢，上古明母幽部。兩字上古聲母相同，韻部相近。所以高注「讀近」，急氣自然也是指向「旄」而言。

《淮南子・原道訓》：「蛟龍水居，虎豹山處，天地之性也。」高注：「蛟，讀『人情性交易』之交，緩氣言乃得耳。」

蛟，《廣韻》：「龍屬」，「古肴切」。《經典釋文》為「蛟龍」義「蛟」作音均為「音交」，分別見於《禮記音義》（東漢鄭玄注）、《春秋穀梁音義》（晉范甯注）、《莊子音義》中。交，《廣韻》：「屌也，共也，合也，領也」，「古肴切」。《廣韻》「蛟」和「交」同音。

上述三例被音字都是平聲，其中兩例注音字跟被音字同音，如「唇」和「權」、「蛟」和「交」。但是，其中的「蛟」跟其他兩例以及「淶」正相反，高注「緩氣」。這跟我們前面已經討論過「駤」和「質」實質上相同，跟輔音

〔註27〕張雙棣：《淮南子校釋》，北京：北大出版社，1997 年版，第 1970 頁。

聲母的清濁有關係。濁輔音聲母的平聲為「急氣」而清輔音聲母的平聲為「緩氣」。俞敏說：「四聲一起源就有四種調子。到了唐朝，分裂成八個〔註28〕。」唐代的這八個調，後北京話裏面合併成了四個。現代漢語的南方方言多基本保持這種八個調的格局：

	陰平	陽平	陰上	陽上	陰去	陽去	陰入	陽入
廈門	55	35	53	11	21	11	<u>11</u>	<u>55</u>
泉州	33	35	55	22	31	31	<u>55</u>	<u>23</u>
漳州	55	13	53	11	21	11	<u>11</u>	<u>12</u>
溫州	55	42	35	24	51	22	325	214
蘇州	44	23	52	31	412	312	5	<u>23</u>
資源	44	23	33	53	35	24	22	22
龍川	44	52	35	35	31	31	<u>13</u>	3
廣州	55	11	35	13	33	22	5	2
北京	55	35	214	51	51	51	——	35

　　漢語的四聲由於聲母的清濁不同分為八個調。因而，即使是同一個調類，因輔音聲母的清濁不同，調值也不相同。一般情況，相對清輔音聲母，濁輔音聲母調值要低一點。這從我們上面所舉的五地方言的聲調中就可以看出。但是，就現代漢語方言的平聲陰陽的調形而言，陰平一般是平調而陽平為曲折調，或為升調或為降調。無論如何，平聲分化的兩個調是不一樣的。「蛟龍」一詞，戰國時期的文獻裏面就十分常見，《淮南子》一書裏面也有六例。高誘給這麼一個常見的「蛟」注音，又用一個完全同音的「交」來注且云「緩氣言之」。如果不是有特殊的原因，那不是注釋大家所為而且近乎無聊。古典藏語是沒有聲調的，而且藏語的一些方言，如安多方言至今仍然沒有聲調。但是，現代拉薩話已經有了聲調，而且聲調的產生分化跟輔音聲母的清濁有著密切的關係。

　　通過對高誘10例「急氣言」、「緩氣言」音注材料分析發現：1.「急氣言」、「緩氣言」反映當時漢語的聲調關係。由急到緩的調類變化為一種相對高低曲折關係，上聲〉入聲、平聲〉去聲。2.「急氣言」、「緩氣言」也跟聲母的清

〔註28〕俞敏：《後漢三國梵漢對音譜》，收錄於俞敏：《俞敏語言學論文集》，北京：商務印書館，1999年版，第48頁。

濁有著密切的關係，起碼高誘時代其平聲調已經依輔音聲母的清濁不同而出現分化。其中陰平調是一個平調，而陽平調則已經不是一個平調。

第四章　高誘音注反映的語音現象

　　通過對高誘音注材料的上古中古語音比較分析可以更好地幫助我們把握上古中古語音對應關係及規律。對於上古中古語音演變規律，前人多有討論。從清代顧炎武起開始系統研究上古韻部的分部情況及各部與中古各韻的對應關係，繼之以江永、段玉裁、戴震、孔廣森、王念孫、江有誥等人，至此可謂對上古韻部的分部，上古與中古韻部對應關係的研究，成果相當豐盛。而近人章炳麟、黃侃、王力等對古韻分部研究更是上了一新臺階，王力的上古三十部系統可以作為古韻分部的階段性總結。聲類方面清錢大昕伊始提出有名的「古無輕唇音」和「古無舌上音」，開上古聲類研究之先河，其後鄒漢勳、章炳麟、黃侃、曾運乾等人都有關於上古聲母的論述，至王力三十三母（王力原先定上古聲母為三十二個，晚年在《漢語語音史》中又增加一個「俟」母成為三十三母。）系統獨立，於上古中古聲母系統的差別與對應由此可得一窺。本文嘗試利用高誘的音注材料，說明上古中古語音之間存在的對應關係，揭示高誘音注顯示出的上古中古語音音變對應規律；同時對高誘音注被注音字與注音字語音對應反映出的聲紐混用、韻部對轉、韻部旁轉等語音現象的規律予以概括歸納。借助上古音各家擬音系統，解釋上古聲紐、韻部語音關聯，對高誘音注中保存的古音信息予以揭示。

第一節　高誘音注反映的上古──中古語音對應關係

　　按照當前學術界對漢語語音史分期比較通行的看法：魏晉南北朝至隋為中古漢語，東漢以前為上古漢語。高誘所處時代為東漢，這個時期的漢語正處在上古漢語到中古漢語的過渡時期。高誘音注材料自當有上古語音的保留，又必開中古語音的先河。在這樣一個承前啟後的語言歷史時間節點，高誘「三書注」的音注材料對於漢語語音研究的價值可以說意義非凡。因此通過高誘「三書注」音注材料，考察這些音注中反映的上古──中古語音對應關係，利於我們理清上古──中古語音發展脈絡，探尋漢語語音演變的規律；同時利於我們全面深入地瞭解高誘語音情況，可以為漢代語音學的研究提供可靠的材料。

　　高誘音注材料上古—中古語音對應關係，分別從六個方面比較展開，選用比較對象為標音類 332 例，剔除異議 10 例，共得 322 例（異議類附於本節一併說明）。對此 322 例音注，以被音字與注音字中古音韻比較異同作為基礎進行分類，涉及高誘音注被注音字與注音字兩音差異的原因隨文予以解說〔註1〕。

一、被注音字與注音字中古聲韻調完全相同

　　高誘「三書注」被注音字與注音字中古聲韻調完全相同計有 185 例，分別對應到上古聲紐韻部〔註2〕，表現有上古聲韻相同者 175 例，上古聲韻不同者 10 例。其中上古聲韻相同者中同字相標（被注音字與注音字為同一字）83 例。

（一）上古聲韻相同（異字相標）

　　異字相標常借用經典、專名、常用語形式進行。高誘「三書注」中古聲韻相同，上古聲韻相同的異字標音者 92 例。

1. 上古──中古聲類對應關係

表 4-1　上古聲韻相同之上古──中古聲類對應關係表

上古聲類	中古聲類	上古聲類	中古聲類
幫	幫	並	並、奉
滂	敷	明	明

〔註1〕中古音以《廣韻》音系為標準。用於上古中古語音對比高誘音注材料的上古中古聲韻地位見附錄 B。

〔註2〕上古聲紐、韻部以王力上古音體系為依據。

端	端、知	定	澄、定
泥	泥	精	精
從	從	心	心
邪	邪	章	章
書	書	生	生
見	見	日	日
疑	疑	群	群
余	以	影	影
匣	匣	曉	曉
來	來		

中古輕唇音奉母、敷母對應於上古重唇音並母、滂母，舌上音知、澄二母分別對應於上古舌頭音端、定二母。

2. 上古──中古韻類對應關係（以平賅上去）

表 4-2　上古聲韻相同之上古──中古韻類對應關係表

上古韻部	中古韻類	上古韻部	中古韻類
之部	咍韻	幽部	幽韻、豪韻
宵部	宵韻、肴韻	侯部	侯韻、虞韻
魚部	虞韻、模韻、魚韻	支部	齊韻
歌部	支韻	脂部	脂韻
微部	灰韻、微韻、脂韻	職部	德韻
覺部	沃韻、豪韻	屋部	燭韻
鐸部	昔韻、陌韻、模韻	錫部	麥韻、昔韻
月部	薛韻、泰韻、祭韻、月韻	緝部	合韻
物部	沒韻、脂韻	蒸部	登韻
葉部	狎韻	陽部	唐韻、陽韻、庚韻
東部	東韻、鍾韻	元部	仙韻、先韻、刪韻、元韻
耕部	清韻、庚韻	文部	魂韻
真部	臻韻、真韻	談部	鹽韻、凡韻
侵部	侵韻、覃韻、東韻（三等）		

中古韻類與上古韻部對應關係紛繁，中古同一韻類上古有不同的來源，如中古虞韻，上古有侯部、魚部來源。上古韻部中古也會分化出不同的韻類，如上古陽部，中古分化有唐韻、陽韻、庚韻。

（二）上古聲韻相同（同字相標）

高誘「三書注」中同字相標頻見，而這種標音多是借助專名、常用語、經典等幫助定音，兼有釋義作用。通過對 83 例同字標音例字上古聲韻考察，對比其中古聲韻，可見上古——中古語音對應關係。

1. 上古——中古聲類對應關係

表 4-3　同字相標上古——中古聲類對應關係表

上古聲類	中古聲類	上古聲類	中古聲類
幫	幫、非	滂	滂
並	並	明	明、微
端	知、端	透	透、徹
定	澄	泥	泥、娘
精	精	清	清
從	從	章	章
昌	昌	船	船
書	書	禪	禪
初	初	見	見
溪	溪	群	群
疑	疑	影	影
曉	曉	匣	云、匣
余	以	來	來
日	日		

中古輕唇音非、微兩母分別對應於上古重唇音幫、明兩母，舌上音知、徹、娘三母分別對應於上古舌頭音端、透、泥三母，中古喉音云母對應於上古喉音匣母。

2. 上古——中古韻類對應關係（以平賅上去）

表 4-4　同字相標上古——中古韻類對應關係表

上古韻部	中古韻類	上古韻部	中古韻類
之部	之韻、哈韻	耕部	清韻
宵部	肴韻、宵韻、豪韻	侵部	侵韻、添韻
魚部	魚韻、模韻、虞韻、麻韻	幽部	肴韻、幽韻、豪韻
歌部	支韻、歌韻、戈韻、麻韻	侯部	侯韻、虞韻

微部	脂韻、咍韻、微韻	支部	佳韻、支韻、齊韻、之韻
覺部	肴韻	脂部	齊韻
鐸部	鐸韻、禡韻、昔韻	錫部	支韻、昔韻
月部	月韻、末韻、薛韻、齊韻	陽部	陽韻、唐韻、庚韻
物部	物韻、沒韻	元部	先韻、仙韻、元韻、桓韻、寒韻
葉部	夬韻、葉韻、帖韻	文部	魂韻、文韻、真韻、諄韻
東部	鍾韻、江韻	談部	添韻、嚴韻
藥部	藥韻		

中古韻類上古有不同的來源，如中古肴韻，上古有宵部、幽部、覺部來源。上古韻部中古也會分化出不同的韻類，如上古歌部，中古分化有支韻、歌韻、戈韻、麻韻。

（三）上古聲韻不同

此類計有 10 例，其中 9 例為上古韻部不同聲類相同，1 例為上古聲韻皆不同。

1. 上古韻部不同聲類相同

（1）上古——中古聲類對應關係

匣—匣，從—從，昌—昌，定—澄，影—影，並—奉，曉—曉，書—書

（2）上古——中古韻類對應關係

表 4-5　上古聲韻不同之上古——中古韻類對應關係表

上古韻部	中古韻類	上古韻部	中古韻類
宵部、幽部	肴韻	支部、歌部	支韻
歌部、錫部	支韻	之部、職部	之韻
之部、職部	之韻	月部、質部	點韻
文部、微部	微韻	侯部、魚部	虞韻
支部、錫部	支韻		

上古雖然是不同的韻部來源，中古同屬一個韻類。此 9 例被音字與注音字，東漢高誘時期已然音同或音近。

2. 上古聲韻皆不同

被注音字施，《廣韻》「式支切」、「施智切」，又「以豉切」，上古歌部書紐。

注音字「『難易』之易」，《廣韻》「難易」之「易」音「以豉切」，上古錫部余紐。中古「施」音「以貰切」與「易」音「以豉切」音同，上古聲韻皆不同。

　　上古書母與余母既然可以互注，說明這兩個聲紐關係密切。上古書母字中古有書母、以母異讀，亦說明這一點。何況諧聲字中的書母、以母諧聲，以及文獻中書母字、以母字的通假等等現象，都可證實中古書母、以母的關係。金理新解釋中古書母、以母異讀現象是上古漢語形態非致使和致使關係的一種體現，並且他指出：「諧聲系統中的以母和書母諧聲以及文字使用過程中的以母和書母通假，也可能是上古漢語非致使和致使關係的反映，只是我們已經難以找到它們是非致使和致使關係的證據了〔註3〕。」

　　「施」「易」兩字中古同為支韻，上古有不同的韻部來源，一為陰聲韻歌部，一為入聲韻錫部。「『難易』之易」既然可以注「施」音，說明東漢高誘時代這兩個字同音。當然，我們從中也看出這兩個字的上古讀音存在某種關聯，茲以上古漢語音系代表性擬音作一比較，可見其中語音聯繫。

表4-6　「施」「易」上古漢語音系代表性擬音表

例　字　　　　學　者	施（式支切）	施（施智切）	易（以豉切）
王力	*ɕiai	*ɕiai	*ʎiek
李方桂	*hrjar	*hrjarh	*righ
白一平	*hljaj	*hljajs	*ljeks
鄭張尚芳	*hljal	*hljals	*leegs
潘悟雲	*l̥al	*l̥als	*legs
金理新	*s-thar	*s-thar-s	*ɦ-dar

　　上列六家除王力外，其餘皆注意到「施」、「易」兩詞的上古語音關聯，同時都自成體系地解釋兩詞中古的語音變化，並說明中古書母、以母的密切關係。李方桂中古以母上古擬作*r，對應地與以母有語音關聯的書母上古擬作*hrj。鄭張尚芳與白一平不謀而合，中古以母上古皆擬作*l，對應地與以母有語音關聯的書母上古皆擬作*hlj。潘悟雲中古以母上古擬作流音*l，對應地與以母有語音關聯的書母上古擬為清鼻流音*l̥。金理新以母、書母的上古語音關聯表現在聲母清濁交替轉化上，認為存在這兩個聲母讀音存在語法形態關係。

〔註3〕金理新：《上古漢語形態研究》，合肥：黃山書社，2006年版，第281頁。

二、被注音字與注音字中古韻調相同聲不同

高誘「三書注」中被注音字與注音字中古韻調相同聲類不同計有 26 例，分別對應到上古聲紐韻部〔註4〕，表現有上古韻同聲不同者 22 例、上古聲韻不同者 4 例。現分別說明之。

（一）上古韻同聲不同

1. 上古——中古聲類對應關係

表 4-7　上古韻同聲不同之上古——中古聲類對應關係表

被注音字聲類		注音字聲類		被注音字聲類		注音字聲類	
上古	中古	上古	中古	上古	中古	上古	中古
定	澄	禪	禪	禪	禪	章	章
匣	匣	見	見	泥	娘	日	日
見	見	匣	匣	群	群	見	見
定	澄	禪	禪	定	定	端	端
精	精	從	從	匣	匣	見	見
端	端	定	定	從	從	精	精
章	章	端	知	匣	云	見	見
端	知	章	章	昌	昌	透	徹
清	清	崇	崇	見	見	群	群

被注音字與注音字中古、上古聲紐混注，說明了上古漢語時期這些混注聲紐之間的密切語音關聯。下面一一闡述這些聲類的上古語音關係。

首先，澄（定）禪混注、知（端）章混注，昌徹（透）混注，反映了先秦端章二組的密切關係。

《淮南子・原道訓》：「鷹鵰搏鷙，昆蟲蟄藏。」高注：「蟄，讀『什伍』之什。」蟄，《廣韻》「直立切」，上古緝部定紐。什，《廣韻》「是執切」，上古緝部禪紐。

《淮南子・氾論訓》：「洞洞屬屬，而將不能，恐失之。」高注：「屬，讀『犁攎』之攎。」屬，《廣韻》「之玉切」，上古屋部章紐。攎，《集韻》「株玉切」，上古屋部端紐。

《淮南子・地形訓》：「三桑、無枝在其西，夸父、耽耳在其北方。」高注：

〔註 4〕上古聲類、韻部據王力上古音體系為依據。

「耺，讀『褶衣』之褶。或作攝，以兩手攝耳，居海中。」被注音字耴〔註5〕，《廣韻》「陟葉切」，上古葉部端紐。褶，《廣韻》「之涉切」，上古葉部章紐。

《淮南子・本經訓》：「淌流瀷淢，菱杅紛抱。」高注：「瀷，讀燕人強春（當作秦）言『敕』之敕。」瀷，《廣韻》「昌力切」，上古職部昌紐。敕，《廣韻》「恥力切」，上古職部透紐。

以上被注音字、注音字所反映的先秦端章二組語音聯繫，黃侃先生有關上古音著名的論斷「照三歸端」是最好的注解。上古漢語語音研究的學者們也注意到，並在各自的擬音當中有所體現，詳見表4-8。

表4-8　端章聲紐混注例字上古漢語音系代表性擬音表

例字＼學者	蟄（直立切）	什（是執切）	屬（之玉切）	攠（株玉切）	耴（陟葉切）	褶（之涉切）	瀷（昌力切）	敕（恥力切）
王力	*diəp	*ʑiəp	*tɕiok	*tiok	*tiap	*tɕiap	*tɕhiək	*thiək
李方桂	*drjəp	*djəp	*tjuk	*trjuk	*trjap	*tjap	*thjək	*thrjək
白一平	*drjip	*djup	*tjok	*trjok	*trjep	*tjop	*thjək	*hrjək
鄭張尚芳	*dib	*gjub	*tjog	*tog	*teb	*ʔljob	*lhjɯɡ	*thɯɡ
潘悟雲	*dib	*gjub	*tjog	*tog	*teb	*kljob	*ljɯɡ	*thɯɡ

以上「屬」「攠」除王力以外，其他四家皆可見兩者聲紐聯繫。李方桂先生認為章組只出現於三等，大概不是原有的，而是由 t-聲母受介音 j-的影響分化出來的。因此他將章組擬作 tj-等，既可以解釋章組與端組的諧聲，又能與知三等的 trj-構擬區別開來（李方桂知二組上古音構擬作 tr-）。章組的這一構擬也可以從音理上得到說明，j-的齶化作用可使舌尖塞音演變成為舌面塞擦音，正可解釋上古章組聲母中古演變為塞擦音的表現。李方桂知三組聲母上古擬音中的 r-具有抗齶化作用，這是其中古不讀塞擦音的音理依據。白一平先生的章組、知組聲母上古構擬同李方桂。鄭張尚芳對於章組上古帶 j-介音的構擬表示贊同，不過，他認為知三組多數字本是由上古端組三等變來，中古變知組是受三等初生介音ɯ的影響，所以不需要擬 r-冠音，只有舌音聲幹的知組二等字和小部分三等字應該擬 r-冠音。

〔註 5〕原字作耺，王念孫云：「褶、攝二字，聲與耺不相近，耺字無緣讀如褶，亦無緣通作攝也。耺皆當為耴。今作耺者，後人以意改之耳。」具體詳劉文典：《淮南鴻烈集解》，北京：中華書局，1989 年版，第 149 頁。

其他「蟄」「什」、「耴」「褶」、「灤」「敕」三組，李方桂、白一平的上古擬音可見其間各自的聲紐關聯。

第二，云（匣）見混注，精從混注，端定混注，群見混注，章禪混注屬於發音部位相同而發音方法相異聲類混注的類聚。高誘音注中的這些聲類混注，與李方桂提出的上古兩條主要諧聲原則對應，即上古發音部位相同的塞音可以互諧；上古的舌尖塞擦音或擦音互諧，不跟舌尖塞音相諧。

《呂氏春秋・仲夏紀・大樂》：「渾渾沌沌，離則復合，合則復離，是謂天常。」高注：「渾讀如『袞冕』之袞。」渾，《廣韻》「胡本切」，上古文部匣紐。袞，《廣韻》「古本切」，上古文部見紐。

《淮南子・說林訓》：「善用人者，若蚈之足，眾而不相害。」高注：「蚈，讀『蹊徑』之蹊也。」蚈，高誘「三書注」中作音三次，另兩次分別見《呂氏春秋・季夏紀・季夏》：「鷹乃學習，腐草化為螢蚈。」高注「蚈，讀如『蹊徑』之蹊。」《淮南子・時則訓》：「鷹乃學習，腐草化為蚈。」高注：「蚈，讀『奚徑』之徑〔註6〕。」蚈，《廣韻》「古奚切」，上古支部見紐。蹊、奚，《廣韻》「胡雞切」，上古支部匣紐。

《淮南子・本經訓》：「大國出攻，小國城守，驅人之牛馬，係人之子女。」高注：「係，繫囚之繫，讀曰雞。」係，《廣韻》「胡雞切」，上古支部匣紐。雞，《廣韻》「古奚切」，上古支部見紐。

《淮南子・說林訓》：「古之所為不可更，則推車至今無蟬蔑〔註7〕。」高注：「蔑，讀如『孔子射于矍相』之矍。」被注音字蔑，《廣韻》「王縛切」，上古鐸部匣紐。注音字矍，《廣韻》「居縛切」，上古鐸部見紐。

云（匣）見混注例字的上古各家擬音見表4-9。

表4-9　云（匣）見聲紐混注例字上古漢語音系代表性擬音表

學者＼例字	渾（胡本切）	袞（古本切）	蚈（古奚切）	蹊（胡雞切）	係（胡雞切）	雞（古奚切）	蔑（王縛切）	矍（居縛切）
王力	*ɣuən	*kuən	*kye	*ɣye	*ɣye	*kye	*ɣiuak	*kiuak

〔註6〕根據高誘「三書注」為蚈字作音情況，此「徑」字當為「奚」字之誤。奚與蹊同音。
〔註7〕蔑，《廣韻》、《集韻》無此字。莊逵吉云：「《說文解字・竹部》有籆字，云『收絲者也。』《方言》：『籆，榬也。』郭璞注：『所以絡絲也。』然則蟬蔑即籆字矣。」詳劉文典：《淮南鴻烈集解》，北京：中華書局，1989年版，第563頁。

李方桂	*gwənx	*kwənx	*kig	*gig	*gig	*kig	*gwjak	*kwjak
白一平	*gunʔ	*kunʔ	*ke	*ge	*ge	*ke	*wjak	*kʷjak
鄭張尚芳	*guunʔ	*kluunʔ	*k-ŋee	*gee	*gee	*kee	*Gʷag	*kʷag
潘悟雲	*guunʔ	*kluunʔ	*kee	*gee	*gee	*kee	*Gʷag	*kʷag

可以看到，上列各例見、匣聲紐的上古擬音，除王力外，大體上是保持同部位的清、濁對立狀態，可見它們的關係確不一般。中古匣母上古一分為二的說法已成為學界共識，匣母大部分與見組聲母諧聲，少數與云曉諧聲，這種分別在通假、異文、對音、同源詞等方面都表現一致。於是與見組聲母存在關係的匣母上古各家比較一致地擬為舌根濁塞音 g-、gw-，與群母合為一類，與同組的清塞音見母對立分布。鄭張尚芳、潘悟雲兩位先生另主張影組聲母上古為小舌音來源，以此云母上古擬音作G、Gʷ及ɦ、ɦʷ，前者為與見組有關聯的云母上古擬音，後者為與云曉有關係的云母上古擬音。

《淮南子‧天文訓》：「太陰在酉，歲名曰作。」高注：「作，讀昨。」作，《廣韻》「則落切」，上古鐸部精紐。昨，《廣韻》「在各切」，上古鐸部從紐。

《淮南子‧說山訓》：「力貴齊，知貴捷。得之同，邀為上。」高注：「齊，讀『蒜薺』之薺。」齊，《廣韻》「徂奚切」，上古脂部從紐。薺，《廣韻》「祖稽切」，上古脂部精紐。

精從混注例字的上古各家擬音見表 4-10。

表 4-10　精從聲紐混注例字上古漢語音系代表性擬音表

例　字 ＼ 學　者	作（則落切）	昨（在各切）	齊（徂奚切）	薺（祖稽切）
王力	*tsak	*dzak	*dzyei	*tsyei
李方桂	*tsak	*dzak	*dzid	*tsid
白一平	*tsak	*dzak	*ɦtshəj	*tsəj
鄭張尚芳	*ʔsaag	*zaag	*zliil	*ʔsliil
潘悟雲	*skaag	*sgaag	*ziil	*siil

上列 2 例精、從聲紐的上古擬音，各家皆保持同部位的清、濁對立狀態。

《淮南子‧覽冥篇》：「一自以為馬，一自以為牛，其行蹎蹎，其視瞑瞑。」高注：「蹎，讀『填實』之填。」蹎，《廣韻》「都年切」，上古真部端紐。填，《廣韻》「徒年切」，上古真部定紐。

《淮南子・本經訓》：「上掩天光，下殄地財，此遁於火也。」高注：「殄，盡也。殄，讀曰典也。」殄，《廣韻》「徒典切」，上古文部定紐。典，《廣韻》「多殄切」，上古文部端紐。

端定混注例字，上古各家擬音見表 4-11。

表 4-11　端定聲紐混注例字上古漢語音系代表性擬音表

例　字＼學　者	瑱（都年切）	填（徒年切）	殄（徒典切）	典（多殄切）
王力	*tyen	*dyen	*dyən	*tyən
李方桂	*tin	*din	*diənx	*tiənx
白一平	*tin	*din	*dən?	*tən?
鄭張尚芳	*tiin	*diin	*lʼɯɯn?	*tɯɯn?
潘悟雲	*k-liin	*g-liin	*g-lɯɯn?	*tɯɯn?

端定聲紐上古各家基本也是同部位清濁對立的擬音，除了「殄」、「典」兩音鄭張尚芳和潘悟雲的擬音例外。

《淮南子・本經訓》：「飛蛩滿野，天旱地坼」高注：「蛩，讀《詩》『小珙』之珙。」蛩，《廣韻》「渠容切」，上古東部群紐。珙，《廣韻》「九容切」，上古東部見紐。

《淮南子・精神訓》：「巖穴之間，非直越下之休也。病疵瘕者，捧心抑腹，膝上叩頭。」高注：「叩或作跔，跔，讀『車軥』之軥。」跔，《廣韻》「舉朱切」，上古侯部見紐。軥，《廣韻》「其俱切」，上古侯部群紐。

見群聲紐混注例字，上古各家擬音見表 4-12。

表 4-12　見群聲紐混注例字上古漢語音系代表性擬音表

例　字＼學　者	蛩（渠容切）	珙（九容切）	跔（舉朱切）	軥（其俱切）
王力	*gioŋ	*kioŋ	*kio	*gio
李方桂	*gjuŋ	*kjuŋ	*kjug	*gjug
白一平	*gjoŋ	*kjoŋ	*kjo	*gjo
鄭張尚芳	*goŋ	*kloŋ	*ko	*go
潘悟雲	*goŋ	*kloŋ	*ko	*go

見群混注例字，各家擬音一致表現為同部位的清濁對立。

《淮南子‧精神訓》:「有之不加飽,無之不為之饑,與守其篅笔、有其井,一實也。」高注:「篅讀『顓孫』之顓也。」篅,《廣韻》「市緣切」,上古元部禪紐。顓,《廣韻》「職緣切」,上古元部章紐。篅,上古各家擬音分別為:王力*ziuan、李方桂*djuan、白一平*djon、鄭張尚芳*djon、潘悟雲*djon。顓,上古各家擬音分別為:王力*tɕiua、李方桂*tjuan、白一平*tjon、鄭張尚芳*tjon、潘悟雲*tjon。除了王力外,章禪兩紐其他各家皆擬成同部位的清濁對立。

最後,娘日(泥)混注,跟先秦的日泥合一、泥娘合一現象相應。章太炎先生「古音娘日二紐歸泥說」是此類聲紐混注最好的注解。

《淮南子‧本經訓》:「脩掞曲按,夭矯曾橈,芒繁紛挐。」高注:「挐,讀『上谷茹縣』之茹。」挐,《廣韻》「女余切」,上古魚部泥紐。茹,《廣韻》「人諸切」,上古魚部日紐。挐,上古各家擬音分別為:王力*nia、李方桂*nrjag、白一平*nrja、鄭張尚芳*na、潘悟雲*na。茹,上古各家擬音分別為:王力*ȵia、李方桂*njag、白一平*nja、鄭張尚芳*nja、潘悟雲*nja。除了王力先生上古泥、日兩母分別清楚外,其他各家有關這兩個例字聲紐擬音區別只在介音有無。

另外,還有一例清崇聲紐混注,「伹,讀燕言鉏同」,有關方言讀音,後文將專章討論,此不贅。

2. 上古——中古韻類對應關係(以平眺上去)

表 4-13　上古韻同聲不同之上古——中古韻類對應關係表

上古韻部	中古韻類	上古韻部	中古韻類
魚部	魚韻	緝部	緝韻
支部	齊韻	葉部	葉韻
脂部	齊韻	東部	鍾韻
侯部	虞韻	元部	仙韻
職部	職韻、德韻	真部	先韻
屋部	燭韻	文部	魂韻、先韻
鐸部	鐸韻、藥韻		

上古韻部中古分化成不同的韻類,中古同一韻類上古也有不同的韻部來源。

（二）上古聲韻不同

1. 上古──中古聲類對應關係

表 4-14　上古聲韻不同之上古──中古聲類對應關係表

被注音字聲類		注音字聲類		被注音字聲類		注音字聲類	
上　古	中　古	上　古	中　古	上　古	中　古	上　古	中　古
並	奉	滂	敷	見	見	群	群
匣	匣	見	見				

　　高誘音注並（奉）滂（敷）混注、見群混注、見匣混注屬於發音部位相同而發音方法相異的聲類混注。這與李方桂先生所提諧聲原則「上古發音部位相同的塞音可以互諧」表現一致。

　　《淮南子・俶真訓》：「蘆苻之厚，通於無墊而復反於敦龐。」高注：「苻，讀『麱麷』之麷也。」苻，《廣韻》「防無切」，上古侯部並紐。麷，《廣韻》作麩，「芳無切」，上古魚部滂紐。

　　《淮南子・俶真訓》：「鏤之以剞劂，雜之以青黃，華藻鎛鮮，龍蛇虎豹，曲成文章。」高注：「剞，讀技之技。」《淮南子・本經訓》：「以相交持，公輸、王爾無所錯其剞劂削鋸。」高注：「剞，讀『技尺』之技。」剞，《廣韻》「居綺切」，上古歌部見紐。技，《廣韻》「渠綺切」，上古支部群紐。

　　《淮南子・精神訓》：「窈窈冥冥，芒芠漠閔，澒蒙鴻洞，莫知其門。」高注：「鴻，讀『子贛』之贛。」鴻，《集韻》「胡貢切」，上古東部匣紐。贛，《廣韻》「古送切」，上古侵部見紐。

　　以上三例發音部位相同發音方法不同的聲類混注，上古各家代表性擬音見表 4-15。

表 4-15　上古聲韻不同聲類混注例字上古漢語音系代表性擬音表

學者 例　字	苻 （防無切）	麩 （芳無切）	剞 （居綺切）	技 （渠綺切）	鴻 （胡貢切）	贛 （古送切）
王力	*bio	*phia	*kiai	*gie	*ɣoŋ	*kiuəm
李方桂	*bjug	*phjag	*kjiarx	*gjigx	*guŋh	*kəŋwh
白一平	*bjo	*phja	*krjaj?	*grje?	*goŋs	*koŋs
鄭張尚芳	*bo	*pha	*kral?	*gre?	*gooŋs	*klooms
潘悟雲	*bo	*pha	*kal?	*gre?	*gooŋs	*klooms

這些聲類混注例字上古各家擬音聲紐的區別或者為同部位塞音的清濁對立，或者為同部位塞音送氣清濁區分。

2. 上古——中古韻類對應關係（以平賅上去）

表 4-16　上古聲韻不同之上古——中古韻類對應關係表

被注音字韻類		注音字韻類		被注音字韻類		注音字韻類	
上古	中古	上古	中古	上古	中古	上古	中古
侯部	虞韻	魚部	虞韻	歌部	支韻	支部	支韻
東部	東韻	侵部	東韻				

這些被音字、注音字儘管上古來源於不同韻部，中古分化成相同的韻類，高誘時期這些被音字、注音字的韻類發音當相同或相近。

三、被注音字與注音字中古聲韻相同調不同

高誘「三書注」中被注音字與注音字中古聲韻相同聲調不同計 27 例，對應到上古音，上古聲韻相同 27 例。

（一）上古——中古聲類對應關係

表 4-17　上古聲韻相同之上古——中古聲類對應關係表

上古聲類	中古聲類	上古聲類	中古聲類
並	並	明	明、微
端	知	透	透
定	定	疑	疑
從	從	日	日
來	來	匣	匣

中古輕唇音微母上古屬於重唇音明母，中古舌上音知母上古屬於舌頭音端母。

（二）上古——中古韻類對應關係（以平賅上去）

表 4-18　上古聲韻相同之上古——中古韻類對應關係表

上古韻部	中古韻類	上古韻部	中古韻類
宵部	蕭韻、宵韻	陽部	唐韻
侯部	侯韻、虞韻	耕部	庚韻
魚部	魚韻	元部	元韻、桓韻

微部	脂韻	侵部	覃韻
東部	東韻、鍾韻	物部	微韻
真部	真韻	文部	文韻

　　上古韻部中古分化成不同的韻類，中古同一韻類上古也有不同的韻部來源。

　　這一類高誘注音，依據《廣韻》音系，調類不同，上古聲韻相同。這些不同調的字可以注音，說明高誘時期聲調尚未成為詞語讀音的區別性特徵。當然，根據東漢時期一些譯音文獻的研究，漢語四聲當時有分化區別的跡象。俞敏在《後漢三國梵漢對音譜》中曾推論描述當時漢語的去聲是低調，上聲是高調，平聲是中高調，入聲則高中低都有。既然高誘生活的時代是聲調形成的早期時段，其作為語詞意義的區別性特徵自然尚不明顯。根據唐宋時期的語音對比看，聲調不合也就正常不過了。

四、被注音字與注音字中古韻相同聲類及聲調不同

　　高誘音注被注音字與注音字中古韻類相同聲類及聲調不同計 7 例，對照上古音，其中上古韻類相同聲類不同 6 例，上古聲韻不同 1 例。

（一）上古韻類相同聲類不同

1. 上古——中古聲類對應關係

表 4-19　上古韻類相同聲類不同之上古——中古聲類對應關係表

被注音字聲類		注音字聲類		被注音字聲類		注音字聲類	
上　古	中　古	上　古	中　古	上　古	中　古	上　古	中　古
匣	云	見	見	見	見	溪	溪
匣	匣	見	見	禪	禪	章	章
邪	邪	余	以	曉	曉	匣	云

　　云（匣）見混注，見溪混注，禪章混注，曉云（匣）混注是發音部位相同而發音方法相異方面的聲類混注。邪以（余）混注，跟先秦的余定邪書心音同音近現象相同或相關。

　　《呂氏春秋・季夏紀・明理》：「其日有鬭蝕，有倍僪，有暈珥。」高注：「暈，讀為「君國子民」之君。」暈，《廣韻》「王問切」，上古文部匣紐。君，《廣韻》「舉云切」，上古文部見紐。

《淮南子‧原道訓》:「今人之所以眭然能視。」高注:「眭,讀曰桂。」眭,《廣韻》「戶圭切」,上古支部匣紐。桂,《廣韻》「古惠切」,上古支部見紐。

《淮南子‧覽冥篇》:「當此之時,臥倨倨,興眄眄。」高注:「倨,讀『虛田』之虛。」倨,《廣韻》「居御切」,上古魚部見紐。虛,《廣韻》「去魚切」,上古魚部溪紐。

以上三例是上古見匣、見溪之間混注,上古代表性擬音見表 4-20。

表 4-20　見匣、見溪聲類混注例字上古漢語音系代表性擬音表

學者 例　字	暈 （王問切）	君 （舉云切）	眭 （戶圭切）	桂 （古惠切）	倨 （居御切）	虛 （去魚切）
王力	*ɣiuən	*kiuən	*ɣyue	*kyue	*kia	*khia
李方桂	*gwjənh	*kjən	*gwig	*kwigh	*kjagh	*khjag
白一平	*wjuns	*kjun	*gʷe	*kʷes	*kjas	*khja
鄭張尚芳	*ɢuns	*klun	*ɢʷee	*kʷees	*kas	*kha
潘悟雲	*ɢuns	*klun	*gʷee	*kʷees	*kas	*khla

根據以上諸家擬音,見匣多為同發音部位的清濁對立,見溪為同發音部位的送氣與不送氣對立。

《淮南子‧說山訓》:「人不愛倕之手,而愛己之指。」高注:「倕,讀詩『惴惴其栗』之惴也。」倕,《廣韻》「是為切」,上古歌部禪紐。惴,《廣韻》「之睡切」,上古歌部章紐。倕,上古各家擬音分別為:王力*ʑiuai、李方桂*djar、白一平*djoj、鄭張尚芳*djol、潘悟雲*djol。惴,上古各家擬音分別為:王力*tɕiua、李方桂*tjarh、白一平*tjojs、鄭張尚芳*tjols、潘悟雲*tjols。除王力外,章禪兩母上古擬音一致為同部位的清濁對立。

《淮南子‧脩務訓》:「嗻䑋哆嗋,鬑蔰戚施,雖粉白黛黑弗能為美者,嫫母、倛倕也。」高注:「嗋,讀『楚蔿氏』之蔿。」嗋,《廣韻》「許為切」,上古歌部曉紐。蔿,《廣韻》「韋委切」,上古歌部匣紐。嗋,上古各家擬音分別為:王力*xiuai、李方桂*hwjar、白一平*xʷjaj、鄭張尚芳*qhʷral、潘悟雲*qhʷal。蔿,上古各家擬音分別為:王力*ɣiuai、李方桂*gwjarx、白一平*wjaj?、鄭張尚芳*ɢʷal?、潘悟雲*ɢʷal?。

《淮南子‧俶真訓》：「引楯萬物，羣美萌生。」高注：「楯，讀『允恭』之允。」楯，《廣韻》「詳遵切」，上古文部邪紐。允，《廣韻》「以準切」，上古文部余紐。楯，上古各家擬音分別為：王力*ziuən、李方桂*sdjən、白一平*zjun、鄭張尚芳*ljun、潘悟雲*ljun。允，上古各家擬音分別為：王力*ʎiuĭ、李方桂*rənx、白一平*ljunʔ、鄭張尚芳*lunʔ、潘悟雲*［g］lunʔ。鄭張尚芳、潘悟雲的上古擬音最可反映上古邪余兩母之間的關係。李方桂先生以母上古構擬作 r-，與以母有關係的邪母上古擬作 rj-，對於又與舌尖塞音有關的邪母上古構擬作 sdj-，這也正是為了與其所訂諧聲規則「舌尖塞音不與舌尖塞擦音或擦音相諧」保持一致。

2. 上古——中古韻類對應關係（以平賅上去）

文部—文韻，支部—齊韻，文部—諄韻，魚部—魚韻，歌部—支韻。

以上諸例中古韻同聲不同調不同，皆是上古語音關聯的聲類之間混注，加之東漢時期聲調尚未形成為語詞意義的區別特徵，那麼異調混注也就很自然了。

（二）上古聲韻不同

上古聲韻不同 1 例見於《呂氏春秋‧慎大覽‧下賢》，「確乎其節之不痺也，就就乎其不肯自是。」高注：「就就，讀如『由與』之與。」畢沅曰：「由與即猶豫。《爾雅‧釋獸釋文》：『猶，羊周、羊救二反，《字林》弋又反。』此就字讀從之也。」吳承仕以為：「《爾雅‧釋文》『猶』字音義更與此文無涉。蓋高注讀『就』為『由與』之『由』，今本誤為『由與』之『與』，故不可通。就字蓋從尤聲，故與由、猶音近，高讀為『由與』者，音義相兼〔註 8〕。」因此注音字當為「由與」之「由」。

被注音字就，《廣韻》「疾僦切」，中古從母宥韻，上古覺部從紐。注音字由，《廣韻》「以周切」，中古以母尤韻，上古幽部喻紐。就，上古各家擬音分別為：王力*dziuk、李方桂*dzjəgwh、白一平*dzjuks、鄭張尚芳*zugs、潘悟雲*zugs。由，上古各家擬音分別為：王力*ʎiu、李方桂*rəgw、白一平*ljiw、鄭張尚芳*luuw、潘悟雲*luuw。各家上古擬音看不出「就」「由」之間的語音關聯。或者即如吳承仕之言，就字尤聲，尤，《廣韻》「羽求切」，中古云母尤韻，上古之部匣紐。其與注音字由《廣韻》音近。

〔註 8〕吳承仕：《經籍舊音辨證》，北京：中華書局，1986 年版，第 228 頁。

五、被注音字與注音字中古聲同韻不同

高誘音注被注音字與注音字中古聲類相同韻類不同 43 例，對應到上古音，其中上古聲韻相同 19 例，上古聲同韻不同 24 例。

（一）上古聲韻相同

1. 上古——中古聲類對應關係

表 4-21　上古聲韻相同之上古——中古聲類對應關係表

上古聲類	中古聲類	上古聲類	中古聲類
並	並、奉	群	群
明	明	曉	曉
心	心	匣	匣
見	見	書	書
來	來		

中古輕唇音奉母來源於上古重唇音並母。

2. 上古——中古韻類對應關係（以平賅上去）

表 4-22　上古聲韻相同之上古——中古韻類對應關係表

被注音字韻類		注音字韻類		被注音字韻類		注音字韻類	
上　古	中　古	上　古	中　古	上　古	中　古	上　古	中　古
之部	之韻	之部	咍韻	月部	屑韻	月部	薛韻
幽部	豪韻	幽部	尤韻	月部	祭韻	月部	末韻
侯部	虞韻	侯部	虞韻	東部	東韻	東部	江韻
微部	脂韻	微部	灰韻	元部	刪韻	元部	寒韻
鐸部	暮韻	鐸部	陌韻	元部	仙韻開	元部	寒韻
鐸部	禡韻	鐸部	昔韻	文部	文韻	文部	真韻
鐸部	鐸韻	鐸部	陌韻	侵部	侵韻	侵部	覃韻
鐸部	鐸韻	鐸部	暮韻	談部	談韻	談部	嚴韻
談部	談韻	談部	鹽韻				

上古韻部中古有不同的韻類分化，既然高誘音注中出現這些韻類混注，那說明這些中古不同韻類的字在高誘時期韻母讀音是相同或相近的，也就是說這些上古韻部其時處於分化進程中。

（二）上古聲同韻不同

1. 上古——中古聲類對應關係

表 4-23　上古聲同韻不同之上古——中古聲類對應關係表

上古聲類	中古聲類	上古聲類	中古聲類
明	明、微	並	並
定	定	影	影
泥	泥	曉	曉
見	見	匣	匣
余	以	溪	溪
心	心		

中古輕唇音微母來源於上古重唇音明母。

2. 上古——中古韻類對應關係（以平賅上去）

表 4-24　上古聲同韻不同之上古——中古韻類對應關係表

被注音字韻類		注音字韻類		被注音字韻類		注音字韻類	
上　古	中　古	上　古	中　古	上　古	中　古	上　古	中　古
幽部	豪韻	蒸部	東3	幽部	尤韻	微部	脂韻
宵部	蕭韻	藥部	錫韻	微部	微韻	文部	文韻
宵部	豪韻	幽部	幽韻	蒸部	登韻	之部	哈韻
侯部	侯韻	幽部	尤韻	藥部	藥韻	宵部	宵韻
魚部	麻韻	支部	齊韻	鐸部	藥部	侯部	侯韻
魚部	模韻	陽部	唐、陽韻	陽部	唐韻	侯部	侯韻
歌部	支韻	月部	薛韻	元部	桓韻	歌部	戈韻
歌部	歌韻	元部	寒韻	元部	仙韻	真部	真韻
歌部	歌韻	魚部	模韻	真部	先韻	支部	齊韻
歌部	支韻	微部	微韻	鐸部	藥部	侯部	侯韻
脂部	脂韻	微部	微韻	侵部	覃韻	緝部	合韻

　　此類 24 例中古、上古皆為異韻混注，這些不同韻類的混注，追溯到上古音，其實混注的韻部之間也是存在某些語音關聯的。

　　上古屬於陰入對轉的有：宵部藥部、歌部月部、之部職部。

　　宵藥對轉 3 例。《淮南子·原道訓》：「上游於霄霓之野，下出於無垠之門。」高注：「霓，讀『翟氏』之翟。」《淮南子·俶真訓》：「虛無寂寞，蕭條霄霓，

無有彷彿，氣遂而大通冥冥者也。」高注：「霓，『翟氏』之翟也。」霓，《廣韻》、《集韻》無，朱駿聲《說文通訓定聲》：「霓即窱字〔註9〕」。窱，《說文》：「深肆極也」。窱，《廣韻》「徒了切」，上古宵部定紐。翟，《廣韻》「徒歷切」，上古藥部定紐。窱，上古各家擬音分別為：王力*dyô、李方桂*diagwx、白一平*g-lew?、鄭張尚芳*l'eew?、潘悟雲*g-leew?。由，上古各家擬音分別為：王力*dyôk、李方桂*diakw、白一平*lewk、鄭張尚芳*l'eewɢ、潘悟雲*leewg。

《淮南子·本經訓》：「以相交持，公輸、王爾無所錯其剞劂削鋸。」高注：「削，讀『綃頭』之綃也。」削，《廣韻》「息約切」，上古藥部心紐。綃，《廣韻》「相邀切」，上古宵部心紐。削，上古各家擬音分別為：王力*siôk、李方桂*sjakw、白一平*sjewk、鄭張尚芳*slewɢ、潘悟雲*slewg。綃，上古各家擬音分別為：王力*siô、李方桂*sjagw、白一平*sjew、鄭張尚芳*sew、潘悟雲*slew。

歌月對轉 1 例。《淮南子·原道訓》：「雪霜滾灖，浸潭苽蔣。」高注：「灖，讀『扐滅』之扐。」孫星衍云：「當作校滅之滅，因滅、灖聲相近也〔註10〕。」《廣韻》無灖字，《集韻》灖，「母被切」，上古歌部明紐。滅，《廣韻》「亡列切」，上古月部明紐。灖，上古各家擬音分別為：王力*miai、李方桂*mjiarx、白一平*mrjaj?、鄭張尚芳*mral?、潘悟雲*mral?。滅，上古各家擬音分別為：王力*miat、李方桂*mjiat、白一平*mjet、鄭張尚芳*med、潘悟雲*med。

之職對轉 2 例。《淮南子·本經訓》：「飛蝱滿野，天旱地坼。」高注：「蝱，蟬，蠛蠓之屬也。一曰蝗也。沇州謂之螣。螣，讀近殆，緩氣言之。」《呂氏春秋·仲夏紀·仲夏》：「行春令，則五穀晚熟，百螣時起，其國乃饑。」高注：「螣，讀近殆。」螣，《廣韻》「徒得切」，上古職部定紐。殆，《廣韻》「徒亥切」，上古之部定紐。螣，上古各家擬音分別為：王力*dək、李方桂*dək、白一平*lək、鄭張尚芳*l'ɯɯg、潘悟雲*g-lɯɯg。殆，上古各家擬音分別為：王力*də、李方桂*dəgx、白一平*lə?、鄭張尚芳*l'ɯɯ?、潘悟雲*lɯɯ?。

對照上古各家擬音，可以清楚地看到上古韻部宵藥混注、歌月混注、之職混注，被注音字和注音字的韻腹主元音和聲紐是完全相同的，只在韻尾分別。

上古屬於陽入對轉的有：侵部緝部。

〔註9〕朱駿聲：《說文通訓定聲》，武漢：武漢市古籍書店，1983 年版，第 340 頁。
〔註10〕劉文典：《淮南鴻烈集解》，北京：中華書局，1989 年版，第 37 頁。

侵緝對轉 1 例。《淮南子·氾論訓》：「興於牛頷之下。」高注：「頷，讀『合索』之合。」頷，《廣韻》「胡男切」，上古侵部匣紐。合，《廣韻》「侯閣切」，上古緝部匣紐。頷，上古各家擬音分別為：王力*ɣɣəm、李方桂*gəmx、白一平*gəmʔ、鄭張尚芳*guɯɯmʔ、潘悟雲*guɯɯmʔ。合，上古各家擬音分別為：王力*ɣəp、李方桂*gəp、白一平*gup、鄭張尚芳*guub、潘悟雲*guub。

上古屬於陰陽對轉的有：歌部元部、魚部陽部、微部文部。

歌元對轉 2 例。《淮南子·原道訓》：「員者常轉，窾者主浮，自然之勢也。」高注：「窾，讀『科條』之科也。」窾，《廣韻》「苦管切」，上古元部溪紐。科，《廣韻》「苦禾切」，上古歌部溪紐。窾，上古各家擬音分別為：王力*khuan、李方桂*khuanx、白一平*khonʔ、鄭張尚芳*khloonʔ、潘悟雲*khloonʔ。科，上古各家擬音分別為：王力*khuai、李方桂*khuar、白一平*khoj、鄭張尚芳*khool、潘悟雲*khool。

《淮南子·時則訓》：「天子乃儺，以御秋氣。」高注：「儺，讀『躁難』之難。」儺，《廣韻》「諾何切」，上古歌部泥紐。難，《廣韻》「那干切」，上古元部泥紐。儺，上古各家擬音分別為：王力*nai、李方桂*nar、白一平*naj、鄭張尚芳*naal、潘悟雲*naal。難，上古各家擬音分別為：王力*nan、李方桂*nan、白一平*nan、鄭張尚芳*nhaan、潘悟雲*naan。

魚陽對轉 1 例。《淮南子·覽冥篇》：「孟嘗君為之增欷歍唈，流涕狼戾不可止。」高注：「歍，讀『鴛鴦』之鴦也。」歍，《廣韻》「哀都切」，上古魚部影紐。鴦，《廣韻》「於良切」「烏郎切」，上古陽部影紐。難，《廣韻》「那干切」，上古元部泥紐。歍，上古各家擬音分別為：王力*a、李方桂*ʔag、白一平*ʔa、鄭張尚芳*qaa、潘悟雲*qaa。鴦，上古各家擬音分別為：王力*iaŋ 與*aŋ、李方桂*ʔjaŋ 與*ʔaŋ、白一平*ʔjaŋ 與*ʔaŋ、鄭張尚芳*qaŋ 與*qaaŋ、潘悟雲*qaŋ 與*qaaŋ。

微文對轉 1 例。《淮南子·氾論訓》：「潘尫、養由基、黃衰微、公孫丙相與篡之。」高注：「微，讀『扻滅』之扻也。」微，《廣韻》「無非切」，上古微部明母。扻，《廣韻》「武粉切」「亡運切」，上古文部明母。微，上古各家擬音分別為：王力*miəi、李方桂*mjəd、白一平*mjəj、鄭張尚芳*mɯl、潘悟雲*mɯl。扻，上古各家擬音分別為：王力*miən 與*miən、李方桂*mjənx 與

*mjənh、白一平*mjenʔ與*mjens、鄭張尚芳*muunʔ與*muuns、潘悟雲*muunʔ與*muuns。

　　高誘音注上古韻部存在歌元混注、魚陽混注、微文混注，皆在同部位的陰聲韻與陽聲韻之間。結合各家上古系統擬音，可以看到這些被音字、注音字的韻腹主元音、聲紐相同，只在韻尾上有所區別。

　　上古屬於旁轉的有：魚部支部、宵部幽部、幽部侯部、脂部微部、歌部微部、元部真部。

　　魚支旁轉 1 例。《淮南子‧俶真訓》：「聚眾不足以極其變，積財不足以贍其費，於是萬民乃始憹觟離跂。」高注：「觟，『傒俓』之傒也。」觟，《廣韻》「胡瓦切」，上古魚部匣紐。傒，《廣韻》「胡雞切」，上古支部匣紐。

　　宵幽旁轉 1 例。《淮南子‧地形訓》：「皮革屬焉，白色主肺，勇敢不仁；其地宜黍，多旄犀。」高注：「旄，讀近『綢繆』之繆，急氣言乃得之。」旄，《廣韻》「莫袍切」，上古宵部明母。繆，《廣韻》「莫浮切」「武彪切」，上古幽部明母。

　　幽侯旁轉 1 例。《淮南子‧地形訓》：「自東北至西北方，有跂踵民、句嬰民。」高注：「句嬰，讀為九嬰，北方之國也。」句，《廣韻》「古侯切」、「古候切」，上古侯部見紐。九，《廣韻》「舉有切」，上古幽部見紐。

　　脂微旁轉 2 例。《淮南子‧脩務訓》：「啳睒哆噅，蘧蒢戚施，雖粉白黛黑弗能為美者，嫫母、仳倠也。」高注：「仳，讀人得風病之靡〔註11〕。倠，讀近虺。」被注音字仳，《廣韻》「房脂切」，上古脂部並紐。注音字痱，《廣韻》「符非切」，上古微部並紐。被注音字倠，《廣韻》「許維切」，上古脂部曉紐。注音字虺，《廣韻》「呼恢切」「呼懷切」，上古微部曉紐。上古微部東漢時合為脂部。

　　歌微旁轉 1 例。《淮南子‧俶真訓》：「百圍之木，斬而為犧尊。」高注：「犧，讀曰希。」犧，《廣韻》「許羈切」，上古歌部曉紐。希，《廣韻》「香衣切」，上古微部曉紐。

　　元真旁轉 1 例。《呂氏春秋‧仲冬紀‧忠廉》：「衛懿公有臣曰弦演，有所於使。」高注：「演讀如『胤子』之胤。」演，《廣韻》「以淺切」，上古元部余紐。胤，《廣韻》「羊晉切」，上古真部余紐。

〔註11〕孫詒讓云：「靡無風病之義，注靡當作痱。《說文‧疒部》：『痱，風病也。』」見劉文典：《淮南鴻烈集解》，北京：中華書局，1989 年版，第 639 頁。

東漢屬於陰陽對轉的有：幽部蒸部、侯部陽部。先秦蒸部到東漢變為冬部，幽部冬部屬於陰陽對轉。先秦侯部到東漢變為魚部，魚部陽部屬於陰陽對轉。

幽部蒸部混注例 1 見。《呂氏春秋・恃君覽・觀表》：「衛忌相髭，許鄙相朒。」高注：「朒字讀如『窮穹』之穹。」朒，《廣韻》作尻，「苦刀切」，上古幽部溪紐。穹，《廣韻》「去宮切」，上古蒸部溪紐。

陽部侯部混注 1 例。《淮南子・原道訓》：「形體能抗。」高注：「抗，讀『扣耳』之扣。」抗，《廣韻》「苦浪切」，上古陽部溪紐。扣，《廣韻》「苦候切」，上古侯部溪紐。

東漢屬於陰入對轉的有：侯部鐸部，先秦侯部東漢變入魚部，魚部鐸部屬於陰入對轉。此類 1 例。《淮南子・脩務訓》：「今之盲者，目不能別晝夜，分白黑，然而搏琴撫弦，參彈復徽，攫援摽拂，手若蔑蒙，不失一弦。」高注：「攫，讀『屈直木令句』、『欲句此木』之句。」攫，《廣韻》「居縛切」，上古鐸部見紐。句，《廣韻》「古侯切」「古候切」「九遇切」，上古侯部見紐。

高注尚有 1 例，上古真部支部混注，其實追溯造字更早的古音，被音字為錫部來源，與注音字支部發音部位相同，只韻尾存在陰入之別。《呂氏春秋・孟夏紀・尊師》：「適衣服，務輕煖；臨飲食，必蠲絜。」高注：「蠲，讀曰圭也。」蠲，《廣韻》「古玄切」，上古真部見紐。蠲，《說文》「從虫目，益聲」。益，《廣韻》「伊昔切」，上古錫部影紐。蠲從益得聲，入聲來源，音自與益同或近。圭，《廣韻》「古攜切」，上古支部見紐。段玉裁以為蠲之古音如圭，不無道理。高誘以圭注蠲音，保留了蠲字更早的古音。《經典釋文卷六・毛詩音義中》蠲：「舊音圭絜也」，《經典釋文卷九・周禮音義下》蠲：「舊音圭絜也」。高誘此注當係蠲字古音舊讀。

剩餘還有 2 例，上古韻部發生混注的在歌部魚部，「荷，讀如燕人強秦言胡同也」；幽部微部，「狄，讀中山人相遺物之遺」，皆為方言讀音，後文專門討論。

六、被注音字與注音字中古聲韻不同

高誘音注被注音字與注音字中古聲韻不同 34 例，對應到上古音，上古聲韻相同 3 例，上古聲韻不同 10 例，上古韻同聲不同 21 例。

（一）上古聲韻相同

1. 上古——中古聲類對應關係

表 4-25　上古聲韻相同之上古——中古聲類對應關係表

被注音字聲類		注音字聲類		被注音字聲類		注音字聲類	
上　古	中　古	上　古	中　古	上　古	中　古	上　古	中　古
泥	泥	泥	娘	明	明	明	微

中古娘母來源於上古泥母，中古輕唇音微母來源於上古重唇音明母。

2. 上古——中古韻類對應關係（以平賅上去）

表 4-26　上古聲韻相同之上古——中古韻類對應關係表

被注音字韻類		注音字韻類		被注音字韻類		注音字韻類	
上　古	中　古	上　古	中　古	上　古	中　古	上　古	中　古
宵部	蕭韻	宵部	肴韻	文部	諄韻	文部	文韻

上古宵部中古分化為蕭韻、肴韻，上古文部中古分化為文韻、諄韻。

（二）上古聲韻不同

1. 上古——中古聲類對應關係

表 4-27　上古聲韻不同之上古——中古聲類對應關係表

被注音字聲類		注音字聲類		被注音字聲類		注音字聲類	
上　古	中　古	上　古	中　古	上　古	中　古	上　古	中　古
端	端	章	章	定	定	端	端
端	端	定	定	定	定	端	知
匣	匣	曉	曉	日	日	滂	敷
定	定	來	來	匣	匣	見	見
見	見	匣	匣	透	徹	端	知

高誘音注端章混注跟先秦端章二組合一現象對應。端定混注、端透混注、曉匣混注、見匣混注，屬於發音部位相同而發音方法相異方面聲類混注的類聚。

端章混注 1 例。《淮南子・原道訓》：「所謂後者，非謂其底滯而不發，凝結而不流。」高注：「底，讀曰紙。」底，《廣韻》「都禮切」，上古脂部端紐。紙，

《廣韻》「諸氏切」，上古支部章紐。底，上古各家擬音分別為：王力*tyei、李方桂*tidx、白一平*tijʔ、鄭張尚芳*tiilʔ、潘悟雲*tiilʔ。紙，上古各家擬音分別為：王力*tɕie、李方桂*krjigx、白一平*kjeʔ、鄭張尚芳*kjeʔ、潘悟雲*kjeʔ。

　　端定混注 4 例。《淮南子·原道訓》：「猶錞之與刃，刃犯難而錞無患者，何也？以其託於後位也。」高注：「錞，矛戈之錞也，讀若頓。」《淮南子·說林訓》：「錞之與刃，孰先樊也？」高注：「錞，讀頓首之頓。」錞，《廣韻》「徒猥切」、「徒對切」，上古微部定紐。頓，《廣韻》「都困切」，上古文部端紐。錞，上古各家擬音分別為：王力*duəi 與*duəi、李方桂*dədx 與*dədh、白一平*dujʔ與*dujs、鄭張尚芳*duulʔ與*duuls、潘悟雲*duulʔ與*duuls。頓，上古各家擬音分別為：王力*tuən、李方桂*tənh、白一平*tuns、鄭張尚芳*tuuns、潘悟雲*tuuns。

　　《淮南子·原道訓》：「先者隤陷，則後者以謀；先者敗績，則後者違之。」高注：「楚人讀躓為隤。」《淮南子·原道訓》：「凡人之志各有所在而神有所繫者，其行也，足蹟趎埳、頭抵植木而不自知也。」高注：「蹟，躓也，楚人讀躓為蹟。」躓，《廣韻》「陟利切」，上古質部端紐。隤、蹟，《廣韻》「杜回切」，上古微部定紐。躓，上古各家擬音分別為：王力*tiet、李方桂*trjidh、白一平*trjits、鄭張尚芳*tids、潘悟雲*tids。隤、蹟，上古各家擬音分別為：王力*duəi、李方桂*dəd、白一平*luj、鄭張尚芳*l'uul、潘悟雲*g-luul。

　　端透混注 1 例。《淮南子·本經訓》：「愚夫憃婦皆有流連之心，悽愴之志。」高注：「憃，讀近貯益之肚戇，籠口言之也。」憃，《廣韻》「丑用切」，上古東部透紐。戇，《廣韻》「陟降切」，上古侵部端紐。憃，上古各家擬音分別為：王力*thioŋ、李方桂*thrjuŋh、白一平*thrjoŋs、鄭張尚芳*lhoŋs、潘悟雲*kh-loŋs。戇，上古各家擬音分別為：王力*teəm、李方桂*trəmh、白一平*truŋs、鄭張尚芳*kr'ooms、潘悟雲*k-ruums。

　　曉匣混注 1 例。《淮南子·精神訓》：「契大渾之樸，而立至清之中。」高注：「渾，讀『揮章』之揮。」渾，《廣韻》「戶昆切」，上古文部匣紐。揮，《廣韻》「許歸切」，上古微部曉紐。渾，上古各家擬音分別為：王力*ɣuən、李方桂*gwən、白一平*gun、鄭張尚芳*guun、潘悟雲*guun。揮，上古各家擬音分別為：王力*xiuəi、李方桂*hwjəd、白一平*xjuj、鄭張尚芳*qhul、潘悟雲*qhul。

見匣混注 1 例。《淮南子·俶真訓》:「物豈可謂無大揚攉乎〔註12〕?」高注:「攉,讀『鎬京』之鎬。」被注音字攉,《廣韻》「古岳切」,上古藥部見紐。鎬,《廣韻》「胡老切」,上古宵部匣紐。攉,上古各家擬音分別為:王力*keôk、李方桂*krakw、白一平*krawk、鄭張尚芳*kroowɢ、潘悟雲*kroowg。鎬,上古各家擬音分別為:王力*ɣoˆ、李方桂*gagwx、白一平*gawʔ、鄭張尚芳*gaawʔ、潘悟雲*gaawʔ。

高誘音注定來混注 1 例:柣,讀南陽人言山陵同,屬於方音讀法,後文專門討論,此不贅述。

日滂混注 1 例:軵,讀楫拊之拊。軵,《廣韻》「而隴切」,上古東部日紐。拊,《廣韻》「芳武切」,上古侯部滂紐。韻部侯東陽入對轉,至於聲類,差別頗大,所以段玉裁《說文解字注》推測高誘時軵固有兩讀。

2. 上古——中古韻類對應關係(以平賅上去)

表4-28　上古聲韻不同之上古——中古韻類對應關係表

被注音字韻類		注音字韻類		被注音字韻類		注音字韻類	
上　古	中　古	上　古	中　古	上　古	中　古	上　古	中　古
脂部	齊韻	支部	支韻	質部	脂韻	微部	灰韻
微部	灰韻	文部	魂韻	東部	鍾韻	侯部	虞韻
微部	灰韻	質部	脂韻	文部	魂韻	微部	微韻
侵部	侵韻	蒸部	蒸韻	侵部	覃韻	緝部	合韻
藥部	覺韻	宵部	豪韻	東部	鍾韻	侵部	江韻

上古不同韻部的混注,表明這些混注韻部之間存在某種語音關聯。這些語音關聯有上古韻部的旁轉、陰陽對轉、陰入對轉。

上古韻部旁轉有脂支旁轉 1 例:厎,讀曰紙。東侵旁轉 1 例:憃,讀近貯益之肛戇,籠口言之。

上古韻部陰陽對轉有微文對轉 2 例:錞,讀若頓。錞,讀「頓首」之頓。微文對轉 1 例:渾,讀「揮章」之揮。侯東對轉 1 例:軵,讀「楫拊」之拊。

〔註12〕陶方琦云:「《文選·蜀都賦》注、《文選·江賦》注、《文選·吳趨行》注、《莊子·釋文》引許注云:『揚攉,粗略也。』是許本攉作攉,與《說文》同。許注粗略即大略,是解大揚攉之義。《漢書·敘傳》:『揚攉古今』,猶言約略古今。」據此,攉為借字,本字當為攉。陶說見劉文典:《淮南鴻烈集解》,北京:中華書局,1989年版,第46頁。

上古韻部陰入對轉的有宵藥對轉 1 例：攉，讀「鎬京」之鎬。

東漢陰入對轉的有：上古微部東漢合併於脂部，上古微部質部混注，東漢即脂質陰入對轉，2 見：楚人讀躓為隤，楚人讀躓為蹪。

還有一例侵部蒸部混注：栚，讀南陽人言山陵同，見於方音。

（三）上古韻同聲不同

1. 上古──中古聲類對應關係

表 4-29　上古韻同聲不同之上古──中古聲類對應關係表

被注音字聲類		注音字聲類		被注音字聲類		注音字聲類	
上　古	中　古	上　古	中　古	上　古	中　古	上　古	中　古
透	透	定	定	定	定	余	以
見	見	群	群	群	群	見	見
溪	溪	群	群	定	定	昌	昌
精	精	從	從	群	群	見	見
透	昌	透	昌	山	山	心	心
精	精	莊	莊	莊	莊	精	精
曉	曉	心	心	邪	邪	定	定
匣	云	影	影	曉	曉	清	清
書	書	曉	曉	端	端	禪	禪
定	定	章	章				

高誘音注中見群混注，溪群混注，定透混注，精從混注，匣影混注，屬於發音部位相同而發音方法相異方面混注的類聚。

見群混注 4 例。《呂氏春秋・孝行覽・本味》：「湯得伊尹，祓之於廟，爝以爟火，釁以犧豭。」高注：「爝讀曰『權衡』之權。」《呂氏春秋・不苟論・贊能》：「桓公使人以朝車迎之，祓以爟火，釁以犧豭焉。」高注：「爝讀如權衡。」爝，《廣韻》「古玩切」，上古元部見紐。權，《廣韻》「巨員切」，上古元部群紐。爝，上古各家擬音分別為：王力*kuan、李方桂*kuanh、白一平*kons、鄭張尚芳*koons、潘悟雲*koons。權，上古各家擬音分別為：王力*giuan、李方桂*gwjan、白一平*grjon、鄭張尚芳*gron、潘悟雲*gron。

《淮南子・本經訓》：「是以松柏箘露夏槁。」高注：「箘，讀似綸。」箘，《廣韻》「渠殞切」，上古文部群紐。綸，《廣韻》「古頑切」，上古文部見紐。箘，

上古各家擬音分別為：王力*gyuən、李方桂*gjiənx、白一平*grjun?、鄭張尚芳*grun?、潘悟雲*grun?。綸，上古各家擬音分別為：王力*koən、李方桂*kwrən、白一平*krun、鄭張尚芳*kruun、潘悟雲*kruun。

《呂氏春秋・季秋紀・季秋》：「蟄蟲咸俯在穴，皆墐其戶。」高注：「墐讀如『斤斧』之斤也。」墐，《廣韻》「巨巾切」、「渠遴切」，上古文部群紐。斤，《廣韻》「舉欣切」、「居焮切」，上古文部見紐。墐，上古各家擬音分別為：王力*geən 和*geən、李方桂*gjiən 和*gjiənh、白一平*grjən 和*grjəns、鄭張尚芳*grun 和*gruns、潘悟雲*grun 和*gruns。斤，上古各家擬音分別為：王力*kiən 和*kiən、李方桂*kjən 和*kjənh、白一平*kjən 和*kjəns、鄭張尚芳*kun 和*kuns、潘悟雲*kun 和*kuns。

溪群混注 1 例。《淮南子・天文訓》：「太陰在子，歲名曰困敦，」高注：「困，讀羣。」困，《廣韻》「苦悶切」，上古文部溪紐。羣，《廣韻》「渠云切」，上古文部群紐。困，上古各家擬音分別為：王力*khuən、李方桂*khwənh、白一平*khuns、鄭張尚芳*khuuns、潘悟雲*khuuns。羣，上古各家擬音分別為：王力*giuən、李方桂*gjən、白一平*gjun、鄭張尚芳*glun、潘悟雲*glun。

定透混注 1 例。《呂氏春秋・孟春紀・去私》：「墨者有鉅子腹䵍，居秦，其子殺人。」高注：「䵍，讀曰『車笒』之笒。」注音字笒當為䡅之借字。䡅，《說文》「兵車也」。笒，《說文》「篜也」。很顯然，高注車笒之義，本字當為䡅。䵍，《集韻》「他根切」，上古文部透紐。注音字䡅，《廣韻》「徒渾切」，上古文部定紐。䵍，上古各家擬音分別為：王力*thyən、李方桂*thən、白一平*hlin、鄭張尚芳*qhl'ɯɯn、潘悟雲*l̩ɯɯn。䡅，上古各家擬音分別為：王力*duən、李方桂*dən、白一平*dun、鄭張尚芳*duun、潘悟雲*duun。

精從混注 1 例。《淮南子・精神訓》：「人之所美也，而堯糲粢之飯，藜藿之羹。」高注：「粢，讀『齊衰』之齊。」粢，《廣韻》「即夷切」，上古脂部精紐。齊，《廣韻》「徂奚切」，上古脂部從紐。粢，上古各家擬音分別為：王力*tsiei、李方桂*tsjid、白一平*tsjij、鄭張尚芳*?sli、潘悟雲*sti。齊，上古各家擬音分別為：王力*dzyei、李方桂*dzid、白一平*ɦtshəj、鄭張尚芳*zliil、潘悟雲*ziil。

匣影混注 1 例。《淮南子・本經訓》：「洞流灘淢，菱杼紛抱。」高注：「淢，讀『郁乎文哉』之郁。」淢，《廣韻》「雨逼切」，上古職部匣紐。郁，《廣韻》

「於六切」，上古職部影紐。減，上古各家擬音分別為：王力*ɣiuðk、李方桂*gwjək、白一平*wrjək、鄭張尚芳*gʷrɯɡ、潘悟雲*gʷrɯɡ。郁，上古各家擬音分別為：王力*iuək、李方桂*ʔwjək、白一平*ʔʷjək、鄭張尚芳*qʷɯɡ、潘悟雲*qʷɯɡ。

以上諸聲類混注，上古各家擬音可見，這些混注聲類之間存在語音關聯，基本表現為同部位的清濁對立或者同部位的送氣不送氣清音對立。

高誘音注定章混注、定昌混注、昌透混注跟先秦端章二組合一現象有關。

定章混注 1 例。《淮南子·脩務訓》：「胡人有知利者，而人謂之駤。」高注：「駤，忿戾惡理不通達」，「駤，讀似質，緩氣言之者，在舌頭乃得。」《廣韻》恎，「惡恎」，「徒結切」。恎字義與文義合，高誘此例當為本字「恎」作音。恎，上古質部定紐。質，《廣韻》「之日切」，上古質部章紐。恎，上古各家擬音分別為：王力*dyet、李方桂*dit、白一平*dit、鄭張尚芳*diiɡ、潘悟雲*diiɡ。質，上古各家擬音分別為：王力*tɕiet、李方桂*tjit、白一平*tjit、鄭張尚芳*tjid、潘悟雲*tjid。

定昌混注 2 例。《呂氏春秋·仲冬紀·仲冬》：「湛饎必潔，水泉必香。」高注：「湛讀『潘金』之潘。」《淮南子·時則訓》：「湛熺必潔，水泉必香。」高注：「湛，讀『審釜』之審〔註13〕。」湛，《廣韻》「徒減切」，上古侵部定紐。潘，《廣韻》「昌枕切」，上古侵部昌紐。湛，上古各家擬音分別為：王力*deəm、李方桂*drəmx、白一平*g-lrumʔ、鄭張尚芳*r'uumʔ、潘悟雲*g-ruumʔ。潘，上古各家擬音分別為：王力*tɕhy、李方桂*thjəmx、白一平*thəmʔ、鄭張尚芳*lhjɯmʔ、潘悟雲*l̥jɯɯmʔ。

昌透混注 1 例。《淮南子·本經訓》：「淌流潣減，菱杼紾抱。」高注：「淌，讀『平敞』之敞。」淌，《廣韻》「坦朗切」，上古陽部透紐。敞，《廣韻》「昌兩切」，上古陽部昌紐。淌，上古各家擬音分別為：王力*thaŋ、李方桂*thaŋx、白一平*thaŋʔ、鄭張尚芳*thaaŋʔ、潘悟雲*kh-laaŋʔ。敞，上古各家擬音分別為：王力*tɕhia、李方桂*thjaŋx、白一平*thjaŋʔ、鄭張尚芳*thjaŋʔ、潘悟雲*khljaŋʔ。

〔註13〕吳承仕云：「《呂氏春秋·仲冬紀》『湛饎必潔』，高注云『讀潘釜之潘』，是也。此作『審』者，『潘』形之殘，應據正。」見吳承仕：《經籍舊音辨證》，北京：中華書局，1986 年版，第 236 頁。

　　高誘音注精莊混注，心山混注，跟先秦精莊二組合一現象對應。黃侃先生提出上古「照二歸精」的論題，成為上古語音研究共識。

　　精莊混注 2 例。《呂氏春秋·仲春紀·貴生》：「故曰：道之真，以持身，其緒餘，以為國家；其土苴，以治天下。」高注：「苴，音鮓。」苴，《廣韻》「子與切」，上古魚部精紐。鮓，《廣韻》「側下切」，上古魚部莊紐。苴，上古各家擬音分別為：王力*tsia、李方桂*tsjagx、白一平*tsjaʔ、鄭張尚芳*ʔsaʔ、潘悟雲*skaʔ。鮓，上古各家擬音分別為：王力*tʃea、李方桂*tsragx、白一平*tsraʔ、鄭張尚芳*ʔsraaʔ、潘悟雲*skraaʔ。

　　《淮南子·說山訓》：「死而棄其招簀，不怨人取之。」高注：「簀，讀『功績』之績也。」簀，《廣韻》「側革切」，上古錫部莊紐。績，《廣韻》「則歷切」，上古錫部精紐。簀，上古各家擬音分別為：王力*tʃek、李方桂*tsrik、白一平*tsrek、鄭張尚芳*ʔsreeg、潘悟雲*skreeg。績，上古各家擬音分別為：王力*tsyek、李方桂*tsik、白一平*tsek、鄭張尚芳*ʔseeg、潘悟雲*skeeg。

　　心山混注 2 例。《淮南子·俶真訓》：「猶得肆其志，充其欲，何況懷璥瑋之道，忘肝膽，遺耳目，獨浮游無方之外，不與物相弊撒。」高注：「撒，讀楚人言殺。」撒，《廣韻》「桑割切」，上古月部心紐。殺，《廣韻》「所八切」，上古月部山紐。撒，上古各家擬音分別為：王力*sat、李方桂*sat、白一平*sat、鄭張尚芳*slaad、潘悟雲*slaad。殺，上古各家擬音分別為：王力*ʃeat、李方桂*sriat、白一平*sret、鄭張尚芳*sreed、潘悟雲*sreed。

　　《淮南子·氾論訓》：「潘尪、養由基、黃衰微、公孫丙相與篡之。」高注：「衰，讀繩之維。」注音字維當為緌之誤，《淮南子·原道訓》：「雪霜滾灤，浸潭苽蔣。」高注：「滾，讀『緌繩』之緌。」被注音字衰，《廣韻》「所追切」，上古微部山紐。注音字緌，《廣韻》「蘇內切」，上古微部心紐。衰，上古各家擬音分別為：王力*ʃiuəi、李方桂*srjər、白一平*srjuj、鄭張尚芳*srul、潘悟雲*srul。緌，上古各家擬音分別為：王力*suəi、李方桂*stədh、白一平*sujs、鄭張尚芳*sluuls、潘悟雲*sluuls。

　　可以看到上古各家擬音精莊、心山兩母的區別只在介音上。從等位分布看，中古精組聲母屬一三四等，莊組聲母屬二等，兩組聲母呈互補分布。上古屬於同一聲系，其中古的語音差異演變，各家比較一致認同係為介音 r 的作用所致。因此莊組聲母上古擬音帶有 r 介音，精組聲母上古擬音無此介音。

高誘音注心曉混注 1 例，屬於發音方法相近的聲類混注。《淮南子·脩務訓》：「今之盲者，目不能別晝夜，分白黑，然而搏琴撫弦，參彈復徽，攫援摽拂，手若蔑蒙，不失一弦。」高注：「徽，讀『綏車』之綏。」徽，《廣韻》「許歸切」，上古微部曉紐。綏，《廣韻》「蘇內切」，上古微部心紐。徽，上古各家擬音分別為：王力*xiəi、李方桂*hjəd、白一平*xjəj、鄭張尚芳*hmɯl、潘悟雲*m̥hul。綏，上古各家擬音分別為：王力*suəi、李方桂*stədh、白一平*sujs、鄭張尚芳*sluuls、潘悟雲*sluuls。

高誘音注余定混注，跟先秦余定邪書心音同音近現象相同或相關。邪定混注，當與先秦余邪二母有部分歸屬於定母有關。

余定混注 1 例。《戰國策·齊一》：「鄒忌修八尺有餘，身體昳麗。」高注：「昳讀曰逸。」昳，《廣韻》「徒結切」，上古質部定紐。逸，《廣韻》「夷質切」，上古質部余紐。昳，上古各家擬音分別為：王力*dyet、李方桂*dit、白一平*lit、鄭張尚芳*l'iig、潘悟雲*liig。逸，上古各家擬音分別為：王力*ʎiet、李方桂*rit、白一平*ljit、鄭張尚芳*lid、潘悟雲*lid。

邪定混注 1 例。《淮南子·原道訓》：「故雖游於江潯海裔。」高注：「潯，讀《葛覃》之覃也。」潯，《廣韻》「徐林切」，上古侵部邪紐。覃，《廣韻》「徒含切」，上古侵部定紐。潯，上古各家擬音分別為：王力*ziuəm、李方桂*rjəm、白一平*zjum、鄭張尚芳*ljum、潘悟雲*ljum。覃，上古各家擬音分別為：王力*dyəm、李方桂*dəm、白一平*dəm、鄭張尚芳*l'ɯɯm、潘悟雲*g-lɯɯm。

上古各家擬音中鄭張尚芳、潘悟雲注意到上古余、定、邪三母之間的語音聯繫，在其上古聲母擬音中充分體現這一點。

高誘音注曉清混注 1 例。《淮南子·主術訓》：「鄒忌一徽，而威王終夕悲，感于憂。」高注：「徽，讀『紛麻縗車』之縗也。」徽，《廣韻》「許歸切」，上古微部曉紐。縗，《廣韻》「倉回切」，上古微部清紐。徽，上古各家擬音分別為：王力*xiəi、李方桂*hjəd、白一平*xjəj、鄭張尚芳*hmɯl、潘悟雲*m̥hul。縗，上古各家擬音分別為：王力*tshuə、李方桂*tshər、白一平*tshuj、鄭張尚芳*shluul、潘悟雲*shluul。

高誘音注端禪混注 1 例：埵，讀似望[註14]，作江、淮間人言能得之也。方

[註14] 吳承仕：「埵，讀似『望』，聲韻絕殊，疑『望』為『垂』之形譌，垂正書作『𡋑』，故形與望近。」見吳承仕：《經籍舊音辨證》，北京：中華書局，1986 年版，第 240 頁。

音注音詳見後文。

2. 上古——中古韻類對應關係（以平賅上去）

表 4-30　上古韻同聲不同之上古——中古韻類對應關係表

被注音字韻類		注音字韻類		被注音字韻類		注音字韻類	
上　古	中　古	上　古	中　古	上　古	中　古	上　古	中　古
魚部	魚韻	魚部	麻韻	質部	屑韻	質部	質韻
魚部	模韻	魚部	魚韻	陽部	唐韻	陽部	陽韻
歌部	戈韻	歌部	支韻	元部	桓韻	元部	仙韻
歌部	支韻	歌部	支韻	文部	痕韻	文部	魂韻
脂部	脂韻	脂部	齊韻	文部	真韻	文部	欣韻
微部	微韻	微部	灰韻	文部	魂韻	文部	文韻
微部	脂韻	微部	灰韻	文部	真韻	文部	山韻
職部	職韻	職部	屋3韻	侵部	覃韻	侵部	咸韻
錫部	麥韻	錫部	錫韻	侵部	侵韻	侵部	覃韻
月部	曷韻	月部	黠韻				

　　這些對應的被注音字與注音字中古雖然為不同韻類，上古有同一來源，說明高誘時期這些上古韻部尚未完成分化，讀音相同或相近。

七、異議類

　　下列 10 例高誘音注，各家注解觀點爭議較大〔註15〕，難作定論，附列以作參考。為保證上古中古音比對的精確與客觀，此 10 例異議音注未作比對。

　　1.《戰國策·秦四》：「頓子曰：『有其實而無其名者，商人是也，無把銚推耨之勢，而有積粟之實，此有其實而無其名者也。』」高注：「銚，音括。」

　　被注音字「銚」與注音字「括」上古中古語音都不相關，意義亦無聯繫。《說文·金部》：「銚，溫器也。一曰田器。從金兆聲。」《說文·金部》：「銛，鍤屬，從金舌聲。讀若棪。桑欽讀若鐮。」據《說文》，銚銛兩字義相合，故疑此例高注「音括」係為「音銛」形近致誤，高注當以音注方式釋義。

　　2.《呂氏春秋·季夏紀·明理》：「其妖孽有生如帶，有鬼投其陣，有兔生雉，

〔註15〕各家注解見於劉文典：《淮南鴻烈集解》，北京：中華書局，1989 年版。陳奇猷：《呂氏春秋校釋》，上海：學林出版社，1984 年版。吳承仕：《經籍舊音辨證》，北京：中華書局，1986 年版。文中不再一一注釋。

雉亦生鷃。」高注：「陴，音『楊子愛骭一毛』之骭。」

畢沅曰：「『陴』字音義皆可疑，或是『骨幹』之幹，則是脊脅也，與骭音正同，但不當訓為腳耳。」俞樾曰：「陴不訓腳，亦不音骭，音訓均有可疑。以下文『有蜺集其國』例之，則陴字仍當從城上女墻之本義。《說文》：『陴，城上女墻俾倪也』。『投其陴』『集其國』文正一律。高注殆非。」陳奇猷案：「若是『陴』字，高誘當不訓腳音骭。以高注音義求之，當是「限」字，形近之誤也。《說文》：『限，門榍也，榍，門限也』，則限即門限，門限是門之腳，故高訓為腳也。限隸諄部，骭隸元部，二部本通，故高音限為骭也。『限』字不但與高注音義相合，且與下文『鷃』字正相為韻（安隸元部）。畢、俞說與高誘音義不合，非是。」

3.《呂氏春秋·士容論·審時》：「胕動，蚼蛆而多疾。」高注：「胕，讀如痛。」

畢沅曰：「洪氏亮吉《漢魏音》引此注云：『胕，讀如疛』。案：肘如疛，音同，知胕、肘本一字也。今本『疛』作『痛』，誤，從舊本改正。《亢倉子》『胕動』作『胕腫』。」梁玉繩曰：「當是『痛』字，傳譌作『痛』。胕與疛不同音，未必是一字。」王念孫曰：「『胕』當作『肘』。」夏緯瑛曰：「『胕』當作『疛』，與『痛』同字。注當作『讀如痛』，故有傳寫誤作『痛』者。《詩·卷耳》：『我仆痛矣』，毛傳：『痛亦病也』。以此可知，『疛動』就是生病的意思。作『胕腫』不合。」陳奇猷案：「『胕』當為『腐』字之譌，蓋『腐』或書『肉』旁於『府』之左作『腐』，而又省『广』作『胕』耳（《集韻》「胕」下云：「腐，或省」，是「腐」字可省作「胕」也）。」

4.《淮南子·原道訓》：「末世之御，雖有輕車良馬，勁策利鍛，不能與之爭先。」高注：「鍛，讀『炳燭』之炳。」

劉績本「鍛」作「錣」，注內「鍛，讀炳燭之炳」作「錣，讀炳燭之炳」，云「錣舊作鍛，非」。王念孫云：「劉本是也。錣謂馬策末之箴，所以刺馬者也。《說文》：『筴，羊車騶箠也。箸箴其耑，長半分。』今本作『鍛，讀炳燭之炳』，則不可通矣。」劉王二家主張「鍛」字為「錣」字之誤，大抵可信。不過注音字二家或為「炳」、或為「筴」，未知孰更近高氏原注，姑且存疑。

5.《淮南子·原道訓》：「扶搖抮抱羊角而上。」高注：「抱，讀《詩》『克歧克嶷』之嶷。」

吳承仕：「《廣雅》：『輈輅』，輅從車、色聲，與轄同字，（色聲、嗇聲同屬之部。）《楚辭·懷沙》：『鬱結紆軫』，《文選·七發》：『中若結轖』，紆軫、結轖亦與轉戾同意。輅屬之部，故曹憲音『牛力反』，《淮南子》『捻抱』字疑為『捻』之形，故高誘讀『捻』如『嶷』。即實言之，則《廣雅》之連語當採自《淮南》，而曹憲之反音亦即本之高讀也。至若輅、嶷聲紐絕殊，而舊音得相關通者，則由今紐在齒舌間者，古音每歛入喉牙。」

6.《淮南子·俶真訓》：「夫牛蹄之涔，無尺之鯉。」高注：「涔，讀延祜曷問，急氣閉口言也。」

被注音字與注音字無一對應，周祖謨以為「此四字當有誤〔註16〕。」平山久雄（1991）、鄭張尚芳（1998）均疑此例字誤。

7.《淮南子·天文訓》：「太陰在卯，歲名曰單閼。」高注：「單，讀『明揚』之明。」

章太炎曰：「『明揚之明』當為『丹楊之丹』，『丹』誤為『明』，『楊』隸書多作『揚』。」吳承仕按：「《爾雅·釋文》：『單閼，音丹。』章說近之，然丹、明二文形不比近，無緣致譌，未聞其審。」

8.《淮南子·本經訓》：「淌流瀷淢，菱杅紓抱。」高注：「抱，讀『岐嶷』之嶷。」

與例5同。

9.《淮南子·主術訓》：「趙武靈王貝帶鵁鶄而朝，趙國化之。」高注：「鵁鶄，讀曰私鈚頭，二字三音也。」

莊逵吉云：「藏本如是。本或作『曰郭洛帶係銚鎬也』，文義皆難通，疑有誤字。」孫詒讓云：「此注文難通。」

章太炎在《一字重音說》中即引以為證。洪誠〔註17〕認為「鵁鶄」是帶鉤名。《國策·趙策二》吳師道校注引《淮南子》作「鵁鶄」，吳氏以為冠名，誤《趙策》云：『黃金師比。』師比與私鈚同為鵁的破裂音，鵁與比對轉，鵁失去韻尾 n，高注私鈚頭即師比帶詞尾的音，頭為鶄的東漢音，從首轉來。首鶄上古在蕭部（幽部），頭在上古侯部。東漢頭入魚部，跟幽部鶄字可以合韻。高誘用東漢當時活在口頭上的語音加以注解，保存了可貴的資料。

〔註16〕周祖謨：《問學集》（上），北京：中華書局，1966 年版，第 407 頁。
〔註17〕洪誠：《訓詁學》，南京：江蘇古籍出版社，1984 年版，第 98 頁。

　　高誘以「私鈚頭」三字注「鵖鶙」二字字音，說明其中一字由兩字共同完成注音。我們同意章太炎先生的說法，「私鈚」為「鵖」字作音，「頭」為「鶙」字作音。「私鈚」為「鵖」字作音，取「私」之聲紐，「鈚」之韻母，這一作音方法系早期反切法的起源。根據這一說法，「私鈚」切出的音為山紐脂韻、山紐齊韻，上古為山紐脂部，「鵖」《廣韻》「私閏切」，心紐稕韻，上古為心紐真部。山母先秦歸屬於心母，脂部和真部先秦有陰陽對轉關係。高誘「私鈚」為「鵖」字作音正相合。又「頭」《廣韻》「度侯切」，定母侯韻，上古定紐侯部，「鶙」《廣韻》「直由切」，澄母尤韻，上古定紐侯部。兩字音上古聲紐韻部完全相同。因此此例高誘音注無誤。

　　10.《淮南子・說山訓》：「樊箅甈瓾，在衲茵之上，雖貪者不搏。」高注：「瓾，讀『黿鼉』之黿也。」

　　王念孫云：「《說文》、《玉篇》、《廣韻》、《集韻》、《類篇》皆無瓾字，瓾當作瓵，字之誤也。《說文》：『窐，甑空也。』（空與孔通。）《玉篇》甌或作瓵，亦作窐，胡圭、古畦二切，甑下空也。《楚辭・哀時命》：『璋珪雜於甑窐兮』，璋珪與甑窐美惡相縣，故以為喻。此云『樊箅甈瓵在衲茵之上，雖貪者不搏』，亦為其惡也。瓵字不得音黿，注當作『瓵，讀黿鼉之黿也』。瓵、黿皆從圭聲，故讀瓵如黿。《太平御覽・器物部》二引此，已誤作瓾。洪興祖《楚辭補注》所引與《御覽》同，唯注內音黿尚不誤。楊慎《古音餘》於梗韻收入瓾字，引高注『瓾，讀黿鼉之黿』，則為俗本所惑也。」王念孫說是，高注當為「瓵，讀黿鼉之黿也」。二字均從圭聲，中古一為齊韻匣紐，一為佳韻匣紐，上古同為支部匣紐，聲紐韻部相同。

第二節　高誘音注反映的上古──中古語音對應規律

一、聲類演變規律

　　高誘音注聲類混注，反映的上古至中古聲類演變〔註18〕，根據發音部位一一說明。

〔註18〕先秦音的聲母問題，依李新魁說，見李新魁：《漢語音韻學》，北京：北京出版社，1986 年版。

（一）唇音之類

非敷奉微，先秦歸屬於幫滂並明，高誘音注中有混注例。

（二）舌音之類

知徹澄娘，先秦歸屬於端透定泥，高誘音注中有混注例。

章昌船的一部分，先秦歸屬於端透定，高誘音注中不乏混注例。

書心山曉幾母的一部分，先秦跟定母等舌頭音比較相近，不乏混用之例，高誘音注中這幾類聲母獨自為類。

來母在先秦當是獨立的，高音亦然。

日母在先秦當歸屬於泥母，高音亦然。

余邪二母的一部分，先秦當歸屬於定母，高音存在余邪、邪定混注例。

（三）齒音之類

莊初崇山，先秦當歸屬於精清從心，高音不乏混注例。

邪母的一部分，先秦歸屬於從母，高音邪母跟從母分立。

（四）牙喉音之類

章昌禪邪的一部分，先秦分別歸屬於見溪群，曉母和部分余母書母，先秦跟見組音值接近，不乏混用之例，高音裏這幾類聲母都是獨自為類的。

見和疑、疑和曉，先秦在發音部位和方法上都有相近之處，不乏混用之例，高音裏這幾類聲母則是分立的。

云母在先秦歸屬於匣母，高音裏亦有混注。

疑和影，先秦分立，高音亦然。

以上考察的是常規性聲母方面的情況，下面說到零雜性聲母的有關問題。高誘音注反映的零雜性聲母類聚有一部分跟先秦聲母關係類型相同、相近或相關。

知（端）章混注、徹（透）昌混注、定昌混注一方面跟先秦端知合一、透徹合一現象相關，另一方面又跟先秦端章二組合一現象相同。澄（定）禪混注，一方面跟先秦的定澄合一現象相關，另一方面又跟先秦的定禪合一現象相關。

余定混注、邪余混注、書余混注跟先秦的余定邪書心音同音近現象相同或相關。

娘日（泥）混注跟先秦日泥合一、泥娘合一現象相關。

精莊混注、從崇混注、心山混注跟先秦的精莊二組合一現象相同。

曉云（匣）混注、云（匣）見混注跟先秦的云匣合一現象相近，且曉匣、見匣發音部位相同只是發音方法相異。

剩下來還有奉（並）敷（滂）混注、（端）知（透）徹混注、章禪混注、精從混注、端定混注、見群混注、見曉混注、溪群混注、匣影混注之類，這些屬於發音部位相同而發音方法相異方面混注的類聚，有的是先秦舊形式的遺留，有的則是東漢的新起形式。

心曉混注屬於發音方法相同發音部位相異方面混注的類聚。

另外還有幾類特殊混注，如端禪混注、清崇混注，屬於方言讀音。從以（余）混注一例（就就——由），或從「就」字聲符「尤」注音。清曉混注暫存疑。

根據高誘音注所示上古中古聲類對應關係發現的漢語語音規律有：

第一，古無輕唇音：上古有幫滂並明，無非敷奉微。

第二，古無舌上音：上古有端透定泥，無知徹澄娘。

第三，娘日歸泥：上古日紐、娘紐均歸泥紐。

第四，中古音聲紐類隔相切：端知類隔切、輕唇重唇類隔切。

二、韻類演變規律

（一）高誘音注反映的上古至中古韻類變化〔註19〕

第一類：東類屋類

此類《廣韻》東韻屋韻，跟先秦東侵蒸職部相應。先秦的東部侵部包含《廣韻》東1等幾類韻，先秦的蒸部包含《廣韻》東3等幾類韻，先秦職部包含《廣韻》屋3等幾類韻。

第二類：冬類和沃類

此類《廣韻》冬韻沃韻，跟先秦覺部相應。先秦覺部包含《廣韻》沃等幾類韻。

第三類：鍾類和燭類

此類《廣韻》鍾韻燭韻，跟先秦東屋兩部相應。先秦的東部包含《廣韻》的鍾等幾類韻，屋部包含《廣韻》燭等幾類韻。

〔註19〕中古韻類未說明處均以平賅上去。另先秦韻部情況及其跟《廣韻》的對應關係，依王力說，見王力：《漢語史稿》，北京：中華書局，1980年版。

第四類：江類和覺類

此類《廣韻》江韻覺韻，跟先秦東部、藥部相應。先秦的東部包含《廣韻》的江等幾類韻，先秦藥部包含覺韻。

第五類：支類

此類《廣韻》支韻，跟先秦支歌錫三部相應。先秦的支部歌部包含《廣韻》支等幾類韻，錫部包含《廣韻》寘等幾類韻。高音支類韻混合了先秦支歌錫各部的有關形式。

第六類：脂類

此類《廣韻》脂韻，跟先秦脂微質物四部相應。先秦的脂之微三部都包含《廣韻》脂等幾類韻，質部包含《廣韻》的脂至等幾類韻，物部包含《廣韻》的至等幾類韻，可見高音脂類韻混合了先秦脂之微質物的有關形式。

第七類：之類

此類《廣韻》之韻，跟先秦之支職幾部相應。先秦之部包含《廣韻》之等幾類韻，職部包含《廣韻》志等幾類韻，支部包含《廣韻》支等幾類韻，可見高誘音的之類韻混合了先秦之支職各部的有關形式。

第八類：微類

此類《廣韻》微韻，跟先秦微部物部相應。先秦微部包含《廣韻》微等幾類韻，物部包含《廣韻》未等幾類韻，高音微韻混合先秦微部物部的形式。

第九類：魚類

此類《廣韻》魚韻，跟先秦魚部相應。先秦魚部包含《廣韻》魚等幾類韻。

第十類：虞類

此類《廣韻》虞韻，跟先秦魚侯二部相應。先秦魚部和侯部都包含《廣韻》虞等幾類韻。高音虞韻混合了先秦魚部侯部的有關形式。

第十一類：模類

此類《廣韻》模韻，跟先秦魚鐸兩部相應。先秦魚部包含《廣韻》魚虞模等幾類韻，侯部包含《廣韻》虞等幾類韻，鐸部包含《廣韻》暮等幾類韻，可見高音把先秦魚侯鐸各部的形式混合了。

第十一類：齊類

此類《廣韻》齊韻，跟先秦支脂月部相應。先秦的脂部包含《廣韻》脂齊等幾類韻，支部包含《廣韻》齊等幾類韻，月部包含《廣韻》霽等若干韻。高

音混合了先秦脂支月部的有關形式。

第十二類：佳類

此類《廣韻》佳韻，跟先秦支部相應。先秦支部包含《廣韻》佳等幾類韻。

第十三類：夬類

此類《廣韻》夬韻，跟先秦月部相應。先秦月部包含《廣韻》夬等十幾類韻。

第十四類：祭類

此類《廣韻》祭韻，跟先秦月部相應。先秦月部包含《廣韻》祭等十幾類韻。

第十五類：泰類

此類《廣韻》泰韻，跟先秦月部相應。先秦月部包含《廣韻》泰等十幾類韻。

第十六類：灰類

此類《廣韻》灰韻，跟先秦微部相應。先秦微部包含《廣韻》灰等幾類韻。

第十七類：咍類

此類《廣韻》咍韻，跟先秦微之部相應。先秦微部之部都包含《廣韻》咍等幾類韻。可見高音把先秦之微的一部分混成一類了。

第十八類：真類和質類

此類《廣韻》真韻、臻韻，跟先秦真文質部相應。先秦真部包含《廣韻》的真臻等幾韻，文部包含《廣韻》欣真等韻，質部包含《廣韻》質韻。高音陽聲韻合併了真文各部的兩個小類。

第十九類：諄類和術類

此類《廣韻》諄韻，跟先秦文部相應。先秦文部包含《廣韻》真文諄等韻。

第二十類：文類和物類

此類《廣韻》文韻、物韻，跟先秦文物二部相應。先秦文部包含《廣韻》的文等幾韻，物部包含《廣韻》物質沒等幾韻。

第二十一類：欣類和迄類

此類《廣韻》欣韻、迄韻，跟先秦文部相應。先秦文部包含《廣韻》欣韻。

第二十二類：元類和月類

此類《廣韻》元韻、月韻，跟先秦元部、月部相應。先秦元部包含《廣韻》的元仙等韻，月部包含《廣韻》月薛等韻。

第二十三類：魂類和沒類

此類《廣韻》魂韻、沒韻，跟先秦文部、物部相應。先秦文部包含《廣韻》魂等幾韻，物部包含《廣韻》沒等幾韻。

第二十四類：痕類

此類《廣韻》痕韻，跟先秦文部相應。先秦的文部包含《廣韻》痕等幾韻。

第二十五類：寒類和曷類

此類《廣韻》寒韻、曷韻，跟先秦元部、月部相應。先秦元部包含《廣韻》寒等幾韻，月部包含《廣韻》曷等幾韻。

第二十六類：桓類和末類

此類《廣韻》桓韻、末韻，跟先秦元部、月部相應。先秦元部包含《廣韻》桓等幾韻，月部包含《廣韻》末等幾韻。

第二十七類：刪類和黠類

此類《廣韻》刪韻、黠韻，跟先秦元月質部相應。先秦元部包含《廣韻》刪等幾韻。月部和質部都包含《廣韻》黠等幾韻。

第二十八類：山類和鎋類

此類《廣韻》山韻、鎋韻，跟先秦文部相應。先秦文部包含《廣韻》山韻。

第二十九類：先類和屑類

此類《廣韻》先韻、屑韻，跟先秦元真文月質幾部相應。先秦元部包含《廣韻》先仙等幾韻，真文二部都包含《廣韻》先等幾韻，月部包含《廣韻》屑薛等幾韻，質部包含《廣韻》屑等幾韻。由此可見，陽聲韻高音合併了先秦元文真三部的有關形式，入聲韻方面合併了月質二部的有關形式。

第三十類：仙類和薛類

此類《廣韻》仙韻、薛韻，跟先秦元月部相應。先秦元部包含《廣韻》仙等幾韻，月部包含《廣韻》薛等幾韻。

第三十一類：蕭類

此類《廣韻》蕭韻，跟先秦宵部相應。先秦宵部包含《廣韻》蕭宵等幾韻。

第三十二類：宵類

此類《廣韻》宵韻，跟先秦宵部相應。先秦宵部包含《廣韻》宵等幾韻。

第三十三類：肴類

此類《廣韻》肴韻，跟先秦宵幽部相應。先秦宵部和幽部都包含《廣韻》的肴等幾韻，高音混合了宵部幽部的有關形式，同時還混合了一部分覺部的形式。

第三十四類：豪類

此類《廣韻》豪韻，跟先秦幽宵二部相應。先秦宵部幽部包含《廣韻》豪等幾韻，高音混合了宵幽及覺部的有關形式。

第三十五類：歌類

此類《廣韻》歌韻，跟先秦歌部相應。先秦歌部包含《廣韻》歌支等幾韻。

第三十六類：戈類

此類《廣韻》戈韻，跟先秦歌部相應。先秦歌部包含《廣韻》戈等幾韻。

第三十七類：麻類

此類《廣韻》麻韻，跟先秦魚歌部相應。先秦歌部和魚部都包含《廣韻》麻等幾韻。

第三十八類：陽類和藥類

此類《廣韻》陽韻、藥韻，跟先秦陽藥鐸幾部相應。先秦陽部包含《廣韻》陽等幾韻，藥部和鐸部都包含《廣韻》藥等幾韻。據此可知，高音入聲韻則合併了藥鐸各部的有關形式。

第三十九類：唐類和鐸類

此類《廣韻》唐韻、鐸韻，跟先秦陽鐸相應。先秦陽部包含《廣韻》唐等幾韻，鐸部包含《廣韻》鐸等幾韻。

第四十類：庚類和陌類

此類《廣韻》庚韻、陌韻，跟先秦陽鐸二部相應。先秦陽部包含《廣韻》庚等幾韻，鐸部包含《廣韻》陌等幾韻，高音庚韻除了從陽部分化出來外還有部分從耕部分化出來。

第四十一類：耕類和麥類

此類《廣韻》耕韻、麥韻，跟先秦錫部相應。先秦錫部包含《廣韻》麥等幾韻。

第四十二類：清類和昔類

此類《廣韻》清韻、昔韻，跟先秦耕錫部相應。先秦耕部包含《廣韻》清青等幾韻，錫部包含《廣韻》昔錫等幾韻，高音入聲韻昔韻除了從錫部分化出來，還合併了鐸部的有關形式。

第四十三類：青類和錫類

此類《廣韻》青韻、錫韻，跟先秦藥錫部相應。先秦藥部錫部都包含《廣韻》錫等幾韻。

第四十四類：蒸類和職類

此類《廣韻》蒸韻、職韻，跟先秦蒸部職部相應。先秦蒸部包含《廣韻》蒸等幾韻，職部包含《廣韻》職等幾韻。

第四十五類：登類和德類

此類《廣韻》登韻、德韻，跟先秦蒸部職部相應。先秦蒸部包含《廣韻》登等幾韻，職部包含《廣韻》德等幾韻。

第四十六類：尤類

此類《廣韻》尤韻，跟先秦幽部相應。先秦幽部包含《廣韻》尤等幾類韻，高音還混合了覺部一部分形式。

第四十七類：侯類

此類《廣韻》侯韻，跟先秦侯部相應。先秦侯部包含《廣韻》尤侯虞等幾類韻。

第四十八類：幽類

此類《廣韻》幽韻，跟先秦幽部相應。先秦幽部包含《廣韻》幽等幾類韻。

第四十九類：侵類和緝類

此類《廣韻》侵韻、緝韻，跟先秦侵部緝部相應。先秦侵部包含《廣韻》侵等幾韻，緝部包含《廣韻》緝等幾韻。

第五十類：覃類和合類

此類《廣韻》覃韻、合韻，跟先秦侵緝二部相應。先秦侵部包含《廣韻》覃等幾韻，緝部包含《廣韻》合等幾韻。

第五十一類：談類和盍類

此類《廣韻》談韻、盍韻，跟先秦談部相應。先秦談部包含《廣韻》談等幾韻。

第五十二類：鹽類和葉類

此類《廣韻》鹽韻、葉韻，跟先秦談部、葉部相應。先秦談部包含《廣韻》鹽等幾韻，葉部包含《廣韻》葉等幾韻。

第五十三類：添類和帖類

此類《廣韻》添韻、帖韻，跟先秦侵談葉三部相應。先秦侵部和談部都包含《廣韻》添等幾韻，葉部包含《廣韻》帖等幾韻。

第五十四類：咸類和洽類

此類《廣韻》咸韻、洽韻，跟先秦侵部相應。先秦侵部包含《廣韻》咸等幾韻。

第五十五類：銜類和狎類

此類《廣韻》銜韻、狎韻，跟先秦談部葉部相應。先秦談部包含《廣韻》銜等幾韻，葉部包含《廣韻》狎等幾韻。

第五十六類：嚴類和業類

此類《廣韻》嚴韻、業韻，跟先秦談部相應。先秦談部包含《廣韻》嚴等幾韻。

第五十七類：凡類和乏類

此類《廣韻》凡韻、乏韻，跟先秦談部相應。先秦談部包含《廣韻》凡等幾韻。

根據高誘音注，上古至中古的韻類演變概括有兩種情況：

（1）二、三、四、九、十二、十三、十四、十五、十六、十九、二十、二十一、二十二、二十三、二十四、二十五、二十六、二十八、三十、三十一、三十二、三十五、三十六、三十九、四十一、四十四、四十五、四十七、四十八、四十九、五十、五十一、五十二、五十四、五十五、五十六、五十七類的韻母，它們都是從先秦的某一個韻部之中分化出來的，屬於分化型。

（2）一、五、六、七、八、十、十七、十八、二十七、二十九、三十三、三十四、三十七、三十八、四十、四十二、四十三、四十六、五十三類的韻母，各自都跟先秦兩個或兩個以上的韻部相對應，屬於分化兼合併型。

這兩種情況在一定程度上保留了先秦的形式，但有兩類是高音不同於上古中古音變規律的：如第四十類，高音庚韻除了從陽部分化出來外還有部分從耕部分化出來。這可以為中古庚耕同用的原因提供一點線索，早在上古它們本屬

同一部。第四十六類，先秦幽部包含《廣韻》尤等幾類韻，高音尤類還混合了覺部形式，這些多是高音自身韻類的特點。

高誘音注所見上古中古韻類對應，反映了部分中古韻類相通情況，具體說明如下（以平賅上去）：

（1）支脂之同用：高音支類韻混合了先秦支歌錫各部的有關形式，脂類韻混合了先秦脂之微質物的有關形式，之類韻混合了先秦之支職各部的有關形式。中古支脂之三類韻的上古來源是相互交叉的，故中古得同用。

（2）虞模同用：高音虞韻混合了先秦魚部侯部的有關形式，先秦魚部包含《廣韻》魚虞模等幾類韻。兩韻上古都有魚部來源，故中古同用。

（3）真諄同用：先秦文部包含《廣韻》真文諄等韻，真諄上古都有文部來源，故中古同用。

（4）魂痕同用：先秦文部包含《廣韻》魂、痕等幾韻，兩韻上古有同一來源，故中古同用。

（5）寒桓同用：先秦元部包含《廣韻》寒、桓等幾韻，寒桓上古同有元部來源，故中古同用。

（6）先仙同用：先秦元部包含《廣韻》先仙等幾韻，兩韻上古同有元部來源，故中古同用。

（7）蕭宵同用：先秦宵部包含《廣韻》蕭宵等幾韻，蕭宵上古同由宵部分化而來，故中古同用。

（8）歌戈同用：先秦歌部包含《廣韻》歌支等幾韻，歌戈兩韻上古同來源於歌部，故中古同用。

（9）陽唐同用：先秦陽部包含《廣韻》陽、唐等幾韻，兩韻上古同來源於陽部，故中古同用。

（10）耕清同用：先秦耕部包含《廣韻》耕清青等幾韻，耕清上古有同一來源耕部，故中古同用。

（11）蒸登同用：先秦蒸部包含《廣韻》蒸、登等幾韻，蒸登兩韻上古同由蒸部分化而來，故中古同用。

（12）幽尤同用：先秦幽部包含《廣韻》幽、尤等幾類韻，兩韻上古同來源於幽部，故中古同用。

（13）鹽添同用：先秦談部包含《廣韻》鹽等幾韻，先秦侵部和談部都包含《廣韻》添等幾韻，兩韻都有談部同一來源，故中古同用。

（14）嚴凡同用：先秦談部包含《廣韻》嚴、凡等幾韻，嚴凡兩韻同由上古談部分化而來，故中古同用。

（15）曷末同用：先秦月部包含《廣韻》曷、末等幾韻，兩韻上古有月部同一來源，故中古同用。

（16）屑薛同用：先秦月部包含《廣韻》屑薛等幾韻，屑薛兩韻上古都有月部來源，故中古同用。

（17）藥鐸同用：先秦藥部和鐸部都包含《廣韻》藥等幾韻，鐸部包含《廣韻》鐸等幾韻。藥鐸上古均有鐸部同一來源，故中古同用。

（18）陌麥昔同用：先秦鐸部包含《廣韻》陌等幾韻，先秦錫部包含《廣韻》麥等幾韻，高音入聲韻昔韻除了從錫部分化出來，還合併了鐸部的有關形式。此三韻上古來源是相互交叉的，故中古得同用。

（19）職德同用：先秦職部包含《廣韻》職、德等幾韻。兩韻上古同有職部來源，故中古同用。

（20）葉帖同用：先秦葉部包含《廣韻》葉、帖等幾韻，兩韻上古同來源於葉部，故中古同用。

（二）高誘音注反映的上古韻部語音關聯

從先秦韻部角度看高誘音注被注音字與注音字韻類表現，有三種情況。

1. 注音字和被注音字韻部上古同屬一部 [註20]

（1）同屬之部

萁，讀「該備」之該；蝦，讀「能而心」之惡（據吳承仕，「而心」「惡」皆當為惡，惡與耐同）。

（2）同屬職部

㷭，讀如「匍匐」之匐；瀷，讀燕人強春言「敕」同也（據莊逵吉，「強春」當作「強秦」）。

〔註20〕漢字的上古音韻部歸屬，參考王力：《漢語語音史》，北京：北京社會科學出版社，1985年版。唐作藩：《上古音手冊》，南京：江蘇人民出版社，1982年版。郭錫良：《漢字古音手冊》，北京：北京大學出版社，1986年版。

（3）同屬幽部

劉，讀「留連」之留；訄，讀「怨仇」之仇。

（4）同屬覺部

鵠，讀「告退」之告；窖，讀「窖藏人物」之窖。

（5）同屬宵部

橈，讀「煩嬈」之嬈；銚，讀曰「葦苕」之苕。

（6）同屬藥部

削，讀「綃頭」之綃。

（7）同屬侯部

走，讀「奏記」之奏。

（8）同屬屋部

逯，讀《詩·綠衣》之綠；屬，讀「犂攦」之攦。

（9）同屬魚部

挐，讀「上谷茹縣」之茹；倨，讀「虛田」之虛。

（10）同屬鐸部

郝，音釋作赦；壑，讀「赫赫明明」之赫。

（11）同屬支部

枅，讀如雞；蚑，讀「蹊徑」之蹊。

（12）同屬錫部

簀，讀「功績」之績；愬，讀如虩；壁，讀辟。

（13）同屬歌部

倕，讀《詩》「惴惴其栗」之惴；譌，讀「楚蔿氏」之蔿；過，讀「責過」之過。

（14）同屬月部

膅，讀「精神歇越無」之歇；弊，音「跋涉」之跋；孑，讀廉絜。

（15）同屬脂部

齊，讀「蒜齏」之齏，粢，讀「齊衰」之齊。

（16）同屬質部

駤，讀似質，緩氣言之者，在舌頭乃得；昳，讀曰逸。

（17）同屬微部

徽，讀「紛麻繰車」之繰；滾，讀「維繩」之維。

（18）同屬物部

粹，讀「禍祟」之祟。

（19）同屬緝部

唈，讀《左傳》「嬖人婤姶」之姶；蟄，讀如《詩・文王之什》。

（20）同屬葉部

翄，讀「鵝鶩食唼喋」之唼；揲，讀「揲脈」之揲。

（21）同屬蒸部

簦，音登。

（22）同屬東部

洞，讀「同異」之同；甬，讀「踴躍」之踴。

（23）同屬陽部

醠，讀「甕瓨」之瓨；淌，讀「平敞」之敞。

（24）同屬耕部

橵，讀曰敬；嫈，讀「疾營」之營。

（25）同屬元部

楝，讀「練染」之練；豢，讀「宦學」之宦。

（26）同屬真部

轔，讀近藺，急舌言之乃得；蹎，讀「填實」之填。

（27）同屬文部

殄，讀曰典；墐，讀如「斤斧」之斤。

（28）同屬侵部

潯，讀《葛覃》之覃；梣，讀曰朕。

（29）同屬談部

掩，讀曰奄，梔，讀如《左傳》「襄王出居鄭地氾」之氾；歛，讀曰脅。

2. 注音字與被注音字韻部上古有音轉關係

（1）陰入對轉

職之對轉：膡，讀近殆，緩氣言之。

幽覺對轉：就就：讀如由與之與。（當為由與之由）

宵藥對轉：霓，讀「翟氏」之翟。

歌月對轉：灖，讀「扷滅」之扷（孫星衍、張雙棣均認為注音字為「滅」）。

（2）陰陽對轉

侯東對轉：斱，讀「楫拊」之拊。

魚陽對轉：歋，讀「鴛鴦」之鴦。

歌元對轉：儺，讀「躁難」之難。

微文對轉：微，讀「扷滅」之扷；渾，讀「揮章」之揮。

（3）陽入對轉

侵緝對轉：頜，讀「合索」之合。

（4）旁轉關係

脂支旁轉：底，讀曰紙。

魚支旁轉：鮭，「傒徑」之傒。

宵幽旁轉：旄，讀近「綢繆」之繆，急氣言乃得之。

脂微旁轉：仳，讀人得風病之靡；倠，讀近魋。（東漢時脂微合為脂部）

元真旁轉：演，讀如「胤子」之胤。

3. 被注音字與注音字韻部上古無音轉關係，東漢有音轉關係

（1）陰陽對轉

幽蒸對轉：脈，讀如「窮穹」之穹。先秦蒸部（弓雄）到東漢變為冬部，幽部冬部屬於陰陽對轉。

陽侯對轉：抗，讀「扣耳」之扣。先秦侯部到東漢變為魚部，陽部魚部屬於陰陽對轉。

（2）陰入對轉

鐸侯對轉：攫，讀「屈直木令句」、「欲句此木」之句。侯部東漢屬於魚部，因此鐸部魚部屬於陰入對轉。

質微對轉：躓，楚人讀躓為隤。東漢微部屬於脂部，質部脂部屬於陰入對轉。

此類反映了東漢韻部不同於上古韻部演變的一面，其中有上古魚侯部東漢合為魚部，脂微部東漢合為脂部，蒸部（弓雄）東漢合為冬部。有關此類韻部的合併演變，學界多從梵漢對音材料和兩漢詩文韻文研究早有定論。高誘這些音注事實，說明證實了這些韻部之間的語音關聯。

4. 注音字與被注音字韻部既不同部又無音轉關係

（1）以魚切歌：荷，讀如燕人強秦言「胡」同。（方言讀音）

（2）以微切幽：狋，讀「中山人相遺物」之遺。（方言讀音）

（3）以幽切侯：句嬰，讀為九嬰。（專名讀音）

（4）以蒸切侵：栚，讀南陽人言山陵同。（方言讀音）

（5）以侵切東：鴻，讀「子贛」之贛。（中古韻同）

（6）以支切真：蠲，讀曰圭。（上古舊音遺留）

高誘音注表現的注音字與被注音字上古韻部對應關係，可歸納如下：

同部之類和對轉之類，既有一定的先秦色彩，又有發展變化的一面，如上古無對轉關係，東漢時有對轉關係。

既不同部又無對轉關係的韻部混注類聚多為方言讀音、舊音遺留與專名異讀。

第五章　高誘音注中保存的方音

　　楊蓉蓉於 1992 年對高誘注所存古方音作了研究,《高誘注所存古方音疏證》通過高誘注中的材料對各個方言點的現存或古存的方音特點作了詳細地分析挖掘。1999 年周俊勛《高誘注方言詞研究》利用高注材料研究漢代方言詞彙,涉及少量方音的討論。華學誠《論高誘的方言研究》(2002)一文中指出:「高誘在古書注釋中共引證了 84 次方言,出現了 25 個不同的地名,分布涉及到楚淮、幽冀、青充和周秦等地域,內容包括各方言地域的詞義和語音〔註1〕。」對高誘注方音的研究已很深入,本章僅就高誘音注材料中所存的方音作個梳理,考察範圍限於高誘音注中的方言讀音,至於以方言地域分別的語詞不在討論之列。

　　高誘音注保存的方音,主要集中在《淮南子注》中。高誘音注涉及到的方言區可劃分為三塊:一、楚 5 次、江淮 1 次、南陽 2 次,這一區域稱為「楚淮方言區」。二、幽州 1 例、燕 5 例、中山 1 例、常山 1 例,這一區域稱為「幽燕方言區」。三、袞州 2 例,這一區域稱為「袞州方言區」。下面分別對這三個方言區語音作說明。

〔註 1〕 華學誠:《論高誘的方言研究》,《長沙電力學院學報》,2002 年第 3 期,第 93~96 頁。

第一節　楚淮方言區語音

一、注音字與被注音字上古聲紐韻部相同

1.《淮南子‧本經訓》：「是以松柏箘露夏槁。」高注：「露，讀『南陽人言道路』之路。」露、路，《廣韻》同音「洛故切」，上古同音鐸部來紐。兩字上古各家擬音相同，分別為王力*lak、李方桂*lagh、白一平*g-raks、鄭張尚芳*g‧raags、潘悟雲*graags。露、路，南陽方音同音，與通語一致。

2.《淮南子‧本經訓》：「淌流潑減，菱杼紾抱。」高注：「杼，讀楚言杼。」杼，同字相標。杼，《廣韻》有異讀，分別為「直呂切」，表示「機之持緯者」；「神與切」，表示「橡也」。兩音對應到上古音，分別為魚部定紐、魚部船紐。上古各家擬音分別為：王力*dia 和*dzia、李方桂*drjagx 和*djagx、白一平*lrjaʔ和*Ljaʔ、鄭張尚芳*l'aʔ和*ɦljaʔ、潘悟雲*rlaʔ和*Gljaʔ。《說文》杼，「機之持緯者」。《說文》柔，「栩也」。《廣韻》杼之兩義，《說文》兩字相別，一為左形右聲，一為下形上聲。《說文》杼、柔後代合為一字，《廣韻》便以兩音分別兩義。杼，高誘釋義「采實」，即《說文》柔字，《廣韻》「神與切」之杼也。高誘音注中明言楚言，想來應該近於上古魚部船紐之音。

3.《淮南子‧本經訓》：「秉太一者，牢籠天地，彈壓山川。」高注：「牢，讀屋霤，楚人謂牢為霤。」牢，《廣韻》「魯刀切」，上古幽部來紐。霤，《廣韻》「力救切」，上古幽部來紐。牢，上古各家擬音分別為王力*lu、李方桂*ləgw、白一平*c-ru、鄭張尚芳*ruu、潘悟雲*ruu。霤，上古各家擬音分別為王力*liu、李方桂*ljəgwh、白一平*c-rjus、鄭張尚芳*m‧rus、潘悟雲*mrus。

此類音注反映「楚淮方言區」語音與上古語音相同的一面。

二、注音字與被注音字上古韻部相同聲紐不同

1.《淮南子‧原道訓》：「猶得肆其志，充其欲，何況懷瓌瑋之道，忘肝膽，遺耳目，獨浮游無方之外，不與物相弊搬。」高注：「搬，讀楚人言殺。」搬，《廣韻》「桑割切」，上古月部心紐。殺，《廣韻》「所八切」，上古月部山紐。搬，上古各家擬音分別為：王力*sat、李方桂*sat、白一平*sat、鄭張尚芳*slaad、潘悟雲*slaad。殺，上古各家擬音分別為：王力*ʃeat、李方桂*sriat、白一平*sret、鄭張尚芳*sreed、潘悟雲*sreed。心紐與山紐混注，說明這兩個聲類存在著某

種語音關聯，這種關聯在上古各家擬音對比中即可看出。心、山兩母發音方法相同發音部位不同，所以可以混注與先秦精莊二組合一有關。當然，也可見到這時的楚語齒頭正齒沒有區別。

2.《淮南子・說山訓》：「泰山之容，巍巍然高，去之千里，不見埵堁，遠之故也。」高注：「埵，讀似望，作江、淮間人言能得之也。」吳承仕以為「望」字係「垂」之形譌。埵，《廣韻》「丁果切」，上古歌部端紐。垂，《廣韻》「是為切」，上古歌部禪紐。埵，上古各家擬音分別為王力*tuai、李方桂*tuarx、白一平*tojʔ、鄭張尚芳*toolʔ、潘悟雲*toolʔ。垂，上古各家擬音分別為王力*ʑiuai、李方桂*djar、白一平*djoj、鄭張尚芳*djol、潘悟雲*djol。端禪兩紐中古發音部位不同發音方法不同，卻可以混注，這與先秦端章二組合一現象相關。上古各家擬音對比中可見上古端、禪兩紐的密切語音關聯，基本上表現為同發音部位的清濁聲類對立。高注江淮間人的語音，其時舌頭正齒仍是不分的，與上古聲類對應。

三、注音字與被注音字上古聲紐韻部不同

1.《淮南子・原道訓》：「先者隤陷，則後者以謀；先者敗績，則後者違之。」高注：「隤，楚人讀躓為隤。」

2.《淮南子・原道訓》：「凡人之志各有所在而神有所繫者，其行也，足躓趎塔、頭抵植木而不自知也。」高注：「躓，楚人讀躓為隤。」

躓，《廣韻》「陟利切」，上古質部端紐。隤、蹪，《廣韻》「杜回切」，上古微部定紐。躓，上古各家擬音分別為：王力*tiet、李方桂*trjidh、白一平*trjits、鄭張尚芳*tids、潘悟雲*tids。隤、蹪，上古各家擬音分別為：王力*duəi、李方桂*dəd、白一平*luj、鄭張尚芳*l'uul、潘悟雲*g-luul。

楊蓉蓉指出：「躓、隤、蹪在楚地讀音相同。蹪不見於《說文》，也少見於其他文獻。字韻書所錄，多據《淮南子》，或其即楚地據躓義所造之字，以躓之義符足為義符，注以與躓相同之「貴」音。躓，端母質部。貴，見母物部。隤，定母微部。蹪在《廣韻》中與隤同屬灰韻杜回切，上古也應歸定微。t、k通轉在文獻中本不少。楚地可用貴聲代替質聲，或k讀如t，或t讀如k。據『蹪』『隤橀』的讀音，似k聲在楚地已齶化，而躓是中古的知紐，上古t、ṱ不分，故與貴聲近。從貴得聲的字尚有橀、禭、髋、鞼、憒、聵、匱、饋等。

中古韻書都屬喉牙音。唯『隤』『𪖮噴』『穨』屬舌音，或受楚地語音讀同『躓』的影響。『穨』與『隤』亦義近。韻部質物。據羅常培、周祖謨的研究，這兩部的分別在《詩經》裏是很嚴格的，晚周諸子中雖然偶有通叶，但是還不很多，至漢代除《史記》、《淮南子》等分別很嚴外，其餘這兩部完全合用，沒有分別。可見在大多數漢代方言區，質物已不能分辨。至於《淮南子》的特殊現象，並不一定代表楚音〔註2〕。」

對於「躓」字的產生，楊先生的看法頗可信，即楚地據躓義所造之字。對於楚地以「躓」讀「隤」、「躓」，楊先生提出質物韻部混注，實在是漢代這兩部已不再分辨。事實上，據周祖謨《兩漢韻部略說》，先秦脂微兩部到西漢時已合為脂部一部，東漢亦然。因此這三字的韻部關係，在高誘時期就是質部和脂部的混注。脂質兩部發音部位相同，即韻部主元音相同，發音區別只在韻尾上。楚地讀音脂質陰入不分，可以對轉。至於這三字的聲類，端定兩母發音部位相同、發音方法不同，上古聲類語音關聯，可以混注，楚語應與上古音一致。

3.《淮南子·時則訓》：「具梜曲筥筐。」高注：「梜，讀南陽人言山陵同。」梜，《廣韻》「直稔切」，上古侵部定紐。陵，《廣韻》「力膺切」，上古蒸部來紐。梜，上古各家擬音分別為：王力*diəm、李方桂*drjəmx、白一平*lrjəmʔ、鄭張尚芳*lʼɯmʔ、潘悟雲*g-lɯmʔ。陵，上古各家擬音分別為：王力*liəŋ、李方桂*ljəŋ、白一平*c-rjəŋ、鄭張尚芳*rɯŋ、潘悟雲*brɯŋl。

楊蓉蓉認為：「《呂氏春秋·季春紀》：『具梜曲篆筐。』高誘注：『梜讀曰朕。』梜、朕中古韻書記錄為直稔切，上古似屬定母、侵部，與來母、蒸部字『陵』有異。《說文·仌部》：『媵，众出也。从仌，朕聲。凌，媵或从夌。』段玉裁注：『夌聲也。』可知夌朕本古音同。各家都將夌歸入蒸部，除嚴可均外，段玉裁、孔廣森、朱駿聲、江有誥將朕也歸入蒸部。從高注看，南陽地區東漢尚『梜』『朕』『陵』同讀〔註3〕。」楊蓉蓉分析至確，南陽人漢代讀此三音應當相同。

〔註 2〕楊蓉蓉：《高誘注所存古方音疏證》，《古漢語研究》，1992 年第 1 期，第 23 頁。
〔註 3〕楊蓉蓉：《高誘注所存古方音疏證》，《古漢語研究》，1992 年第 1 期，第 25 頁。

第二節　幽燕方言區語音

一、注音字與被注音字上古聲紐韻部相同

　　1.《淮南子・地形訓》：「東南方曰具區，曰元澤。」高注：「元，讀常山人謂伯為穴之穴也。」王念孫以為「元澤」為「亢澤」誤，高注應為「亢，讀『常山人謂伯為亢』之亢也」〔註4〕。」此例高誘以同字標音。《說文》阬，「境也。一曰陌也，趙魏謂陌為阬。」漢代常山郡，戰國時趙地，以此知高誘音注中之亢字本字當為阬，伯之本字當為陌。阬，《廣韻》「各朗切」，上古陽部見紐。

　　2.《淮南子・脩務訓》：「越人有重遲者，而人謂之㛋。」高注：「㛋，讀『燕人言趡操善趉者謂之㛋』同也。」高誘同字相標。㛋，《廣韻》兩音，分別為「楚交切」、「亡沼切」，上古宵部初紐、宵部明紐。

二、注音字與被注音字上古韻部相同聲紐不同

　　1.《淮南子・覽冥訓》：「潦水不泄，瀇瀁極望，旬月不雨則涸而枯澤，受瀷而無源者。」高注：「瀷，讀燕人強春言『敕』同也」（莊逵吉認為「強春」當作「強秦」）。

　　2.《淮南子・本經訓》：「淌流瀷減，菱杼紾抱。」高注：「瀷，讀燕人強春言『敕』之敕。」

　　瀷，《廣韻》兩音，義同，分別為「昌力切」、「與職切」，上古職部昌紐、職部余紐。敕，《廣韻》「恥力切」，上古職部透紐。燕人「瀷」對應《廣韻》當為「昌力切」，上古職部昌紐的讀音。昌紐、透紐混注，正好說明燕語舌頭正齒不分，可以追溯先秦端章合一的歷史，況且燕語舌頭正齒不分，絕非個例。瀷，上古各家擬音分別為：王力*tɕhiək、李方桂*thjək、白一平*thjək、鄭張尚芳*lhjɯŋ、潘悟雲*ljɯŋ。敕，上古各家擬音分別為：王力*thiək、李方桂*thrjək、白一平*hrjək、鄭張尚芳*thɯŋ、潘悟雲*thɯŋ。個別擬音當中，可見上古昌、透聲類之間的語音關聯。

　　3.《淮南子・說林訓》：「使但吹竽，使氏厭竅，雖中節而不可聽。」高注：「但，讀燕言鉏同也。」被注音字，據王念孫，為伹字誤。伹，《廣韻》「七余

切」，上古魚部清紐。鉏，《廣韻》「士魚切」，上古魚部崇紐。燕言伹鉏同讀，清崇混注，楊蓉蓉以為北方語言「沉濁而鈍鈍」之故。意即燕地處幽州，北地山川深厚，語言沉濁。清崇發音除有清濁之別外，發音部位中古亦有分別，高誘混注，說明這兩個聲母上古發音部位相同或近似。事實上，中古精莊二組聲紐上古為同一來源。楚語齒頭正齒不分，正是先秦精莊合一的表現。

4.《淮南子・說林訓》：「釣者靜之，罙者扣舟；罩者抑之，罜者舉之；為之異，得魚一也。」高注：「罙，讀沙穆。今兗州人積柴水中捕魚為罙，幽州名之為涔也。」早期字書、韻書無「罙」字。《說文》罙，「積柴水中以聚魚也」。因此「罙」當為「罙」字之誤。罙，《廣韻》「斯甚切」，上古侵部心紐。穆，《廣韻》「桑感切」，上古侵部心紐。罙、穆，中古聲同韻不同，上古聲紐韻部相同。涔，《廣韻》「鉏針切」，上古侵部崇紐。涔與罙、穆韻部相同，聲紐不同。幽州謂罙音涔，楊蓉蓉以為此例與上例同，說明方俗語有輕重之別，北語沉濁鈍鈍所致。兗州讀心紐、幽州讀崇紐，聲母除有清濁之別外，中古發音部位亦有分別。高注罙穆涔同音，說明幽州齒頭正齒不分，保留了先秦精莊合一的歷史。罙，上古各家擬音分別為：王力*siəm、李方桂*sjəmx、白一平*sjəmʔ、鄭張尚芳*sluumʔ、潘悟雲*sqluumʔ。穆，上古各家擬音分別為：王力*səm、李方桂*səmx、白一平*sumʔ、鄭張尚芳*sluumʔ、潘悟雲*sluumʔ。涔，上古各家擬音分別為：王力*dʒiəm、李方桂*dzrjəm、白一平*dzrjəm、鄭張尚芳*sgrum、潘悟雲*sgrum。以上各家擬音當中尤以鄭張尚芳、潘悟雲兩家，可明顯看出罙、穆、涔三字的上古語音關聯。

三、注音字與被注音字上古韻部不同聲紐相同

1.《淮南子・覽冥訓》：「猨狖顛蹶而失木枝。」高注：「狖，讀『中山人相遺物』之遺。」狖，《廣韻》「余救切」，上古幽部余紐。遺，《廣韻》「以醉切」，上古微部余紐。東漢時微部合為脂部，說明中山語幽脂讀音同，不分。

2.《淮南子・說山訓》：「譬若樹荷山上。」高注：「荷，讀如燕人強秦言『胡』同也。」荷，《廣韻》「胡歌切」，上古歌部匣紐。胡，《廣韻》「戶吳切」，上古魚部匣紐。魚歌同讀，漢代遍及許多方言區。高誘魚歌混注，說明燕秦魚部讀如歌部。

第三節　袞州方言區語音

一、注音字與被注音字韻部相同聲紐不同

　　《呂氏春秋·士容論·任地》：「其深殖之度，陰土必得，大草不生，又無螟蟁。」高注：「袞州謂蟁為螣。音相近也。」蟁，《廣韻》兩音，「胡國切」、「雨逼切」，上古職部匣紐。螣，《廣韻》三音，「徒得切」、「徒登切」、「直稔切」，上古分別為職部定紐、蒸部定紐、侵部定紐。既然袞州蟁螣兩音相近，可以排除袞州「螣」的陽聲韻讀音。蟁、螣上古同為職部入聲韻，一為匣母，一為定母，發音部位與發音方法皆有區別。高注袞州此二音相近，說明袞州匣、定兩紐的區別不大。

二、注音字與被注音字聲紐相同韻部不同

　　《呂氏春秋·慎大覽·慎大》：「農不去疇，商不變肆，親郼如夏。」高注：「郼讀如衣，今袞州人謂殷氏皆曰衣。」郼，《廣韻》「於希切」，上古微部影紐。衣，《廣韻》「於希切」，上古微部影紐。郼、衣，中古上古同音。殷，《廣韻》「於斤切」，上古文部影紐。文微互注，陰陽對轉。袞州人殷讀成衣，文部讀入微部，說明其地陽聲韻「殷」無鼻音尾-n。

　　高誘音注涉及方音計 18 例，關聯到不同的方言區域。通過對這些方言音注材料的梳理，發現高誘音注記錄了漢代相關地域的方言語音特徵事實，這對於漢代方言的認識與研究具有一定的意義價值。

第六章　高誘音注原因

　　高誘是東漢著名的訓詁學家，其所著「三書注」自然是以詞語訓詁為宗旨目的。擇取「三書注」中的音注資料單獨來看，高誘音注又是出於什麼初衷，或者說又是什麼原因呢？誠然，音注麼，自然是為了明晰讀音服務的，這有什麼討論的必要。不過，根據我們對高誘音注材料的梳理，發現對這一問題確有專門研究說明的需要。因為，這一問題的認識，可以幫助我們全面客觀地瞭解高誘音注的指導思想。

　　通過對高誘音注材料的整理、歸類和分析，我們發現高誘音注的原因可歸納為兩類：單純注音，即被注音字與注音字無意義關係，僅在語詞標音；注音兼明義，即被注音字與注音字意義有關聯，旨在通過注音辨別詞義。

第一節　單純注音

　　經統計，高誘音注中被注音字與注音字意義毫無關係共有 214 例。單純注音，主要分布在專名注音、方言注音以及生僻字注音方面。

一、專名注音

　　專名包括人名、地名，水名、官名、國名、族名、物名等。專名用字注音，可以確定這些專名的東漢讀音。

（一）專名用字無異讀

專名用字只有一音，高誘音注在於標注這類專名的讀音。

《呂氏春秋・離俗覽・離俗》：「乃負石而沉於募水。」高注：「募，音『千伯』之伯。」

《呂氏春秋・孟春紀・去私》：「墨者有鉅子腹䵍，居秦，其子殺人。」高注：「䵍，讀曰『車笇』之笇。」

《呂氏春秋・仲冬紀・忠廉》：「衛懿公有臣曰弦演，有所於使。」高注：「演讀如『胤子』之胤。」

《呂氏春秋・慎大覽・慎大》：「農不去疇，商不變肆，親郼如夏。」高注：「郼，讀如衣。」

《淮南子・地形訓》：「有娀在不周之北，長女簡翟，少女建疵。」高注：「娀，讀如『嵩高』之嵩。」

（二）專名用字有異讀

吳承仕《經籍舊音序錄》中說：「經籍音義本多關涉人地名物，又多異讀〔註1〕。」看來這種異讀在歷史上約定俗成，所以一直延續。高誘音注的目的是明確這類字按專名讀音讀，與一般讀音相異。

《呂氏春秋・離俗覽・離俗》：「飛兔、要裹、古之駿馬也，材猶有短。」高注：「裹字讀如『曲撓』之撓也。」

《淮南子・天文訓》：「太陰在子，歲名曰困敦。」高注：「困，讀羣。」

《淮南子・地形訓》：「自東北至西北方，有跂踵民、句嬰民。」高注：「句嬰，讀為九嬰。」

《淮南子・地形訓》：「泥塗淵出樠山。」高注：「樠，讀『人姓樠氏』之樠。」

《淮南子・氾論訓》：「潘尪、養由基、黃衰微、公孫丙相與篡之。」高注：「衰，讀繩之維。微，讀『扻滅』之扻也。」

二、方言注音

高誘音注保存的方言主要集中於《淮南子》中，這不僅因為《淮南子》是

〔註1〕吳承仕：《經籍舊音辨證》，北京：中華書局，1986 年版，第 11 頁。

淮南王劉安及其門客所作，本多楚言，還因高誘為涿郡人，地處幽州，於是有部分幽燕方言區的音注。直接的使用方言讀音注音共計 11 例，涉及楚、常山、南陽、燕、江淮五個方言點，分列如下：

《淮南子·俶真訓》：「猶得肆其志，充其欲，何況懷璙瑋之道，忘肝膽，遺耳目，獨浮游無方之外，不與物相弊撥。」高注：「撥，讀楚人言殺。」

《淮南子·地形訓》：「東南方曰具區，曰元澤。」高注：「元，讀『常山人謂伯為穴』之穴也。」（據王念孫，高注應為：「亢，讀『常山人謂伯為亢』之亢也。」）

《淮南子·時則訓》：「具栚曲筥筐。」高注：「栚，讀南陽人言山陵同。」

《淮南子·覽冥訓》：「潦水不泄，瀇瀁極望，旬月不雨則涸而枯澤，受瀷而無源者。」高注：「瀷，讀燕人強春言『敕』同也。」（據莊逵吉，「強春」當作「強秦」。）

《淮南子·本經訓》：「是以松柏箘露夏槁。」高注：「露，讀『南陽人言道路』之路。」

《淮南子·本經訓》：「淌流瀷減，菱杅紾抱。」高注：「瀷，讀燕人強春言『敕』之敕。」（強春，當為強秦。）

《淮南子·本經訓》：「淌流瀷減，菱杅紾抱。」高注：「杅，讀楚言杅。」

《淮南子·說山訓》：「泰山之容，巍巍然高，去之千里，不見埵堁，遠之故也。」高注：「埵，讀似望，作江、淮間人言能得之也。」（據吳承仕，「望」當為「垂」之形譌。）

《淮南子·說山訓》：「譬若樹荷山上。」高注：「荷，讀如燕人強秦言『胡』同也。」

《淮南子·說林訓》：「使但吹竽，使氏厭竅，雖中節而不可聽。」高注：「但，讀燕言鉏同也。」（據王念孫，「但」當為「伹」誤。）

《淮南子·脩務訓》：「越人有重遟者，而人謂之訬。」高注：「訬，讀燕人言趫趮善趍者謂之訬同也。」

三、生僻字注音

高誘為生僻字注音，這些生僻字或有幾讀或僅一讀，多為先秦兩漢時期日常生活事物名稱、少見動植物名稱以及生活中一些少見語詞，為這類字注音是

為了幫助讀者閱讀，便於對三本書中提及的事物、動植物及少見語詞讀音有正確認識。以上三種情況各舉數例，開列如下。

（一）先秦兩漢時期日常生活事物名稱

《呂氏春秋・季冬紀・介立》：「或遇之山中，負釜蓋簦。」高注：「簦，音登。」（據畢沅，高注「簦」為「簦」字誤。）

《戰國策・秦四》：「頓子曰：『有其實而無其名者，商人是也，無把銚推耨之勢，而有積粟之實，此有其實而無其名者也。』」高注：「銚，音括。」

《淮南子・俶真訓》：「冬日之不用翣者，非簡之也，清有餘於適也。」高注：「翣，讀『鵝鶩食唼喋』之唼。」

《淮南子・說林訓》：「水火相憎，鐕在其間，五味以相和。」高注：「鐕，讀曰彗。」

（二）先秦兩漢時期少見動植物名稱

《呂氏春秋・慎行論・求人》：「許由辭曰：『為天下之不治與？而既已治矣。自為與？鷦鷯巢於林，不過一枝……』」高注：「鷦，音超。」

《呂氏春秋・季夏紀・季夏》：「鷹乃學習，腐草化為螢蚈。」高注：「蚈，讀如『蹊徑』之蹊。」

《淮南子・原道訓》：「蛟龍水居，虎豹山處，天地之性也。」高注：「蛟，讀『人情性交易』之交，緩氣言乃耳。」

《淮南子・時則訓》：「乃合累牛騰馬，游牝于牧。」高注：「累，讀《葛藟》之藟也。」

《淮南子・本經訓》：「飛蛩滿野，天旱地坼。」高注：「蛩，讀《詩》『小珙』之珙。」

《淮南子・本經訓》：「是以松柏箘露夏槁。」高注：「箘露竹筦，皆冬生難殺之木。箘，讀似綸。」

（三）西漢時期生活中少見語詞

《淮南子・俶真訓》：「其兄掩戶而入覘之，則虎搏而殺之。」高注：「掩，讀曰奄。」

《淮南子・俶真訓》：「是故形傷于寒暑燥溼之虐者，形苑而神壯。」高注：「苑，枯病也。苑，讀南陽苑。」

《淮南子·覽冥訓》:「孟嘗君為之增欷歔唈,流涕狼戾不可止。」高注:「歔,讀『鴛鴦』之鴦也。」

《淮南子·時則訓》:「視肥瞘全粹。」高注:「粹,毛色純也。粹,讀『禍祟』之祟。」

《淮南子·精神訓》:「渾然而入,逯然而來。」高注:「逯,謂無所為。逯,讀《詩·綠衣》之綠。」

《淮南子·說林訓》:「傾者易覆也,倚者易軵也。幾易助也,濕易雨也。」高注:「軵,讀『軵濟』之軵。」

高誘專名注音、方言注音、生僻字注音,旨在明確相關語詞在文本中的讀音。

第二節　注音兼明義

被注音字與注音字意義有關的高誘音注共得 162 例,其中包括以音注明通假(同音借用)、通假(同源通用)、異文,以及聲訓釋義、注音並釋義五類。此類音注一個最為明顯的特點是通過音注辨別不同的意義,包括詞彙意義和語法意義。

一、音注明通假(同音借用)

高誘音注明通假(同音借用)27 例。這些通假本字和借字讀音相同或相近,意義無關。高誘以音注形式注出本字,說明通假關係的同時,也就引出了本字的意義。所以說,高誘這些同音借用通假字的音注,兼及說明了詞義。

1.《呂氏春秋·季夏紀·音初》:「周昭王親將征荊,辛餘靡長且多力,為王右。還反涉漢,梁敗,王及蔡公抎於漢中。」高注:「抎,墜,音曰『顛隕』之隕。」

隕,《說文》:「從高下也」,《廣韻》:「墜也,落也」。抎,《說文》、《廣韻》皆注為「有所失也」。抎、隕上古音同為文部匣紐,聲韻俱同。抎、損同音通假,本字為隕,表示墜落義。

2.《呂氏春秋·仲秋紀·論威》:「故善論威者,於其未發也,於其未通也,窅窅乎冥冥,莫知其情,此之謂至威之誠。」高注:「窅,音窈。」

窈,《說文》:「深遠也」,《廣韻》:「窈窕,深也,靜也」,上古音幽部影紐。

眢，《說文》：「深目也」，《廣韻》：「深目貌」，上古音宵部影紐。窈、眢上古聲紐相同，韻部相近。眢、窈近音通假，本字為窈，表示深遠義。

3.《呂氏春秋・仲秋紀・論威》：「知其不可久處，則知所兎起鳧舉死殠之地矣。」高注：「殠，音悶，謂絕氣之悶。」

悶，《說文》：「懣也」。殠，《說文》：「瞀也，一曰未名而死曰殠。」悶、殠上古同為文部匣紐，聲韻相同。悶、殠同音通假，本字為悶。

4.《呂氏春秋・仲冬紀・當務》：「故死而操金椎以葬，曰：『下見六王、五伯，將穀其頭』矣。辨若此不如無辨。」高注：「穀音嗀，擊也。」

畢沅改穀為嗀，改注「穀音嗀」為「嗀音殼」，陳奇猷以為穀、嗀雙聲，則穀顯係嗀之假字，嗀從殳告聲，乃形聲字。告與高為雙聲，則嗀為嗀之別構，蓋漢代俗字，高誘以漢代俗字注音，嗀乃通行字，高當不必為嗀之作音作訓。此因穀為嗀之借字，非通儒不得其解，故高為嗀之音，畢氏所改，謬矣。穀，《說文》：「續也。百穀之總名。」，上古屋部見紐。嗀，《說文》：「擊頭也」，上古藥部溪紐。穀、嗀上古韻部、聲紐相近，近音通假。本字嗀，表示擊頭義。

5.《戰國策・楚四》：「沈洿鄙俗之日久矣，君獨無意湔拔僕也，使得為君高鳴屈於梁乎？」高注：「湔，音薦。」

薦，《說文》：「獸之所食草」，《廣韻》：「薦席，又薦進也」。湔，《說文》：「水」，《廣韻》：「水名」。薦、湔上古同為元部精紐，聲韻相同，同音通假。本字為薦，表示「舉薦、推薦」義。

6.《呂氏春秋・孟春紀・孟春》：「田事既飭，先定準直，農乃不惑。」高注：「飭，讀勅。」

7.《呂氏春秋・季冬紀・季冬》：「天子乃與卿大夫飭國典，論時令，以待來歲之宜。」高注：「飭讀曰勅。勅正國法，論時令所宜者而行之。」

8.《呂氏春秋・季夏紀・制樂》：「飭其辭令、幣帛，以禮豪士。」高注：「飭，讀如敕，飭正其辭令也。」

9.《呂氏春秋・季夏紀・音律》：「夷則之月，修法飭刑，選士厲兵。」高注：「飭讀如敕。飭正刑法，所以行法也。」

敕，《說文》：「誡也」，《廣韻》：「誡也，正也，固也，勞也，理也，書也，急也，今相承用勅」。勅，《說文》無，《廣韻》「同敕」。飭，《說文》：「致堅

也」，《廣韻》：「牢密，又整備也」。敕、勒、飭上古同為職部透紐，聲韻均同，故借飭為敕、勒。

10.《呂氏春秋‧孟春紀‧貴公》：「日醉而飾服，私利而立公，貪戾而求王，舜弗能為。」高注：「飾讀曰勒。」

11.《呂氏春秋‧離俗覽‧舉難》：「易足則得人，自責以義則難為非，難為非則行飾。」高注：「飾讀曰敕。敕，正也。」

飾，《說文》：「㕈也」，㕈，《說文》：「拭也」，飾，《廣韻》：「裝飾」，上古職部書紐。敕，《說文》：「誡也」，《廣韻》：「誡也，正也，固也，勞也，理也，書也，急也，今相承用勑」。勒，《說文》無，《廣韻》「同敕」。敕、勒，上古職部透紐。飾與敕、勒上古韻部相同，近音通假，本字為勒、敕。

12.《呂氏春秋‧孟春紀‧重己》：「燀熱則理塞，理塞則氣不達。」高注：「燀，讀曰亶。亶，厚也。」

亶，《說文》：「多穀也」，《廣韻》：「信也，厚也，大也，多也，穀也」，上古為元部端紐。燀，《說文》：「炊也」，《廣韻》：「《說文》曰『炊也』，《春秋傳》曰『燀之以薪』，又然也」，上古為元部章紐。亶、燀上古韻部相同，聲紐屬於一系。亶燀音近同假，借字為燀，本字為亶。

13.《呂氏春秋‧孟春紀‧重己》：「胃充則中大鞔，中大鞔而氣不達。」高注：「鞔，讀曰懣。」

懣，《說文》：「煩也」，《廣韻》：「煩悶」。鞔，《說文》：「履空也」，《廣韻》：「鞔，鞋履」。懣、鞔上古同為元部明紐，聲韻俱同，故借鞔為懣。

14.《呂氏春秋‧仲夏紀‧適音》：「太小則志嫌，以嫌聽小則耳不充，不充則不詹。」高注：「詹，足也。詹，讀如『澹然無為』之澹。」

澹，《說文》：「水搖也」，上古為談部定紐。據蔣維喬，「澹然」之「澹」亦足義，蓋必知足然後能安靜，安靜實亦足之引申義。詹，《說文》：「多言也」，《廣韻》：「至也」，上古為談部章紐。澹、詹諧聲，上古韻部相同，聲紐定章本為一系。澹、詹近音通假，本字為澹。

15.《呂氏春秋‧孟秋紀‧振亂》：「所以蘄有道行有義者，為其賞也。」高注：「蘄，讀曰祈。」

祈，《說文》：「求福也」，《廣韻》：「求也，報也，告也」，上古為微部見紐。蘄，《說文》：「草也」，《廣韻》：「縣名，亦草名」，上古為微部群紐。祈、蘄上

古同為微部，見群發音部位相同發音方法不同。祈、蘄近音通假，本字為祈，表示「祈求」義。

16.《呂氏春秋・孟冬紀・節喪》：「葬淺則狐狸抇之，深則及於水泉。」高注：「抇，讀曰掘。」

掘，《說文》：「搰也」，搰，《說文》：「掘也」，掘，《廣韻》：「掘地」。掘，上古物部群紐。抇，《廣韻》：「牽物動轉」，上古為物部匣紐。掘、抇上古近音通假，本字為掘，表示「掘地」義。

17.《呂氏春秋・慎大覽・下賢》：「其不肯自是，鵠乎其羞用智慮也。」高注：「鵠，讀如『浩浩昊天』之浩，大也。」

浩，《說文》：「澆也，《虞書》曰：『洪水浩浩』」，《廣韻》：「浩汗，大水皃」，上古為幽部匣紐。鵠，《說文》：「鴻鵠」，《廣韻》：「鳥名」，上古為覺部匣紐。浩、鵠上古聲紐相同，韻部陰入對轉。浩、鵠近音通假，本字為浩，表示「大」義。

18.《呂氏春秋・先職覽・知接》：「無由接而言見，謊。」高注：「謊讀『誣妄』之誣。」

誣，《說文》：「加也」，《廣韻》：「誣枉」，上古為陽部明紐。謊，《說文》、《廣韻》皆注「夢言」，上古為陽部曉紐。誣、謊上古韻部相同，聲紐不同，音近通假，借謊為誣。

19.《淮南子・俶真訓》：「夫鑒明者塵垢弗能薶。」高注：「薶，污也。薶，讀『倭語』之倭。」

溰，《廣韻》：「濁也」，「烏禾切」，上古為歌部影紐。薶，《說文》：「瘞也」，《廣韻》：「瘞也，藏也」，上古為之部影紐。溰、薶上古聲紐相同，韻部相近，音近通假，借薶為溰。倭，《廣韻》：「東海中國」，「烏禾切」，上古為歌部影紐，倭與溰字音同，所以高注「倭語之倭」係為本字「溰」注音，「薶」為借字。

20.《淮南子・天文訓》：「火上蕁，水下流。」高注：「蕁，讀《葛覃》之覃。」

覃，《廣韻》：「及也，延也」。蕁，《說文》：「芫藩也」，《廣韻》：「草名」。覃、蕁，上古同為侵部定紐，聲韻相同，故借蕁為覃。

21.《淮南子‧氾論訓》：「緂麻索縷，手經指挂，其成猶網羅。」高注：「緂，銛。緂，讀『恬然不動』之恬。」

銛，《說文》：「銳利也」，《廣韻》：「削也，利也」，上古為談部余紐。緂，《說文》：「白鮮衣貌」，《廣韻》：「色鮮」，上古為談部透紐。兩字上古韻部相同，音近通假，本字當為銛。恬，《說文》：「安也」，《廣韻》：「靖也」，上古為談部定紐，與本字「銛」上古韻部同，聲紐音近，故為本字注音。

22.《淮南子‧說山訓》：「撽不正而可以正弓。」高注：「撽，弓之掩床。讀曰檠。」

撽，古同儌，儌，《說文》：「戒也」，《廣韻》同警，「寤也，戒也」。檠，《說文》：「榜也」，榜，《說文》：「所以輔弓弩」，《廣韻》：「所以正弓，出《周禮》，亦作榮」。撽、檠《廣韻》同音，上古同為耕部見紐，同音通假，本字為檠。

23.《戰國策‧秦一》：「形容枯槁，面目犁黑，狀有歸色。」高注：「歸當作愧，音相近故作歸。」

愧，《說文》：「慙也」，《廣韻》：「慙媿」，「俱位切」。歸，《說文》：「女嫁也」，《廣韻》：「還也」，「舉韋切」。歸、愧上古同為微部見紐，故借歸為愧。

24.《呂氏春秋‧孟春紀‧本生》：「上為天子而不驕，下為匹夫而不惛。」高注：「惛，讀『憂悶』之悶。義亦然也。」

惛，《說文》：「不憭也」，《廣韻》：「迷忘也」，「呼悶切」，上古為文部曉紐。悶，《說文》：「懣也」，懣，《說文》：「煩也」，《廣韻》：「《說文》曰『懣也』」，「莫困切」，上古為文部明紐。惛、悶上古韻部相同，近音通假，本字當為悶。

25.《淮南子‧俶真訓》：「今夫冶工之鑄器，金踊躍於鑪中，必有波溢而播棄者，其中地而凝滯，亦有以象於物者矣。」高注：「鑄，讀如『唾祝』之祝也。」

鑄，《說文》：「銷金也」，《廣韻》：「鎔鑄，又姓，堯後以國為氏」，「之戍切」，上古侯部章紐。祝，《說文》：「祭主贊詞者」，《廣韻》：「《說文》曰：『祭主贊詞』」，「職救切」，又「之六切」，上古覺部章紐。鑄、祝上古聲紐相同，韻部不同，近音通假。《禮記‧樂記》：「封帝堯之後於祝。」鄭玄注：「祝或為鑄。」

26.《淮南子・俶真訓》:「有有者,言萬物摻落,根莖枝葉,青蔥苓蘢,崔
薵炫煌,蠉飛蠕動,蚑行噲息,可切循把握而有數量。」高注:「摻,讀『參星』
之參。」

摻,《廣韻》:「女手皃」,「所咸切」,上古侵部生紐。參,《說文》:「商星
也」,《廣韻》:「參星」,「所今切」,上古侵部生紐。摻、參上古同音通假,本
字為參,表義「眾多貌」。

27.《淮南子・本經訓》:「縗絰苴杖。」高注:「縗,讀曰『崔杼』之崔也。」

縗,《說文》:「服衣。長六寸,博四寸,直心」,《廣韻》:「喪衣,長六寸,
博四寸」,「倉回切」,上古微部清紐。衰,《說文》:「艸雨衣。秦謂之萆」,《廣
韻》:「小也,減也,殺也」,「楚危切又所危切」,上古分別為歌部初紐,微部生
紐。縗、衰上古音近,縗字常借衰字代之。如《左傳・襄公二十三年》:「王鮒
使宣子墨衰冒絰。」《釋文》「縗,本又作衰。」《左傳・僖公三十三年》:「子墨
衰絰。」楊倞注云:「衰,音崔,字亦作縗,喪服。」崔,《廣韻》「倉回切」,
上古微部清紐。縗、崔,中古、上古同音。高注以「崔」字注「衰」,實注本字
「縗」音。

音注中除例 19、21、27 說明被注音字是假借字,詞義另有所本外,餘 24
例注音字均為本字,高誘音注旨在點明通假的本字,隱含說明了被注音字的詞
義。

二、音注明通假(同源通用)

高誘音注明通假(同源通用)12 例。這些通假本字和借字讀音相同或相
近,意義相關。高誘以音注形式注出本字,說明通假關係同時,隱含說明被注
音字的詞義。

1.《呂氏春秋・孟春紀・本生》:「夫水之性清,土者抇之,故不得清。」高
注:「抇,讀曰骨。骨,濁也。」

陳奇猷指出:「『抇』字不見於《說文》,見於《列子・說符》、《荀子・堯
問》及本書《安史》,但皆用掘義,明『抇』無濁義,此『抇』當作『汩』,注
同〔註2〕。」孫志楫亦認為此「抇」字當作「汩」,「骨」字當作「滑」,傳寫奪
去水旁致誤。汩,《說文》:「治水也」,《廣韻》:「汩沒」,「古忽切」,上古物部

〔註 2〕陳奇猷:《呂氏春秋校釋》,上海:學林出版社,1984 年版,第 24 頁。

見紐。滑，《說文》：「利也」，《廣韻》：「滑亂也，出《列子》」，「戶骨切」，上古物部匣紐。汩、滑上古音近義通，互為通假字。

2.《呂氏春秋‧孟春紀‧重己》：「使烏獲疾引牛尾，尾絕力殫，而牛不可行，逆也。」高注：「殫，讀曰單。單，盡也。」

殫，《說文》：「殛盡也」，《廣韻》：「盡也」，「都寒切」，上古元部端紐。殫，《集韻》：「力竭也」，「多寒切」，上古元部端紐。殫、殫音同義通，同音通假。單，《說文》：「大也」，《廣韻》：「單復也，又大也」，「都寒切」，上古元部端紐。殫、單上古同音通假，古書多借「單」為殫。故高釋單義為盡。

3.《呂氏春秋‧孟夏紀‧誣徒》：「不能學者，從師苦而欲學之功也。」高注：「苦，讀如『鹽會』之鹽，苦，不精至也。」

4.《淮南子‧時則訓》：「工事苦慢，作為淫巧，必行其罪。」高注：「苦，惡也。苦，讀『鹽會』之鹽。」

5.《淮南子‧主術訓》：「人得其宜，物得其安，是以器械不苦，而職事不嫚。」高注：「苦，讀鹽。」

苦，《說文》：「大苦」，《廣韻》：「龘也，勤也，患也」，上古為魚部溪紐。鹽，《說文》：「河東鹽池」，《廣韻》：「鹽池，又《左傳》曰：『鹽其腦』，杜預云：『鹽，呬也』，又《詩》傳云：『鹽，不固也』」，「公戶切」，上古為魚部見紐。鹽，後引申又有姑且，苟且之義，即粗疏不精至。苦、鹽，音近義通，故常通假。

6.《呂氏春秋‧仲夏紀‧古樂》：「民氣鬱閼而滯著，筋骨瑟縮不達。」高注：「閼讀曰『遏止』之遏。」

閼，「《說文》：「遮攤也」，《廣韻》：「止也，塞也」，「烏葛切」。遏，《說文》：「微止也」，《廣韻》：「遮也，絕也，止也」，「烏葛切」。閼、遏《廣韻》同音，上古同為月部影紐。閼、遏音同義通，故常通假。

7.《戰國策‧中山》：「傷者厚養，勞者相饗，飲食餔餽。」高注：「吳謂食為餽，祭鬼亦為餽。古文通用，讀與饋同。」

餽，《說文》：「吳人謂祭曰餽」，《廣韻》：「餉也」，「求位切」。饋，《說文》：「餉也」，《廣韻》：「餉也」，「求位切」。餽、饋上古同為微部群紐，義通音同，故常通假。

8.《淮南子‧地形訓》：「其人翕形短頸。」高注：「翕，讀『脅榦』之脅。」

翕，《說文》：「起也」，《廣韻》：「火炙，一曰起也，又斂也，合也，動也，聚也，盛也」，「許及切」，上古緝部曉紐。脅，《說文》：「兩膀也」，《廣韻》：「脅脅」，「虛業切」，上古葉部曉紐。人形收縮之狀，胸脅上提，翕、脅義通，兩者上古韻部相近聲紐相同，故音近通假。

9.《淮南子‧精神訓》：「外為表而內為裏，開閉張歙，各有經紀。」高注：「歙，讀脅也。」

10.《淮南子‧本經訓》：「開合張歙，不失其敘。」高注：「歙，讀曰脅。」

歙，《說文》：「縮鼻也」，《廣韻》：「《說文》曰：『縮鼻也』」，「許及切」，上古緝部曉紐。脅，《說文》：「兩膀也」，《廣韻》：「脅脅」，「虛業切」，上古葉部曉紐。歙有收斂義，脅原指胸脅，胸脅上提斂氣，歙、脅在「斂」義上相通，兩字上古聲紐相同韻部相近，音近通假。

11.《淮南子‧主術訓》：「桀之力，制觡伸鉤，索鐵歙金，椎移大犧，水殺黿鼉，陸捕熊羆。」高注：「歙，讀協。」

歙，《說文》：「縮鼻也」，《廣韻》：「《說文》曰：『縮鼻也』」，「許及切」，上古緝部曉紐。協，《說文》：「眾之同和也」，《廣韻》：「和也，合也」，「胡頰切」，上古葉部匣紐。歙、協在「斂」「合」之義上相通，上古音相近，相互通用。

12.《呂氏春秋‧士容論‧審時》：「得時之黍，芒莖而徼下，穗芒以長，摶米而薄糠，春之易，而食之不饏而香。」高注：「饏讀如『餲饜』之餲。」

餲，許維遹：「當為餲字之誤〔註3〕」，陳奇猷贊成許說。餲，《說文》：「猒也」，《廣韻》：「饜飽」。饏，《廣韻》：「饏，甘而猒也」。餲、饏意義相同，上古同為元部影紐，聲韻均同，故音同通假。

以上音注被注音字與注音字互為通假字，多為音同或音近，意義相通。高誘音注雖在點明通假關係，也關涉了詞義。

三、音注明異文

高誘音注明異文 13 例。高誘以音注形式出注該字的異體形式，說明異文關係。

1.《呂氏春秋‧仲春紀‧仲春》：「是月也，玄鳥至。至之日，以太牢祀於

〔註 3〕陳奇猷：《呂氏春秋校釋》，上海：學林出版社，1984 年版，第 1793 頁。

高禖。」高注：「郊音與高相近，故或言高禖。」

《詩·大雅·生民》：「克禋克祀，以弗無子」。毛傳：「弗，去也，去無子，求有子，古者必立郊禖焉。玄鳥至之日，以太牢祠於郊禖，天子親往，后妃率九嬪御。乃禮天子所御，帶以弓韣，授以弓矢，於郊禖之前。」鄭玄箋：「姜嫄之生后稷如何乎？乃禋祀上帝於郊禖，以祓除其無子之疾而得其福也。」陳奐傳疏：「郊禖即禖，宮於郊，故謂之郊禖。」《禮記·月令》：「仲春之月，……是月也，玄鳥至。至之日，以大牢祠於高禖。天子親往，后妃帥九嬪御。乃禮天子所御，帶以弓韣，授以弓矢，於高禖之前。」高，郊上古同為宵部見紐，中古一為豪韻，一為肴韻。郊、高讀音相近，互為異文。

2.《呂氏春秋·貴直論·過理》：「宋王築為蘗帝，鴟夷血，高懸之，射著甲胄，從下，血墜流地。」高注：「『蘗』當作『轥』，蘗與轥其音同。」

蘗、轥《廣韻》同音，「魚列切」，又「五割切」，上古同為月部疑紐。根據高誘注，兩字互為異文。

3.《呂氏春秋·士容論·任地》：「其深殖之度，陰土必得，大草不生，又無螟蜮。」高注：「蜮，或作螣。兗州謂蜮為螣，音相近也。」

蜮、螣為方言異文，兗州方言兩音相近。蜮，上古職部匣紐，螣，上古職部定紐，兩字上古讀音相近。

4.《呂氏春秋·孝行覽·本味》：「述蕩之掔。旄象之約。」高注：「掔讀如『棬椀』之椀。」

譚介甫曰：「《說文》：『掔，手掔也』，或作『腕』[註4]。」腕，《說文》：「手掔也」，《廣韻》：「手腕」，「烏貫切」。掔，《廣韻》「同腕」。掔、腕同音異文。椀，《廣韻》「烏管切」，上古元部影紐。椀與腕上古音近，故為掔之異文腕注音。

5.《淮南子·原道訓》：「扶搖抮抱羊角而上。」高注：「抮，讀與《左傳》『憾而能眕』者同也。」

抮，《說文》無。紾，《說文》：「轉也，从糸㐱聲」。《說文》紾義與文中抮義相應。紾，字亦作抮。《周禮·考工記·弓人》：「老牛之角紾而昔，疢疾險中。」鄭玄注：「紾讀爲抮轉之抮。」眕，《廣韻》「章忍切」，上古文部章紐。

〔註4〕陳奇猷：《呂氏春秋校釋》，上海：學林出版社，1984年版，第754頁。

紾、眕中古同音，上古同音，故眕為紾注音。

6.《淮南子・俶真訓》：「今夫萬物之疏躍枝舉，百事之莖葉條糵，皆本於一根，而條循千萬也。」高注：「糵，讀《詩・頌》『苞有三糵』同。」

櫱，《說文》：「伐木餘也。从木獻聲。《商書》曰：『若顛木之有甹櫱。』」櫱，櫱或从木辥聲。不，古文櫱从木無頭。糵，亦古文櫱。」櫱、糵《廣韻》音義相同，上古同為月部疑紐，互為異文。

7.《淮南子・俶真訓》：「至德之世，甘暝于溷澖之域，而徙倚于汗漫之宇。」高注：「澖，讀『閑放』之閑，言無垠虛之貌。」

澖，《說文》無，《字彙補》釋義源自高注，「無垠虛之貌」，「何山切」。閑，《說文》：「闌也」，《廣韻》：「闌也，防也，御也，大也，法也，習也，暇也」，「戶閒切」，上古元部匣紐。《詩・商頌・殷武》：「松桷有梴，旅楹有閑，寢成孔安。」孔穎達疏：「陳列其楹，有閑然而大。」閑、澖皆有「空虛廣大」之義，兩字異文。

8.《淮南子・天文訓》：「秋分蔈定，蔈定而禾熟。」高注：「蔈，讀如《詩》『有貓有虎』之貓，古文作秒也。」

蔈，《說文》：「苕之黃花也」，「一曰末也」，上古宵部幫紐。秒，《說文》：「禾芒也」，《廣韻》：「禾芒」，「亡沼切」，上古宵部明紐。蔈之草末義與秒之禾末義通，秒蔈上古同為宵部，讀音相近，古今異文。貓，《廣韻》「武瀌切」、「莫交切」，上古宵部明紐，與蔈、秒上古讀音相近。

9.《淮南子・地形訓》：「磞魚在其南。」高注：「磞，讀如蚌也。」

蚌，《說文》：「蜃屬」，《廣韻》：「蛤也」，字亦作蜯，《集韻》：「《說文》：『蜃屬』，一曰美珠，或作蜯、蚌、磞、蛖。」蚌，《廣韻》「步項切」，上古東部並紐，磞蚌互為異文。

10.《淮南子・精神訓》：「子求行年五十有四而病傴僂，脊管高於頂，䐈下迫頤，兩脾在上，燭營指天。」高注：「燭營，讀曰括撮也。」

吳承仕曰：「《莊子・人間世》：『會撮指天』，《釋文》引崔譔云：『會撮，項椎也。』明與燭營異物，即聲類亦殊。《注》即釋『燭營』為『陰竅』，更不得讀為『會撮』明矣。（龔馳之點校）括、會聲近義同，高作『括』者，疑是《莊子》異文〔註5〕。」

〔註5〕吳承仕：《經籍舊音辨證》，北京：中華書局，1986年版，第238頁。

11.《淮南子‧脩務訓》：「唵膗哆噅，籧篨戚施，雖粉白黛黑弗能為美者，嫫母、仳倠也。」高注：「仳倠，古之醜女，仳倠，一說：讀曰莊維也。」

此例音讀旨在點明仳倠之異文又作莊維。

12.《淮南子‧地形訓》：「九州之外，乃有八殥，亦方千里。」高注：「殥，讀『胤嗣』之胤。」

殥，《說文》、《廣韻》無。劉文典云：「《初學記‧地理部》上引殥作埏，下同〔註6〕。」埏，《說文》：「八方之地也」，《廣韻》：「際也，地也，又墓道，亦地有八極八埏」，「以然切」，上古元韻余紐。胤，《廣韻》「羊晉切」，上古真部余紐。埏、胤上古音近，高注即為殥之異文埏作音。

13.《淮南子‧地形訓》：「煖濕生容，煖濕生於毛風，毛風生於濕玄。」高注：「煖，一讀暵，當風乾燥之貌也。」

暵，《說文》：「乾也」，《廣韻》：「日乾也」。煖，《說文》：「溫也」，《廣韻》：「火氣」。暵、煖意義相通，上古同為元部曉紐，聲韻均同。《詩‧王風‧中谷有蓷》：「中谷有蓷，暵其濕矣。有女仳離，嘅其泣矣。」暵、煖互為異文。

以上音注 4、8、12 為被注音字的異文注音，其餘 10 例音注被注音字與注音字互為異文，音同或音近，義同。

四、聲訓釋義

1.《呂氏春秋‧孟春紀‧去私》：「忍所私以行大義，鉅子可謂公矣。」高注：「忍，讀曰仁，行之忍也。」

仁，《說文》：「親也」，《廣韻》：「仁賢，《莊子》曰：『愛人利物謂之仁』，《釋名》曰：『仁，忍也，好生惡殺，善含忍也』」，「如鄰切」，上古真部日紐。忍，《說文》：「能也」，《廣韻》：「強也，有所含忍」，「而軫切」，上古文部日紐。仁、忍上古韻部相近，聲紐相同，意義相通，相互為訓。高誘音注，用聲訓釋義。

2.《淮南子‧氾論訓》：「前蒙矢石，而後墮谿壑，出百死而紿一生，以爭天下之權。」高注：「紿，至也。紿，讀『仍代』之代也。」

吳承仕：「讀紿為『仍代之代』者，即訓紿為『代』。代，更也，出百死而紿

〔註6〕劉文典：《淮南鴻烈集解》，北京：中華書局，1989 年版，第 136 頁。

一生，猶言以百死易一生也。《注》訓給為至，義無所施，疑傳寫失之〔註7〕。」代，《說文》：「更也」，《廣韻》：「更代，年代」，「徒耐切」，上古職部定紐。給，《說文》：「絲勞即給」，《廣韻》：「欺言詐見，又絲勞也」，「徒亥切」，上古之部定紐。代、給上古聲紐相同，韻部陰入對轉。

五、注音並釋義

高誘音注通過注音形式同時釋義計 108 例，這一類主要是借助語詞注音來區別語詞的詞彙意義、語法意義或形態意義變化的。下一章專就本類具體討論。

高誘是訓詁學家，「三書注」音注自該本著訓詁目的進行，其音注表現有明顯的訓詁思想。「三書注」音注總計 386 例，除去異議 10 例，得 376 例。這 376 例注音要麼是為生僻詞語注音，計 214 例；要麼是為釋義而注音，162 例。注音兼明義的音注占總標音例的 43.1％，足見高誘音注除了為注音而音注以外，至少有將近一半是釋義所需。通過注音這種方式，可以更好地實現語詞訓詁，這是高誘的努力與成績。高誘也向我們充分展示了語詞讀音與意義之間的密切關聯，作為語言三要素的語音、詞彙、語法從來就是悉悉相關的。

〔註 7〕吳承仕：《經籍舊音辨證》，北京：中華書局，1986 年版，第 240 頁。

第七章　高誘音注反映的音義關係

第一節　高誘音注反映的詞彙意義變化

　　高誘通過音注實現以讀音區別詞的詞彙意義，此類音注共有 73 例，其中異讀音注確定語詞詞彙意義 27 例，無異讀音注確定語詞詞彙意義 46 例。

一、異讀音注確定語詞詞彙意義

（一）方言異讀

　　1.《淮南子‧地形訓》：「短頸，大肩下尻，竅通於陰，骨幹屬焉，黑色主腎，其人蠢愚。」高注：「蠢，讀『人謂蠢然無知』之蠢也，籠口言乃得。」

　　蠢，《說文》：「愚也」，《廣韻》：「愚也」，「丑江切，又丑龍切，又抽用切」。蠢，《廣韻》三讀意義相同，當為方言異讀。高誘音注同字相標，以常用語形式兼釋義，以音注確定了蠢的詞彙意義。

　　2.《淮南子‧天文訓》：「物類相動，本標相應。」高注：「標，讀刀末之標。」

　　標，《說文》：「木杪末也」，《廣韻》：「舉也，又木杪末也」，「甫遙切」（上古宵部幫紐）；「標，杪木末」，「方小切」（上古宵部幫紐）。標，《廣韻》兩讀意義相同，為方言聲調異讀。高誘音注同字相標，常用語「刀末」即為釋義，與本相對，以音注辨別了詞義。

此類語詞異讀意義相同，為方言異讀。高誘音注本身未別義，其別義功能是通過高誘音注中的常用語釋義實現的。

（二）專名異讀

1.《淮南子・原道訓》：「雪霜滾灑，浸潭苽蔣。」高注：「蔣，讀『水漿』之漿也。」

蔣，《說文》：「苽蔣也」，《廣韻》：「菰蔣草」，「即良切」（上古陽部精紐）；「國名，亦姓，又漢複姓」，「即兩切」（上古陽部精紐）。蔣，《廣韻》兩讀聲調不同意義有別，一為草名一為國名。漿，《廣韻》：「漿水」，「即良切」，上古陽部精紐。對照高誘注音，「蔣」之文中當讀「即良切」（上古陽部精紐），表示「菰蔣草」義。此義正與文義合，高誘注音辨別了「蔣」的詞義。

2.《淮南子・地形訓》：「東北方之美者，有斥山之皮焉。」高注：「斥，讀『斥丘』之斥。」

斥，《廣韻》：「山名」，「充夜切」（上古鐸部昌紐）；「逐也，遠也，又庲候，《說文》曰卻行也」，「昌石切」（上古鐸部昌紐）。斥，《廣韻》兩讀兩義。高注「讀『斥丘』之斥」，說明文中斥為山名，自然「充夜切」（上古鐸部昌紐）音義與高注都對應上了。

專名異讀音注和方言異讀音注相同，都是通過音注中引用的常用語對應上讀音，直接或間接地分辨了詞的詞彙意義。

（三）別義異讀音注

1.《戰國策・中山》：「王曰：『寡人既已興師矣，乃使五校大夫王陵五役軍營也……』」高注：「校音明孝反。」

校，《廣韻》：「檢校，又考校」，「古孝切」（上古宵部見紐）；「校尉，官名，亦姓，周禮校人之後」，「胡教切」（上古宵部匣紐）。校，《廣韻》兩讀聲紐不同意義有別。高注校音「明孝反」當為「胡孝反」，根據高誘音注，對應《廣韻》音義，可以確定文本校為「校尉，官名」義。利用語詞異讀的音義對應關係，區別確定文本語詞的詞彙意義。

2.《淮南子・本經訓》：「舜乃使禹疏三江五湖，闢伊闕，導廛、澗。」高注：「廛、澗，兩水名。廛，讀『裹纏』之纏。」

纏，《廣韻》：「繞也，又姓」，「直連切」（上古元部定紐）；「纏繞物也」，

「持碾切」（上古元部定紐）。纏，《廣韻》兩讀聲調不同意義有別。廛，《廣韻》一音，「直連切」，上古元部定紐。廛、纏語音對應，可知高注「裏纏」之纏當音「直連切」，上古元部定紐。廛無異讀，高誘音注在區別纏之兩音兩義。

3.《淮南子・時則訓》：「民無險謀，怨惡不生，是故上帝以為物平。」高注：「平，讀『評議』之評。」

平，《廣韻》：「正也、和也、易也、亦州名」，「符兵切」（上古耕部並母）；「《書》傳云：『平平，辨治也』」，「房連切」（上古元部並母）。平，《廣韻》兩讀義別。評，《廣韻》：「評量」，「符兵切」（上古耕部並母）；「平言」，「皮病切」（上古耕部並母）。評，《廣韻》亦兩讀義別。高注「評議」之評，據義索音，當讀「符兵切」（上古耕部並母），此音正對「平」之「符兵切」（上古耕部並母）一音，義亦正合。高誘異讀注音，確定了文本中「平」的讀音和詞義。

高誘的這些別義異讀音注，說明作者已意識到漢語的一些異讀語詞，可借助讀音的方式來區別詞義。

二、無異讀音注確定語詞詞彙意義

（一）方言讀音注音

1.《淮南子・原道訓》：「先者隤陷，則後者以謀；先者敗績，則後者違之。」高注：「楚人讀躓為隤。」

2.《淮南子・原道訓》：「凡人之志各有所在而神有所繫者，其行也，足蹪趚埳、頭抵植木而不自知也。」高注：「楚人讀躓為蹪。」

躓，《說文》：「跲也」，《廣韻》「礙也，頓也，《說文》『跲也』」。隤，《說文》、《廣韻》釋義「下墜也」。蹪，《廣韻》：「躓仆」。躓、隤、蹪三詞義近，方言讀音注音同時確定隤、蹪兩詞詞義。

（二）同字注音

1.《淮南子・覽冥訓》：「畫隨灰而月運闕，鯨魚死而彗星出，或動之也。」高注：「運，讀『運圍』之圍也。」（據吳承仕，此注當為「運，讀運圍之運也。」）

運，《說文》：「迻徙也」，《廣韻》：「遠也，動也，轉輸也」。高誘解釋運義

「運者，軍也。將有軍事相圍守，則月運出也。」注音語詞「運圍」與釋義相應，同字標音確定了運的詞彙語境義。

2.《淮南子·說山訓》：「西家子見之，歸謂其母曰：『社何愛速死，吾必悲哭社。』」高注：「社，讀『雖家謂公為阿社』之社也。」

社，《說文》：「地主也」，《廣韻》：「社稷，又漢複姓」。高誘注釋社義「江、淮謂母為社」。高誘同字相標的常用語與釋義相合，確定了社的詞彙語境義。

3.《淮南子·時則訓》：「穿竇窖，修囷倉。」高注：「窖，讀『窖藏人物』之窖。」

窖，《說文》：「地藏也」，《廣韻》：「倉窖」。高誘音注以同字相標的常用語形式表示，此常用語即解釋了「窖」義。此以音注確定了窖的詞彙意義。

以上同字相標詞義蘊含在音注中，音注形式中的常用語、經典語句等往往就解釋了語詞的詞彙意義。標音的同時也起了別義的作用。高誘音注中同字相標共計有 82 例，除了區別詞彙意義外，還可區別語法意義，當然也有純粹注音的。

（三）異字注音

1.《淮南子·原道訓》：「釣於河濱，朞年，而漁者爭處湍瀨，以曲隈深潭相予。」高注：「潭，讀《葛覃》之覃。」

潭，《廣韻》：「水名，又深水皃」，「徒含切」；「潭灤，水動搖皃」，「以荏切」。上古分別為侵部定紐、侵部余紐。覃，《廣韻》：「及也，延也」，「徒含切」，上古侵部定紐。高誘解釋潭義「深潭，回流饒魚之處」，注音字《葛覃》之覃，與潭之「徒含切」（上古侵部定紐）讀音完全相同，高誘注音確定了潭的詞彙語境義。

2.《淮南子·原道訓》：「今人之所以眭然能視。」高注：「眭，讀曰桂。」

眭，《說文》：「深目也。亦人姓」，《廣韻》：「目深惡視」，「戶圭切」（上古支部匣紐）；「眭盱，視皃」，「許維切」（上古脂部曉紐）；「姓也，出趙郡」，「息為切」（上古支部心紐）；「眭盱，健皃」，「許規切」（上古支部曉紐）。桂，《廣韻》「古惠切」，上古支部見紐。根據高誘注音，對照原文詞義，眭，應讀「戶圭切」（上古支部匣紐）。眭字中古有四義四音，高誘注音幫助分辨了詞的語境義。

以音區別詞彙意義大部分為異字相標。主要是通過注音字讀音與被注音字的讀音對應關係來區別被注音字的詞義的。

第二節　高誘音注反映的語法意義或形態變化

一、前人對異讀問題的認識

唐朝陸德明在其《經典釋文・序錄》中提到「好惡敗壞」等字的讀音差別時說：「此等或近代始分，或古已為別，相仍積習，有自來矣〔註1〕。」

宋初賈昌朝作《群經音辨》，書分七卷，五門。該書是繼陸德明《經典釋文》之後，廣泛搜集異讀之例，足見「異讀別義」在語言中是客觀存在的。

《顏氏家訓・音辭篇》〔註2〕說：「夫物體自有精粗，精粗謂之好惡；人心有所去取，去取謂之好惡。此音見於葛洪、徐邈。而河北學士讀《尚書》云好生惡殺，是為一論物體，一就人性，殊不通矣。」「江南學士讀《左傳》，口相傳述，自為凡例，軍自敗曰敗，打破人軍曰敗。諸記傳未見補敗反，徐仙民讀《左傳》，唯一處有此音，又不言自敗敗人之別，此為空鑿耳。」

清儒顧炎武《音學五書・音論》中「先儒兩聲各義之說不盡然」條下謂：「《顏氏家訓》言此音始於葛洪、徐邈。乃自晉宋以下，同然一辭，莫有非之者。……乃知去入之別，不過發言輕重之間，而非有此疆界之分也〔註3〕。」

錢大昕《十駕齋養新錄》：「依顏氏所說，是一字兩讀起於葛洪，而江左學士轉相增益。其時河北諸儒猶未深信，逮陸法言《切韻》行，遂並為一談，牢不可破矣〔註4〕。」錢大昕否定「四聲別義」，但對於語音之有四聲，則並未完全否定。他認為一音而有平仄異讀，「多由南北方言清濁訛變」，並不是真正為了以聲調的不同來區分意義的不同。

1946 年周祖謨先生發表《四聲別義釋例》，舉例說明了「以四聲別義遠自漢始〔註5〕」。之後，引發了許多學者對這一問題的研究和討論。

〔註1〕陸德明：《經典釋文》，北京：中華書局，1983 年版，第 3 頁。
〔註2〕顏之推撰、王利器集解：《顏氏家訓集解》（增補本），北京：中華書局，2002 年版，第 673，680 頁。
〔註3〕顧炎武：《音學五書》，北京：中華書局，1982 年版，第 47 頁。
〔註4〕錢大昕：《十駕齋養新錄》，南京：江蘇古籍出版社，2000 年版，第 92 頁。
〔註5〕周祖謨：《問學集》（上），北京：中華書局，1966 年版，第 91 頁。

俞樾（1954）《諸子平議·呂氏春秋平議》中主張古無一字兩讀之說。

王力（1958）說：「顧炎武等人否認上古有『讀破』。但是，依《釋名》看來（傳，傳也；觀，觀也），也可能在東漢已經一字兩讀〔註6〕。」

劉師培《中國文學教科書》內「周代訓詁學釋例」及「漢儒音讀釋例」兩節分別以「用本字訓本字法」及《釋名》材料證明周秦兩漢亦有兩讀區別。

洪心衡著《關於「讀破」的問題》一文，通過對古注材料的分析，認為「用不同的聲調來別義，在漢末鄭玄時代大抵已開始，到了六朝更變本加厲了。」「有關平上、平去、上去、入去和同一聲調等兩音的讀破字來看，如果說讀破自漢魏，一直到唐代，還是一字可以兩讀。這可以見到其分歧與矛盾，是長期存在，難於圓滿解決的〔註7〕。」

王力（1978）在《黃侃古音學述評》中認為上古存在著一字兩讀的情況，但未加具體論證。

唐作藩（1979）《破讀音的處理問題》以變詞語素為主，從理論上證明了上古時期就有四聲別義。指出：「從現存的文獻上看，破讀音是從漢代開始的，六朝時期大量出現。這個客觀現象，經過一些學者的考證（注：參看周祖謨《四聲別義釋例》，《問學集》上，81頁。又楊伯峻《破音略考》，載《國文月刊》第74期（1948年12月）），已經為人們所承認。但自清初顧炎武以來，許多學者都認為這種破讀現象是漢代以後的經師或韻書作者『強生分別』。（注：參看顧炎武《音詮》卷下「先儒兩聲各義之說不盡然」；錢大昕《十駕齋養新錄》卷四「論長深高廣字音」條，又卷五「一字兩讀」條；段玉裁《六書音均表》卷一「古音義說」；馬建忠《馬氏文通》卷二（校注本26頁））他們唯一的理由是『不合於古音』『周秦蓋無是例』，因而主張『古音本如是（即無區別），不必異讀矣。（注：楊伯峻《破音略考》）』這種看法對後來的詞典編纂者不無影響，但顯然是錯誤的〔註8〕。」

洪誠（1984）《訓詁學》云：「《天官·太宰·九兩》『六曰主，以利得民』注：『玄謂：利，讀如上思利民之利，謂以政教利之。』這顯然也是改讀示義，因為利民之利與財利之利意義不同，字音沒有區別。這不是擬音，而是擬義，

〔註6〕王力：《漢語史稿》，北京：中華書局，1958年版，第215頁。
〔註7〕洪心衡：《關於「讀破」的問題》，《中國語文》，1965年第1期。
〔註8〕唐作藩：《破讀音的處理問題》，《辭書研究》，1979年第2期，第150頁。

卻用『讀如』，不用『讀為』。段氏於是照『讀如』表示擬音的規定，說：『利民之利與財利別，如《公羊》之伐』，這是違反注義，杜撰字音的妄說〔註9〕。」

張舜徽（1984）《鄭學叢著·鄭氏經注釋例》云：「然亦有即用本字為音者，則由一字包數音，一音包數義，字形雖同，而音義隨所在而有不同。故漢人讀如、讀若之法，亦多用本字〔註10〕。」

謝紀鋒（1984）認為《詩經》已有異讀別義。

曾明路（1987）《上古押韻字的條件異讀》一文中，證明了上古漢語存在著聲調辨義的異讀。

黃坤堯（1992）指出：「顧、錢二家均將顏氏『見』字曲解為『始』為『起』，因而妄作肇自六朝經師之說。其實漢語乃表意文字，表音的功能較弱，一字而有兩讀三讀，原極平常，周祖謨、嚴學宭所舉例可證。六朝經師或有推衍之功，原非創始之人。倘謂可以創造一套人為的讀音以改變全民的語言習慣，其影響且下及今時今日，則未免高估江南經師的力量了〔註11〕。」

孫玉文（1993）《上古漢語四聲別義例證》一文中，對曾明路先生未加證明的平上聲異讀別義進行了例證。

王力（1999）《古代漢語·古漢語通論（十八）》認為，利用四聲來區別詞義和詞性，是漢語的特點之一。漢魏學者看到了這個特點，並體現於古書注音。

翟思成（2001）通過高誘音注材料的分析、研究，從三個方面舉例說明漢代語言中存在著一字兩讀：一、高注改讀的字，多為常見字，若無異讀，則無須出注。二、高注改讀，有標注特殊讀音兼釋義者，也有只標注特殊讀音，被注字與注音字意義無關者。三、若如洪誠所說，改讀只取釋義，不表示字有兩音，那麼很多字既已改讀示義，又何必再釋義呢，豈非蛇足？

以上各家觀點別有兩派，一派否認漢語的一字兩讀現象，一派肯定漢語的一字兩讀現象。清儒多否認一字兩讀的存在，認為四聲的產生在於發音之輕重緩急，是一種自然音變現象，並不存在區分意義的必然作用，以同字之平仄異讀來表示意義的不同，係六朝經師強生分別為之。而近代學者及今人大多不同

〔註 9〕洪誠：《訓詁學》，收錄於洪誠：《洪誠文集》，南京：江蘇古籍出版社，2000 年版，第 177 頁。
〔註10〕張舜徽：《鄭學叢著》，濟南：齊魯書社，1984 年版，第 111～112 頁。
〔註11〕黃坤堯：《〈經典釋文〉動詞異讀新探》，臺北：臺灣學生書局，1992 年版，第 9 頁。

意他們的看法，認為異讀由來已久，最早可追溯到《詩經》時代，異讀具有別義的功能。可以說近現代學者的觀點更為可信，因為大量文獻語言的研究，充分證實漢語的異讀事實。高誘音注說明漢語在東漢時期已經存在異讀，這些異讀語詞有明顯的區別語詞語法意義和詞性的作用。

二、高誘音注語詞異讀反映語法意義或形態變化

高誘音注中有關語詞異讀區別語法意義或形態音注 35 例。下文將從被注音字與注音字的語音對應關係進行分類說明，對異讀音注反映的語法意義及形態變化分別討論。

（一）同字相標，被注音字、注音字兩音有異讀〔註12〕

1. 為

《呂氏春秋·開春論·審為》：「『殺所飾、要所以飾，則不知所為矣。』」高注：「為謂『相為』之為〔註13〕。」

為，《廣韻》：「《爾雅》曰『作，造，為也』」，「薳支切」，止支合三平云。／「助也」，「於偽切」，止實合三去云。

唐納將其歸入「轉化形式是『表效果的』」一類。（注：這一組很難下定義。這些漢字共同具有的主要特徵是：在各轉化的分子中具有加於一個對象的行為。這是夠明白的：當基本形式是自動的時候，轉化形式是他動的；當基本的和轉化的分子都是他動的時候，差別就落在下列事實上：基本形式和特定的行為有關；而轉化形式用來表示這種行為所加於對象（常常是人）的效果。因此我嘗試用「effective」這個標題來包括這組，有好些對字只是含糊地放在這一類型中。事實上在這一組和 C 組以及 E 組之間的分野有些含混。）

周祖謨《四聲別義創始之時代》一文中論述：「作為」與「助為」義雖相因，而有廣狹之異，故相傳分作兩讀。如《呂覽·審為篇》：「殺所飾要所以飾，則不知所為矣」，高注云：「為讀相為之為。」相為之為，即音於偽切。又《漢書·高紀上》：「明其為賊」，《集注》云：「應劭曰：『為音無為之為，鄭氏曰：為音人相為之為。」應、鄭皆漢末人，其言已如此。

〔註12〕被注音字、注音字的多音異讀分辨，依據《廣韻》，後同，不再出注。
〔註13〕畢沅校勘改正「謂」為「讀」，陳奇猷以為是。詳陳奇猷：《呂氏春秋校釋》，上海：學林出版社，1984 年版，第 1455 頁。

馬建忠《馬氏文通》：「為」字，平讀外動字。《爾雅·釋言》云：「作，造，為也。」《書·益稷》：「予欲宣力四方，汝為。」去讀介字，以也，緣也。《書·咸有一德》：「臣為上為德，為下為民。」《釋文》云：「『為上』『為下』之『為』於偽反。」

黃坤堯《〈經典釋文〉的虛詞異讀》一文中認為：《釋文》「為」字兩讀。平聲，訓作也，治也，動詞；去聲於偽反，訓助也，動詞，其介詞用法或因助義虛化而來。《釋文》中兩讀區別清楚。

高誘為「為」字注音「相為」之為，同字相標以常用語形式注音。「為」字係一常用字，高誘為一常用字作音意當何在？正因為「為」字有異讀，文中「為」義非常用義，不讀常用音，所以高誘才為其注音。「相為」之「為」讀去聲，與如字讀之「作為」之義以相區別。高注雖以同字注音，常用語中通過讀音別義。

2. 勞

《淮南子·氾論訓》：「當此之時，一饋而十起，一沐而三捉髮，以勞天下之民。」高注：「勞，讀『勞勑』之勞。」

勞，《廣韻》：「倦也，勤也，病也」，「魯刀切」，效豪開一平來。／「勞慰」，「郎到切」，效號開一去來。

勞，《說文》：「劇也。从力，熒省。熒，火燒門，用力者勞。」

《群經音辨·辨字音清濁》卷六：勞勤也（力刀切）；賞勤勸功曰勞（力到切）。

唐納將其歸入「轉化形式是使謂式的」一類。

周祖謨《四聲別義創始之時代》一文中論述：「勞慰」云者，即《孟子》「勞之來之」之勞，其與勤勞之勞，義實相承，而古人已分作兩讀。如《淮南子·氾論篇》：「以勞天下之民」，注云：「勞，猶憂也，勞讀勞勑之勞」，此即作去聲讀。《四聲別義釋例》將其歸入「意義別有引申轉變而異其讀」類。勞，勤也，力刀切。平聲。賞勤勸功曰勞，力到切。去聲。案：《周禮·大司馬》：「王弔勞士庶子」，《釋文》：「勞，老報反。」《漢書·元帝紀》：「是月勞農勸民」，顏注云：「勞農謂慰勉之，勞音來到反。」

周法高《字表》將其歸入「形容詞」之「去聲為他動式」類。勞：勤也，

力刀切（平聲）；賞勤勸功曰勞，力到切（去聲）。案《周禮・夏官・大司馬》：「王弔勞士庶子。」《釋文》卷九 497：「弔勞：力報反，注同。」《左傳・閔元》杜注：「文王為西伯勞來諸侯之詩。」《釋文》卷十五 913：「勞來：力報反，下力代反。」

馬建忠《馬氏文通》：「勞」字，平讀名字，勤也。《易・兌》：「民忘其勞。」又事功曰勞。《禮・儒行》：「先勞而後祿。」去讀外動字，慰問也。《禮・曲禮》：「群勞之則拜。」

黃坤堯《〈經典釋文〉的動詞異讀》將其歸入「勞苦勞之類」。認為平聲讀為形容詞，去聲讀為動詞。

此例「勞」為動詞，義作「慰勞」。高誘以同字相標，「勞勑」之勞音去聲，此讀與形容詞「倦也，勤也，病也」意義、詞性相別。高誘通過注音，表明文中「勞」之詞義、詞性。

3. 任

（1）《淮南子・精神訓》：「養性之具不加厚，而增之以任重之憂。」高注：「任，讀『任俠』之任。」

（2）《淮南子・說林訓》：「短綆不可以汲深，器小不可以盛大，非其任也。」高注：「任，讀『勘任』之任。」

任，《廣韻》：「堪也，保也，當也」，「如林切」，深侵開三平日。／「勝也」，「汝鴆切」，深沁開三去日。

任，《說文》：「符也。从人壬聲。」

《群經音辨・辨字音清濁》卷六：任堪也（如林切）；堪其事曰任（如禁切）。

唐納將其歸入「轉化形式是使謂式的」一類。

周祖謨《四聲別義創始之時代》一文中論述：堪任、保任、任使之任，蓋皆讀平聲。勝任、信任、任用之任，皆讀去聲。如《淮南子・精神篇》：「養性之具不加厚，而增之以任重之憂」，注云：「任讀任俠之任。」任俠一詞，古之通語也。《史記・季布欒布傳》：「為氣任俠」，《集解》引孟康云：「相與信為任。」《漢書》顏注：「任音人禁反。」是任俠之任讀去聲。又《說林篇》：「短綆不可以汲深，器小不可以盛大，非其任也」，注云：「任讀堪任之任。」此即

讀為平聲矣。是任之分作兩音，由來已遠，非近世所興也。《四聲別義釋例》將其歸入「意義別有引申轉變而異其讀」類。任，堪也，如林切。平聲。堪其事曰任，如禁切。去聲。案：《周禮・考工記・旊人》注：「為其不任用也」，《釋文》：「任音壬。」《禮記・王制》：「任事然後爵之」，《釋文》：「任而鴆反。」是其例。

周法高《字表》將其歸入「動詞」之「去聲或濁聲母為使謂式」類。任，堪也，如林切（平聲）；堪其事曰任，如禁切（去聲）。案《周禮・考工記・旊人》鄭注：「為其不任用也。」《釋文》卷九 545：「不任：音壬。」《左傳・昭公七年》：「君以夫公孫段為能任其事。」《釋文》卷十九 1106：「能任：音壬，下同。」《禮記・王制》：「任事然後爵之。」《釋文》卷十一 685：「任事：而鴆反。」又《緇衣》鄭注：「三苗由此見滅無後世，由不任德。」《釋文》卷十四 839：「不任：而鴆反。」《左傳・隱公三年》「王貳於虢」杜注：「不復專任鄭伯。」《釋文》卷十五 88：「專任：而鴆反，後不音者皆同。」似乎解作「擔任」的讀平聲，解作「任用」（＝「使擔任」）的讀去聲。所以 Downer 列入「轉化形式為使謂式」的一類。

馬建忠《馬氏文通》：「任」字，平讀外動字，當也。《左傳・僖公十五年》：「重怒難任。」又負也。《詩・小雅・黍苗》：「我任我輦。」又名字，以恩相信也。《周禮・大司徒》：「孝友睦婣任卹。」去讀名字，所負也。《論語・泰伯》：「仁以為己任。」

以上諸家對「任」字兩讀別義功能的認識比較一致，即任讀平聲為堪也，去聲表示堪其事。考高誘 2 例「任」字音注，任俠之任讀去聲，堪任之任讀平聲，文義與諸家所解正相合。據此，高誘為任字所作兩音有以音別義意識。

4. 被

《淮南子・俶真訓》：「至伏羲氏，其昧昧芒芒然，吟德懷和，被施頗烈，而知乃始昧昧晽晽。」高注：「被，讀『光被四表』之被也。」

被，《廣韻》「寢衣也」，「皮彼切」，止紙開㊂上並。／「被，服也，覆也。《書》曰：『光被四表』」，「平義切」，止寘開㊂去並。

被，《說文》：「寢衣，長一身有半。从衣皮聲。」

《群經音辨・辨字同音異》卷三：被寢衣也（部委切）；被覆也（部偽切）；

被衣也（普義切，春秋傳翠被豹舄）；被不帶也（普為切）。

周祖謨《四聲別義創始之時代》一文中論述：《書·堯典》：「光被四表」，鄭注云：「言堯德光耀及四海之外。」《釋文》：「被音皮寄反，作去聲讀。」考《淮南子·俶真篇》：「被施頗烈」，高注云：「被讀光被四表之被也。」《漢書·韓王信傳》：「國被也」，《集解》云：「李奇曰『被音被馬之被。』」《史記·南越尉佗傳》：「即被佗書」，《集解》引韋昭云：「被音光被之被。」由是可知覆被之被（動詞）與寢被之被（名詞）音讀不同，有自來矣。

周法高《字表》將其歸入「非去聲或清聲母為名詞，去聲或濁聲母為動詞或名謂式」類。被：所以覆者曰被，部委切（上聲）；所以覆之曰被，部偽切（去聲）。案：《書·堯典》：「光被四表。」《釋文》：「被波寄反，徐扶義反。」

馬建忠《馬氏文通》：「被」字，上讀名字，寢衣也。去讀外動字，覆也。《詩·大雅·既醉》：「天被爾祿。」

「被」文義為動詞「服也，覆也」，高誘音「『光被四表』之被」讀去聲，義與文義正合。此被字為一常用字，高誘用同字相標以經典語句形式注音，說明此「被」字音注非為簡單注音。高誘注音時必然是對「被」字異讀別義有相當熟悉深刻的認識，才通過音注以表現其中不同的詞性意義。

5. 過

《淮南子·覽冥訓》：「故不招指，不咄叱，過歸鴈於碣石。」高注：「過讀『責過』之過。」

過，《廣韻》：「經也」，「古禾切」，果戈合一平見。／「誤也，越也，責也，度也」，「古臥切」，果過合一去見。

過，《說文》：「度也。从辵咼聲。」

《群經音辨·辨字音清濁》卷六：過逾也（古禾切）；既逾曰過（古臥切）。

唐納將其歸入「基本形式是動詞性的——轉化形式是名詞性的」及「轉化形式是『表效果的。』」兩類。

周祖謨《四聲別義創始之時代》一文中論述：經過之過讀平聲，過越之過讀去聲，漢人即已如是。《淮南子·覽冥訓》：「過歸雁於碣石，軼鵾雞於姑餘」，高誘曰：「過，去也。過讀責過之過。」云責過之過，即以別於經過之過也。《四聲別義釋例》將其歸入「區分動詞用為名詞」類。過，逾也，古禾切。平

聲。既逾曰過，古臥切。去聲。案過者，經過也，讀平聲。過失為其引申義，讀去聲。

周法高《字表》將其歸入「去聲或濁聲母為既事式」類。過：踰也，古禾切（平聲）；既踰曰過，古臥切（去聲）。案：《禮記・曾子問》：「過時不祭。」《釋文》卷十二 7101：「過：古臥反。」又《學記》：「時過然後學。」《釋文》卷十三 773：「時過：姑臥反。」《左傳・隱公元年》：「都城過百雉。」《釋文》卷十五 879：「過百：古臥反，後不音者皆同。」《易・大過》《釋文》卷二 82：「大過：徐古臥反，罪過也、超過也。王肅音戈。」

馬建忠《馬氏文通》：「過」字，平讀內動字，經也。去讀外動字，度也，越也。《易・繫辭》：「範圍天地之化而不過。」又過失也，則名字矣。

黃坤堯《〈經典釋文〉的虛詞異讀》一文中認為：《釋文》「過」字有去、平兩讀。去聲，有超過、罪過諸義，兼隸動詞、副詞、名詞等；平聲古禾反，只有經過義，動詞，後帶處所名詞。過去聲或亦修飾動詞及形容詞，即用作副詞，可以勉強算作虛詞異讀。

金理新將其歸入「後綴-s」表示「動詞完成體」類。過*kor，古禾切，「經也。」《詩經・江有汜》：「之子歸，不我過；不我過，其嘯也。」《釋文》：「過，音戈。」過*kor-s，古臥切，「誤也，越也。」《群經音辨》：「過，逾也，古禾切；既逾曰過，古臥切。」《禮記・曾子問》：「過時不祭。」《釋文》：「過，古臥反。」又《學記》：「時過然後學。」《釋文》：「時過，姑臥反。」《左傳・隱公元年》：「都城過百雉。」《釋文》卷十五：「過百，姑臥反，後不音者皆同。」

孫玉文《漢語變調構詞研究》「從漢魏韻文論上古後期已有變調構詞」一節中，舉漢魏韻文中的一些字，認為它們都相當嚴格地反映出上古後期漢語口語中的變調構詞現象，例字中包括「過」。

文中「過」義為人或鳥獸已經經過位移而離開了某一區域，超過、越過，係動詞，高誘音「責過」之過讀為去聲。平聲「過」表示動作進行持續，去聲「過」表示動作完成。高誘為與平聲「過」相別，以常用語「『責過』之過」注音。「過」為一常用字，高誘所以為其注音，實在是為了區別其兩讀兩義，說明高誘有意識反映漢代「過」字的異讀別義現象。

6. 去

《呂氏春秋・審分覽・審分》：「夫人主亦有居車，無去車。」高注：「去，釋也。去讀『去就』之去。」

去，《廣韻》：「離也」，「丘倨切」，遇御合三去溪。／「除也」，「羌舉切」，遇語合三上溪。

去，《說文》：「人相違也。从大凵聲。」

《群經音辨・辨字音清濁》卷六：除之曰去（羌舉切）；自離曰去（兵倨切）。

唐納將其歸入「轉化形式是被動的或中性的」一類。

周祖謨《四聲別義釋例》將其歸入「區分自動詞歸為他動詞或他動詞歸為自動詞」類。去，離也，棄也。除之曰去，羌舉切。上聲。自離曰去，丘倨切。去聲。案：《左氏・閔公二年傳》：「衛侯不去其旗」，《論語・鄉黨篇》：「去無所不佩」，《呂覽・下賢篇》：「去其帝王之色」，去並訓除，均讀上聲。至於離去之去，則讀去聲。此種分別，自漢末已然。如《呂覽・審分篇》：「居無去車」，高注云：「去，釋也。去讀去就之去。」云讀去就之去者，以別於除去之去也。足證去有兩讀，由來已久。

周法高《字表》將其歸入「動詞」之「非去聲或清聲母為使謂式」類。去，除之曰去，羌舉切（上聲）；自離曰去，丘倨切（去聲）。案：《左傳》杜序：「簡二傳而去異端。」《釋文》卷十五876：「而去：起呂反。」《禮記・玉藻》：「無君者不貳采」鄭注：「大夫去位，宜服玄端玄裳。」《釋文》卷十二750：「去位：如字。」

黃坤堯《異讀理論中的致使效應》一文中指出：「去」有去、上兩讀，除王力，賈昌朝、Downer、周祖謨、周法高諸家均以上聲一讀為如字，跟《釋文》以去聲為如字不同。至於分類方面，諸家亦多歧異，周祖謨以為上去兩讀是「區別他動詞變為自動詞」，Downer認為去聲是被動的或中性的。王力、周法高則以去聲為使謂式。今案：《釋文》如字去聲有來去義，上聲有除去義；兩義不同，區別還算清楚。

孫玉文《漢語變調構詞研究》「從漢魏韻文論上古後期已有變調構詞」一節中，舉漢魏韻文中的一些字，認為它們都相當嚴格地反映出上古後期漢語口語中的變調構詞現象，例字中包括「去」。

「去」為一常用字，高誘用同字相標以常用語「『去就』之去」注音，讀去聲，以與「除去」之去的上聲讀音區別開來。以上諸家對「去」上去兩讀詞彙意義分別井然，儘管兩讀語法意義區別分類存在歧異，但可以肯定一點的是「去」上去兩讀語法意義相別漢末已然，《禮記》鄭注以及高誘本例音注充分說明這點。

7. 重

《呂氏春秋・開春論・審為》：「不能自勝而強不縱者，此之謂重傷。重傷之人無壽類矣。」高注：「重讀『復重』之重。」

重，《廣韻》：「複也，疊也」，「直容切」，通鍾合三平澄。／「多也，厚也，善也，慎也」，「直隴切」，通腫合三上澄。／「更為也」，「直用切」，通用合三去澄。

重，《說文》：「厚也。从壬東聲。」

《群經音辨・辨字音清濁》卷六：重再也（直龍切）；再之曰重（直用切）。

周祖謨《四聲別義釋例》將其歸入「意義別有引申變轉，而異其讀」類。重，再也，直龍切。平聲。增益而多曰重，直用切。去聲。案：《呂覽・制樂篇》：「是重吾罪也」，《史記・司馬相如傳》：「重煩百姓」，重並音去聲。

馬建忠《馬氏文通》：「重」字，平讀外動字，複也。《易・文言》：「九三重剛而不中。」上讀靜字，不輕之謂也。《禮・王制》：「輕任並，重任分。」又去讀亦動字，因其重而重批評也。《禮・祭統》：「所以明周公之德而又以重其國也。」

黃坤堯《〈經典釋文〉的虛詞異讀》一文中認為：《釋文》「重」字有上、平、去三讀。上聲，訓輕重之重，形容詞；平聲，兼隸量詞、動詞；去聲為副詞。《論語・述而》：「舉一隅，不以三隅反，則不復也。」《集解》：「鄭曰：『……其人不思其類，則不復重教之。』」《釋文》：「復重：直用反。」鄭玄作「復重」不辭，疑鄭音重釋復，故在重上加復字，非謂「復重」成一複詞。「重」讀去聲。

金理新將其歸入「後綴-s」表示「動詞完成體」之「動詞讀去聲變成副詞」類。重*r-doŋ，直容切，「迭也，複也。」《左傳・成公二年》：「重器備。」孔疏：「重，謂重迭。」《楚辭・離騷》：「又重之以修能。」重*r-doŋ-s，柱用切，「更為也。」《左傳・僖公二十二年後》：「君子不重傷，不禽二毛。」《釋文》：

「重，直用反。」《左傳‧宣公十二年》：「楚重至於邲。」《釋文》：「重，直用反。」《莊子‧讓王》：「此之謂重傷之人無壽類矣。」《釋文》：「重，直用反。」《呂氏春秋‧悔過》：「君其重圖之。」

孫玉文《漢語變調構詞研究》「從漢魏韻文論上古後期已有變調構詞」一節中，舉漢魏韻文中的一些字，認為它們都相當嚴格地反映出上古後期漢語口語中的變調構詞現象，例字中包括「重」。

文中「重」義為「更為也」，副詞。據《廣韻》此義音讀當為去聲。高注以鄭玄語「復重」注音，明「重」讀去聲音，以與「重疊」之重相區別。高誘同字相標用以鄭玄語注音，意在別「重」字異讀，其以音別義思想分明。

8. 巧

《呂氏春秋‧士容論‧上農》：「民舍本而事末則好智，好智則多詐，多詐則巧法令。」高注：「巧讀如『巧智』之巧。」

巧，《廣韻》：「好也，能也，善也」，「苦絞切」，效巧開二上溪。／「巧偽，《山海經》曰：『義均始為巧倕，作百巧也』」，「苦教切」，效效開二去溪。

《說文》：「巧，技也。从工丂聲。」

《群經音辨‧辨字音清濁》卷六：善功曰巧（苦絞切）；偽功曰巧（苦教切禮無作淫巧）。

周祖謨《四聲別義釋例》將其歸入「義類相若，略有分判，音讀亦變」類。巧，功巧也。善功曰巧，苦絞切。上聲。偽功曰巧，苦教切。去聲。案：《禮記‧月令》：「毋或作為淫巧」，《禮記》：「無作淫巧」，《釋文》：「巧，並音苦教反。」又《呂覽‧上農篇》：「多詐則巧法令」，高注云：「巧讀如巧智之巧。」亦作去聲。《周禮‧胥師》注：「使人行賣惡物於市，巧飾之，令欺誑買者」。《釋文》：「巧苦教反」，是其例。

「巧」兩音不同意義有別，諸家認同善功曰巧（上聲），偽功曰巧（去聲）。文中「巧」顯為「偽功」義，高音「巧智」之巧（去聲），與義正合。高音同字相標，以常用語「巧智」之巧音，以區別上聲「善巧」之巧義。

9. 易

（1）《呂氏春秋‧士容論‧辯土》：「農夫知其田之易也，不知其稼之疏而不適也。」高注：「易，治也。易讀如『易綱』之易也。」

（2）《淮南子·俶真訓》：「莫窺形於生鐵，而窺於明鏡者，以觀其易也。」高注：「易，讀『河閒易縣』之易。」

（3）《淮南子·俶真訓》：「嗜欲連於物，聰明誘於外，而性命失其得。施及周室之衰。」高注：「施，讀『難易』之易也。」

易，《廣韻》：「難易也，簡易也，又《禮》云：『易墓非古也』，易謂芟除草木」，「以豉切」，止眞開三去以。／「變易，又始也，改也，奪也，轉也」，「羊益切」，梗昔開三入以。

《群經音辨·辨字同音異》卷四：易平也（羊至切）；易變也（羊益切）。

周法高《字表》將其歸入「形容詞」之「非去聲為他動式」類。易：變易，羊益切（入聲）；簡易也，以豉切（去聲）

金理新將其歸入「後綴-s」表示「動轉化形容詞」類。易*ɦ-dig 羊益切，「變易，又始也，改也，奪也，轉也」。《莊子·駢拇》：「夫小惑易方，大惑易性。」又《駢拇》：「天下莫不以物易其性矣。」又《天地》：「搖盪民心使之成教易俗。」物變則易為而不變則難為，「易」轉而派生為「容易」之易。易*ɦ-dig-s，以豉切，「難易也，簡易也」。《莊子·人間世》：「有而為之其易邪。」《釋文》：「易，以豉反，後皆同。向、崔云：輕易也。」又《人間世》：「絕跡易，無行地難。」

孫玉文《漢語變調構詞研究》「從漢魏韻文論上古後期已有變調構詞」一節中，舉了漢魏韻文中的一些字，認為它們都相當嚴格地反映出上古後期漢語口語中的變調構詞現象，例字中包括「易」。

高誘為「易」作音 2 次，「易綱」之易讀去聲，義為「芟除草木、治也」。「河閒易縣」之易係專名用字，讀入聲。此外高誘為「施」字作音「難易」之易，此難易之易讀去聲。「易」之二音高誘分別井然，意義分別清晰，「易」之異讀別義分明。

10. 行

《淮南子·本經訓》：「有不行王道者，暴虐萬民，爭地侵壤，亂政犯禁，召之不至，令之不行。」高注：「言不行上令者。行，讀『行馬』之行。」

行，《廣韻》：「行步也」，「戶庚切」，梗庚開二平匣。／「景跡」，「下孟切」，梗映開三去匣。

行，《說文》：「人之步趨也。从彳从亍。」

《群經音辨‧辨字同音異》卷一：行步趨也（戶庚切）；行列也（胡剛切）；行人所施也（下孟切）；行行剛彊也（戶浪切，論語子路行行）。

《群經音辨‧辨字音清濁》卷六：行履也（戶庚切）；履跡曰行（下孟切或履而有所察視亦曰行）。

唐納將其歸入「轉化形式是『表效果的』」一類。

周法高《字表》將其歸入「非去聲或清聲母為動詞，去聲或濁聲母為名語或名語」類。行，踐履也，戶庚切（平聲）。履跡曰行，下孟切（去聲）。案：《易‧大畜》：「君子以識前言往行，以畜其德。」《釋文》卷二 81：「往行，下孟反。」

馬建忠《馬氏文通》：「行」字，平讀寒岡切，名字，列也，二十五人為行。又「中行」「太行」，皆本名。何庚切，內動字，人之步趨也。去讀戶浪切，名字，行輩也。又「行行如也」，則為狀字，下孟切。又為名字，如「德行」「言行」之類。

金理新將其歸入「後綴*-s」表示「動轉化名詞」類。上古漢語通過附加*-s 後綴構成的動轉化名詞極多，如：行*glaŋ，戶庚切，「行步也，適也，往也，去也。」行*glaŋ-s，下孟切，「景跡，又事也，言也。」周祖謨（1966：97）案：《荀子‧法行篇》：「所以行之之謂行。」《易‧大畜》：「君子以多識前言往行。」《釋文》：「行，下孟反。」《禮記‧坊記》：「民猶貴祿而賤行。」行亦音下孟反，皆名詞。

「行」高注「行馬」之行（戶庚切），動詞，義為「行使」，由動詞「行步」義引申而來。此讀與動詞「行」之動轉化名詞「行（下孟反）」語法意義相別。「行」為一常用字，高誘以常用語同字相標形式注音，說明東漢「行」字異讀已具語法意義功能。

11. 解

（1）《淮南子‧原道訓》：「施四海，一之解，際天地。」高注：「解，達也。解，讀『解故』之解也。」

（2）《淮南子‧脩務訓》：「以身解於陽盱之河。」高注：「解，讀『解除』之解。」

解，《廣韻》：「講也，說也，脫也，散也」，「佳買切」，蟹蟹開二上見。／「曉也」，「胡買切」，蟹蟹開二上匣。／「除也」，「古隘切」，蟹卦開二去見。

／「曲解」，「胡懈切」，蟹卦開二去匣。

《群經音辨‧辨字同音異》卷二：解判也（工買切）；解散也（戶買切）；解憜也（音懈）。

《群經音辨‧辨字音清濁》卷六：解釋也（古買切）；既釋曰解（胡買切）。

周祖謨《四聲別義釋例》將其歸入「變聲紐與文法意義有關」類。解，釋也，古買切。見母。既釋曰解，胡買切。匣母。案：《易‧解卦》，《釋文》：「解音蟹」，孔疏云：「解有兩音：一音古買反，一音胡買反。解見母，謂解難之初。解匣母，謂既解之後。」

周法高《字表》將其歸入「去聲或濁聲母為既事式」類。解：釋也，古買切（清聲母，上聲）；既釋曰解，胡買切（濁聲母，上聲）。案：周文 P.72：「案：《易‧解卦》，《釋文》：『解音蟹。』孔疏云：『解有兩音：一音古買反，一音胡買反。解（見母）謂解難之初，解（匣母）謂既解之後。』」

黃坤堯《〈經典釋文〉的動詞異讀》將其歸入「治國國治類」。他認為，解讀清聲母見紐蟹韻，一般為嘗試詞，有分解、解釋等義；讀濁聲母匣紐蟹韻，指解決後的狀態，為成功詞，此外更由於解決成功引申而有新的狀態曉、緩、散等義。同時又將其歸入「自敗敗他類」。認為，讀清聲母見紐蟹韻表示解他義，讀濁聲母匣紐蟹韻表示自解義。

金理新將其歸入「後綴*-s」表示「動詞完成體」類。解*kli-ɦ，佳買切，「講也，脫也，散也。」解*kli-s，古隘切。《詩經‧韓奕》：「夙夜匪解，虔共爾位。」《釋文》：「解，音懈。」解，後字也做懈。懈*kli-s，古隘切，「懶也，怠也。」《左傳‧襄公二十五年》：「詩曰：夙夜匪懈，以事一人。」《孝經‧卿大夫章》：「詩云：夙夜匪懈，以事一人。」《釋文》：「夙夜匪懈：佳賣反，注及下字或作解同。」

又將其歸入「後綴*-ɦ」表示「施事動詞」類。解*kli-ɦ，佳買切，「脫也，散也。」《詩經‧假樂》：「百辟卿士，媚于天子，不解于位，民之攸墍。」鄭箋：「不解於其職位。」《釋文》：「解，佳買反。」《禮記‧曲禮》：「解履不敢當階。」解*kli-s，古隘切，「除也。」《莊子‧人間世》：「故解之以牛之白顙者與豚之亢鼻者與人有痔病者，不可以適河。」《釋文》：「解，徐古賣反，又佳買反，注同，向古懈反。」《公羊傳‧隱公四年》[注]：「巫者事鬼神禱解以治病請福者也。」《釋文》：「禱解：古賣反，又古買反。」

又將其歸入「後綴*-ɦ」表示「動詞的未完成體」類。解*kli-ɦ佳買切,《說文》:「判也。」《禮記·曲禮上》:「解屨不敢當階。」解*kli-s,字也作懈,古隘切,《禮記·雜記下》鄭玄[注]:「倦也。」《詩經·韓奕》:「夙夜匪解,虔共爾位。」《釋文》:「解,音懈。」

沈建民《〈經典釋文〉音切研究》將其歸入「異讀區分自動和使動」之「清濁交替表使動和自動」類。解:《莊子·徐無鬼》:「以不惑解惑」,《釋文》:「佳賣反」。見母清音,使動詞。《莊子·養生主》:「動刀甚微,謋然已解」,《釋文》:「音蟹」。匣母濁音,自動詞。

孫玉文《漢語變調構詞研究》「從漢魏韻文論上古後期已有變調構詞」一節中,舉漢魏韻文中的一些字,認為它們都相當嚴格地反映出上古後期漢語口語中的變調構詞現象,例字中包括「解」。

高誘為「解」字作音兩次,均以常用語形式同字相標,「解故」之解讀古隘切(去聲),「解除」之解讀佳買切(上聲)。一為動詞完成體,一為動詞未完成體,表示動詞不同的語法意義音讀亦有分別。

12. 齊

《淮南子·時則訓》:「乃命大酋,秫稻必齊,麴糵必時。」高注:「齊,讀『齊和』之齊也。」

齊,《廣韻》:「整也,中也,莊也,好也,疾也,等也」,「徂奚切」,蟹齊開四平從。/「火齊似雲母,重沓而開,色黃赤,似金出日南,又齊和」,「在詣切」,蟹霽開四去從。

齊,《說文》:「禾麥吐穗上平也。象形。」

《群經音辨·辨字同音異》卷三:齊等也(徂兮切);齊莊也(側皆切);齊和也(才細切);齊升也(子奚切,《禮》地氣上齊);齊齊恭也(子禮切,《禮》齊齊乎其敬也);采齊樂章也(疾私切,《禮》趨以采齊,又才細切)。

《群經音辨·辨字音清濁》卷六:齊等也(徂奚切);等平曰齊(在計切,《禮》分珍曰齊)。

唐納將其歸入「轉化形式是使謂式的」一類。

周法高《字表》將其歸入「形容詞」之「去聲為他動式」類。齊,等也,徂奚切(平聲);和也(《羣經音辨》作「等平曰齊」),在計切(去聲)。案《釋

文》卷十二 768：「凡齊：才細反，注及下『以齊』並注同。」《左傳・昭公二十年》：「宰夫和之，齊之以味。」《釋文》卷十九 1136：「齊之：才細反，又如字。」周文 P67：「考《淮南子・時則篇》『秫稻必齊』，注『齊讀齊和之齊』，是齊有二音，自漢已然。」

金理新將其歸入「後綴*-s」表示「及物動詞」類。齊*djir，徂奚切，「整也。」《說文》段［注］：「引申為凡齊等之義。」《孟子・滕文公上》：「夫物之不齊，物之情也。」又《滕文公上》：「雨露之養人，事之不齊也。」齊*djir-s，在詣切，「齊和。」《周禮・天官・冢宰》：「凡齊事，監以等戒令。」鄭［注］：「齊事和五味之事。」《釋文》：「齊事：才細反。」劑：*djir-s，在詣切，《說文》：「齊也。」王筠：「劑者，整齊劃一之義也。」

沈建民《〈經典釋文〉音切研究》將其歸入「異讀表示詞性轉化」類。齊：平聲為形容詞，去聲為動詞。《釋文》做形容詞時音「如字」，做動詞時注去聲。如《詩・小雅・楚茨》：「既齊既稷」，《釋文》：「王、申、毛如字，整齊也」。《爾雅・釋言》：「將，齊也。」注：「謂分齊也。」《釋文》：「齊，才細反。郭云謂分齊。王肅云分齊其肉所當用也。」

高注「齊和」之齊讀去聲，與平聲「齊整」義相別。「齊」係一常用字，高誘以常用語同字標音，是齊有二音二義之別。

13. 居

《呂氏春秋・季春紀・圜道》：「人之竅九，一有所居則八虛。」高注：「居，讀曰『居處』之居。」

居，《廣韻》：「當也，處也，安也」，「九魚切」，遇魚合三平見。/「語助，見禮」，「居之切」，止之開三平見。

居，《說文》：「蹲也。从尸古者，居从古。」

《群經音辨・辨字同音異》卷三：居處也（九魚切）；居方也（紀慮切，鄭康成說《禮》布祭眾寡與其居句，謂巫布祭於神，或居方為之，或句曲為之）；居語辭也（姜宜切，《禮》伐鼓何居）。

馬建忠《馬氏文通》：「居」字，平讀居之切，助字。《禮・檀弓》：「何居。」斤於切，內動字，安也，坐也。《書・盤庚》：「莫厥攸居。」《禮・曾子問》：「居，吾語女。」又積蓄也。《書・益稷》：「懋遷有無化居。」注云：「化易也。」謂交易其所居積也。

高誘音注同字相標，以常用語形式標注，目的是告知文中「居」為實詞「居處」義，與虛詞「居」音義相別，故出注。

14. 夫

《淮南子・覽冥訓》：「夫陽燧取火於日，方諸取露於月。」高注：「夫，讀『大夫』之夫。」

夫，《廣韻》：「丈夫，又羌複姓」，「甫無切」，遇虞合三平非。／「語助」，「防無切」，遇虞合三平奉。

夫，《說文》：「丈夫也。从大，一以象簪也。周制以八寸為尺，十尺為丈。人長八尺，故曰丈夫。」

《群經音辨・辨字同音異》卷四：夫丈夫也（甫無切）；夫語辭也（防無切）。

金理新將其歸入「前綴*-ɦ附加在親屬稱謂名詞之前表親昵語氣」類。夫*ɦ-pa，甫無切，《說文》：「丈夫也。」《易・小畜》：「與脫輻，夫妻反目。」「夫」也為成年男性通稱，和「父」、「甫」本為同族詞。《詩經・車攻》：「射夫既同。」疏：「夫，男子之總名也。」「夫」也假借作指事代詞，《詩經・墓門》：「夫也不良。」藏語 pa「男性主人或所有者後綴」，pha「那、對面、那邊」（如 pha-ri「那邊山」pha-rol「對面、對方」）對應「夫」的兩個不同意義。

高誘音注以常用語同字相標，是為了辨別此處的「夫」非虛詞，當為實詞音義，音注說明語詞音義區別。

15. 哆

《淮南子・脩務訓》：「啳睽哆𠯑，籧篨戚施，雖粉白黛黑弗能為美者。」高注：「哆，讀『大口』之哆。」

哆，《廣韻》：「哆吳大口」，「陟駕切」，假禡開二去知。／「語助聲」，「丁佐切」，果箇開一去端。／「語聲」，丁可切，果哿開一上端。

哆，《說文》：「張口也。从口多聲。」

同字以俗語形式標注，區別實詞虛詞音義，音注指明為實詞音讀與實詞義。「哆」的實詞虛詞區分早在先秦典籍中就有用例：

《詩經・蒼伯》：「哆兮侈兮，或是南箕。彼譖人者，誰適與謀？」（哆為虛詞，語助聲。）

《戰國策・燕一》:「若恣睢奮斑馬,呴籍叱哆咄,則徒隸之人至矣。」(哆為實詞,張口義。)

同字標音,是高誘音注異讀最多的一類。注音用同一字相標,且這類字多為常用字,採用常用語、經典語句形式標注,必然有所指。通過對這些同字標音的語詞音義關係梳理分析,發現這些詞語異讀反映了不同的語法意義或詞性變化。高誘為這些常用字注音,或以常用語形式或以經典語句形式,以區別同一語詞不同的語法意義與詞性區別。由是觀之,以上語詞異讀別義的語法現象,至少自高誘時代已然。

(二)被注音字一音,注音字兩音有異讀

1. 狖——遺

《淮南子・覽冥訓》:「猨狖顛蹷而失木枝。」高注:「狖,讀『中山人相遺物』之遺。」

狖,《廣韻》:「獸名,似猨」,「余救切」,流宥開三去以。

遺,《廣韻》:「失也,亡也,贈也,加也」,「以追切」,止脂合三平以。／「贈也」,「以醉切」,止至合三去以。

《群經音辨・辨字同音異》卷一:遺亡也(以追切);遺與也(惟季切)。

《群經音辨・辨字音清濁》卷六:有所亡曰遺(以追切);有所與曰遺(羊季切)。

唐納將其歸入「轉化形式是『表效果的。』」一類。

周祖謨《四聲別義創始之時代》一文中論述:遺失、遺留與遺贈、遺送之音有別,自古已然。如《周禮・地官・序官》:「遺人」,鄭注云:「鄭司農云:『遺讀如《詩》曰棄予如遺之遺』。玄謂以物有所饋遺。」《淮南子・覽冥篇》:「猨狖顛蹷而失木枝」,高注云:「狖,讀中山人相遺物之遺。」皆其證也。《四聲別義釋例》將其歸入「義類相若,略有分判,音讀亦變」類。遺,亡也。有所亡曰遺,以追切。平聲。有所與曰遺,羊季切。去聲。案:《詩・鴟鴞》序云:「乃為詩以遺王」,《漢書・嚴助傳》:「遺王之憂」,遺並讀去聲也。

周法高《字表》將其歸入「主動被動關係之轉變」之「彼此間的關係」類。遺:有所亡曰遺,以追切(平聲);有所與曰遺,羊季切(去聲)。案《禮記・祭義》:「居鄉以齒,而老窮不遺。」鄭注:「老窮不遺,以鄉人尊而長之,雖貧

且無子孫，無棄忘也。」《釋文》卷十三 810：「不遺：如字，棄忘也。」《左傳・文公六年》：「今縱無法以遺後嗣。」《釋文》卷十六 956：「以遺：唯季反。」

馬建忠《馬氏文通》：「遺」字，平讀受動字。《說文》云：「亡也。」《詩・小雅・谷風》：「棄予如遺。」又余也。《禮・樂記》：「有遺音者矣。」去讀外動字，投贈也。

金理新將其歸入「後綴*-s」表示「動詞施與指向」類。遺*gjur-s，以醉切，「贈也。」《廣雅》：「遺，予也。」認為上古漢語詞彙系統中意義為「施與」的語詞，其數量是相當可觀的。這一類意義為「施與」的動詞在語音形式的選擇上有一個極其重要的相同點，就是聲調上同是中古漢語的去聲。也就是說，上古漢語同以*-s 輔音收尾。

「遺物」之遺讀去聲，高注以「遺物」之遺音與「遺失、遺留」之遺音以區別，故特注明。漢代遺字音異語法意義有別，作音時需要用相應的常用語音讀限定注音字讀音。

2. 儺——難

《淮南子・時則訓》：「天子乃儺，以御秋氣。」高注：「儺，讀『躁難』之難。」

儺，《廣韻》：「驅疫」，「諾何切」，果歌開一平泥。

難，《廣韻》：「艱也，不易稱也」，「那干切」，山寒開一平泥。／「患也」，「奴案切」，山翰開一去泥。

《群經音辨・辨字音清濁》卷六：難艱也（乃干切）；動而有所艱曰難（乃旦切）。

周祖謨《四聲別義創始之時代》一文中論述：經典相承，難易之難，與問難、難卻、患難之難，音有不同。難易之難為形容詞，讀平聲；問難、難卻之難為動詞，讀去聲。患難之難為名詞，亦讀去聲。此本為一義之引申，因其用法各異，遂區分為二。如《周禮・占夢》：「遂令始難歐疫」，鄭注云：「難謂執兵以有難卻也。故書難或為儺，杜子春儺為難問之難。」又《淮南子・時則篇》：「仲秋之月，天子乃儺，以御秋氣」。高注云：「儺猶除也，儺讀躁難之難。」躁難、難問，皆讀去聲也。可知難字分作兩讀，遠始於東漢之初。

周法高《字表》將其歸入「形容詞」之「去聲為名詞」類。難，艱也，乃干

切（平聲）；動而有所艱曰難，乃旦切（去聲）。案《左傳・桓公五年》：「其國危。」杜注：「國有危難，不能自安。」《釋文》卷十五 893：「危難：乃旦反。」

馬建忠《馬氏文通》：「難」字，去讀，名也。《禮・曲禮上》：「臨難毋苟免」，患難也。又詰辨之解，則動字矣，平讀。「難易」之解，靜字也，亦平讀。

黃坤堯《〈經典釋文〉的動詞異讀》將其歸入「區別形容詞好惡遠近類」。以《釋文》注音證明平聲讀為形容詞，去聲讀一般為名詞災難義，此外尚有少數動詞的例子，有畏難、困苦等義。

孫玉文《上古漢語四聲別義例證》一文中論述：難，作形容詞義為「艱難，不容易」，讀平聲那干切，作名詞義為「災難」，讀去聲奴案切。周祖謨先生《四聲別義釋例》從杜子春、高誘等人音注材料證明「難」平去別義東漢初已然。從韻文材料看，周秦已然。以《詩經》例證作了說明。

「躁難」之難讀去聲。注音字難為一常用字，高注特以常用語「躁難」注音，說明難字有異讀，「躁難」之難與「難易」之難音異義別，是以高誘用「難」為儺作音時要以相應常用語限定作注。

3. 樊——飯

（1）《淮南子・地形訓》：「縣圃、涼風、樊桐在昆侖閶闔之中。」高注：「樊，讀如『麥飯』之飯。」

（2）《淮南子・精神訓》：「體本抱神，以游于天地之樊。」高注：「樊，崖也。樊，讀『麥飯』之飯也。」

樊，《廣韻》：「樊籠，亦姓，周宣王封仲山甫於樊，後因氏焉，今在南陽」，「附袁切」，山元合三平奉。

飯，《廣韻》：「餐飯，《禮》云：『三飯』是」，「扶晚切」，山阮合三上奉。／「《周書》云：『黃帝始炊穀為飯』」，「符萬切」，山願合三去奉。

唐納將其歸入「基本形式是動詞性的——轉化形式是名詞性的」一類。

周法高《字表》將其歸入「非去聲或清聲母為動詞，去聲或濁聲母為名詞或名語」類。飯，食也，父遠切，（上聲）；餐飯，符萬切，一作飰（去聲）。案《禮記・曲禮上》：「三飯，主人延客食胾。」《釋文》卷十一 645：「三飯：符晚反，下注『禮：飯以手』同。依字書：食旁作卞，扶萬反，食旁作反，符易反，二字不同，今則混之，故隨俗而音此字。」又：「飯黍毋以箸。」《釋文》

卷十一646：「飯黍：扶晚反。」又《檀弓上》：「飯於牖下。」《釋文》卷十一667：「飰於：煩晚反。」

馬建忠《馬氏文通》：「飯」字，上讀外動字，餐飯也。《禮·曲禮》：「飯黍毋以箸。」去讀名字，所食也。

孫玉文《漢語變調構詞研究》「從漢魏韻文論上古後期已有變調構詞」一節中，舉漢魏韻文中的一些字，認為它們都相當嚴格地反映出上古後期漢語口語中的變調構詞現象，例字中包括「飯」。

「麥飯」之飯當讀去聲，名詞。「飯」為一常用字，高誘特以常用語「麥飯」點明飯之音讀，說明飯在東漢當有異讀，麥飯之飯與飯黍之飯義別音異。

4. 漁——語

（1）《呂氏春秋·季夏紀·季夏》：「是月也，令漁師，伐蛟取鼉，升龜取黿。」高注：「漁師，掌魚官也。漁讀若『相語』之語。」

（2）《呂氏春秋·季冬紀·季冬》：「是月也，命漁師始漁，天子親往。」高注：「漁讀如《論語》之語。」

（3）《淮南子·原道訓》：「釣於河濱，朞年，而漁者爭處湍瀨，以曲隈深潭相予。」高注：「漁，讀告語。」

（4）《淮南子·時則訓》：「乃命漁人，伐蛟取鼉，登龜取黿。」高注：「漁人，掌漁官。漁，讀若『相語』之語也。」

（5）《淮南子·時則訓》：「命漁師始漁。」高注：「漁，讀《論語》之語。」

（6）《淮南子·說林訓》：「漁者走淵，木者走山。」高注：「漁，讀《論語》之語。」

漁，《廣韻》：「《說文》云：『捕魚也』，《尸子》曰：『燧人之世，天下多水，故教民以漁也』，又水名，在漁陽」，「語居切」，遇魚合三平疑。

《說文》灋，「捕魚也。从鱟从水。漁，篆文灋从魚。」

唐納將「魚、漁」歸入「基本形式是名詞性的——轉化形式是動詞性的」一類。把「漁」看成「魚」的動詞形式，是「魚」加上一個偏旁，聲調隨之由平聲變讀去聲轉化出來的，語法意義也由名詞變為動詞。

周祖謨《四聲別義創始之時代》一文中指出：高注「相語」、《論語》之語及告語，並讀去聲（《廣韻》牛倨切），與言語之語讀上聲，音魚巨切者不同。

今韻書漁字有平聲，無去聲，高誘音去聲者，以漁師、漁者、漁人之漁與《易》「以佃以漁」之漁，為用不同，前者為由動詞所構成之名詞，後者為動詞，故《呂覽·決勝篇》「譬之若漁深淵」、《異寶篇》「方將漁」，《慎人篇》「舜之耕漁」，《具備篇》「見夜漁者」，「漁為得也」，諸漁字並如本字讀，而不加音釋。是漁字漢人有平去二音也。斯即以四聲別義之一例。

周法高的認識跟周祖謨不同，他把去聲看成動詞，非去聲看成名詞。且把「漁」看成「魚」的動詞形式，兩者是去聲和平聲之別。魚：《說文》曰：「水蟲也。」語居切（平聲）。漁：《說文》：「捕魚也。」牛據切（去聲）。《易·繫辭》：「以佃以漁。」《經典釋文》：「音魚，本亦作魚，又言庶反。馬云：『取獸曰佃，取魚曰漁。』」

孫玉文《漢語變調構詞研究》「從漢魏經師音注論上古後期已有變調構詞」一節中，轉引周祖謨《四聲別義釋例》文中漢人音注材料，證明漢代已有變調構詞。例字中包括「漁」。「從漢魏韻文論上古後期已有變調構詞」一節中，舉漢魏韻文中的一些字，認為它們都相當嚴格地反映出上古後期漢語口語中的變調構詞現象，例字中包括「漁」。「古代漢語變調構詞詞表」中對「魚」的構詞現象進行分析，指出：原始詞，義為生活在水中的脊椎動物，名詞，語居切（平聲）。滋生詞，義為捕魚，動詞，牛據切（去聲）。「漁」在漢代只有去聲讀法，義為捕魚，它是由讀平聲的名詞「魚」變調構詞滋生出來的。並舉《經典釋文》注音、古韻文、古書假借用字的證據證明「漁」不論是單用作「捕魚」講還是用在「漁師」「漁人」「漁者」中，都是讀去聲。也就是說，「漁」在「漁師」「漁人」「漁者」中也是用作動詞，義為捕魚，它本身沒有歧為名動兩用。至於「漁」字平聲讀法從《經典釋文》音注推斷至晚在六朝後期出現。

黃坤堯《〈經典釋文〉的動詞異讀》將其歸入「染人漁人類」。認為「漁」讀平聲是動詞，去聲為官職，因其兼負管治之責，與一般漁民不同，故有區別為兩讀的必要。另外，平聲讀法用於一般的動賓結構；去聲讀用於偏正結構。

語，《廣韻》：「《說文》『論也』」，「魚巨切」，遇語合三上疑。／「說也，告也」，「牛倨切」，遇御合三去疑。

《說文》語，「論也。從言吾聲。」

《群經音辨·辨字音清濁》卷六：語，言也（仰舉切）；以言告之謂之語

（牛據切）。

　　唐納將其歸入「轉化形式是『表效果的。』」一類。

　　周祖謨《四聲別義創始之時代》一文中論述：語，《廣韻》兩讀，二者意義略有不同，如《易‧繫辭》「或默或語」，《禮記‧文王世子》「既歌而語」，皆讀如本字。而《論語‧陽貨篇》「居，吾語女」，《禮記‧雜記》「言而不語」，《釋文》皆讀去聲。此固晉宋以後經師所口相傳述，然自上例觀之，高注稱漁讀「相語」之語，又曰漁讀「告語」之語，是告語、相語之語，與「言語」之語有別，自漢末已然矣。

　　周法高《字表》將其歸入「動詞」之「非去聲為自動式，去聲為他動式」類。語：言也，仰舉切（上聲）；以言告之謂之語，牛據切（去聲）。案：《左傳‧隱公元年》：「公語之故，且告之悔。」《釋文》卷十五 879：「公語：魚據反。」《論語‧羊貨》：「居，吾語女。」《釋文》卷二四 1396：「吾語：魚據反。」

　　馬建忠《馬氏文通》：「語」字，上讀內動字，言論也。《詩‧大雅‧公劉》：「于時語語。」去讀外動字，以言告人也，《論‧陽貨》：「居，吾語女。」

　　黃坤堯《〈經典釋文〉的動詞異讀》將其歸入「動詞後帶名詞類」。認為：上聲讀「語」後面未帶名詞，去聲讀「語」後帶名詞。

　　金理新將其歸入「後綴*-s」表示「及物動詞」類及「後綴*-ɦ」表示「不及物動詞」類。語*d-ŋa-ɦ，仰舉切，《說文》：「論也。」《論語‧鄉黨》：「食不語，寢不言。」《左傳‧昭公十八年》：「與之語，不說。」語*d-ŋa-s，牛倨切，「說也，告也」。《左傳‧隱公元年》：「公語之故，且告之悔。」《釋文》：「公語：魚據反。」《論語‧陽貨》：「居，吾語女。」《釋文》：「吾語：魚據反。」

　　孫玉文《漢語變調構詞研究》「從漢魏韻文論上古後期已有變調構詞」一節中，從漢魏韻文材料證明上古後期確有變調構詞，例字中包括「語」。

　　以上諸家對「漁」、「語」異讀的語法變化，都結合先秦典籍有詳細論述。高誘用「語」字為「漁」注音。首先，注音字採用了不同的語詞組合注音形式，如「相語」之語，《論語》之語，告語，即在說明注音字「語」當是個異讀字，必以常用語、經典篇名中的讀音來確定「語」字不同注語中的讀音。其次，高誘注音字用去聲讀音的「語」，為「漁」注音，說明「漁」亦讀為去聲，共計 6 例，均表義名詞漁師、漁者之漁。而《廣韻》漁字只有平聲一讀，表

示動詞「捕魚」之義，此讀為漁字常用音，未見高誘出注。高誘為名詞義漁注音，正是為了與「漁」的常用讀音區別開來，也是表明漁字的詞性之別。高誘為名詞「漁」一律出注去聲讀音，以與動詞如字讀音相別，足見漢代現實語音中存在異讀別義。可惜，「漁」字名詞義去聲讀音《廣韻》失收，所幸《集韻》「漁」字收有「牛據切」一音。

注音字為常用字，卻以常用語或方言音讀形式標注，可看出高誘音注的形式為了說明注音字是異讀字，須以相應常用語形式確定它的讀音，以與被注音字的讀音正好對應匹配上。

（三）被注音字多音有異讀，注音字兩音有異讀

1. 施——易

《淮南子·俶真訓》：「嗜欲連於物，聰明誘於外，而性命失其得。施及周室之衰。」高注：「施，讀『難易』之易也。」

施，《廣韻》：「施設，亦姓」，「式支切」，止支開三平書。／「《易》曰：『雲行雨施』」，「施智切」，止寘開三去書。／「以豉切」，止寘開三去以。

《群經音辨·辨字音清濁》卷六：施行也（式支切）；行惠曰施（式豉切）；設之曰施（式支切，《詩》：「肅肅兔罝，施于中逵」）；及之曰施（羊至切，《詩》：「葛之覃兮，施于中谷」）。

唐納將其歸入「轉化形式是『表效果的』」一類。（同上）

周祖謨《四聲別義釋例》將其歸入「意義有特殊限定而音少變」類。施，行也，式支切。平聲。行惠曰施，式豉切。去聲。案：《易·乾卦·彖》曰：「雲行雨施」，《象》曰：「德施普也」，《釋文》施並「始豉反」。

馬建忠《馬氏文通》：「施」字，平讀外動字，設也，用也。《書·益稷》：「以五采彰施於五色。」去讀亦動字，惠也，與也。《易·文言》：「雲行雨施。」《禮·曲禮》：「其次務施報。」又及也。《詩·周南·葛覃》：「施于中谷。」又邪行也。《孟·離婁下》：「施從良人之所之。」惟施與之施，平仄兼讀。

金理新將其歸入「後綴*-s」表示「施與指向」類。施*s-thar，式支切，「予也」。《左傳·昭公十三年》：「施捨不倦，求善不厭，是以有國。」又《左傳·成公十七年》：「施捨己責。」《釋文》：「施，如字，一音始豉反。」《左傳·僖公二十七年》：「報施救患，取威定霸，於是乎在矣。」《釋文》：「施，式氏反，

注同。」施*s-thar-s，施智切，《易》曰：「雲行雨施。」《易‧乾》「雲行雨施。」《釋文》：「雨施：始豉反，卦內皆同。」

又將其歸入「前綴*ɦ-」表示「非致使動詞」類。施*ɦ-dar，《荀子‧儒效》[注]：「讀曰移。」《詩經‧葛覃》：「葛之覃兮，施于中谷，維葉萋萋。」傳：「施，移也。」《莊子‧人間世》：「哀樂不易施乎前。」集釋：「施，讀曰移。」王念孫《讀書雜志》：「《荀子‧儒效篇》『虛實之相施易也』，《漢書‧衛綰傳》『劍人之所施易』，施字並讀為移。」施*s-thar，式支切。《詩經‧兔罝》：「肅肅兔罝，施于中逵。」

沈建民《〈經典釋文〉音切研究》將其歸入「異讀區分自動和使動」之「前綴-s 表示使動」類。施，《釋文》施字有「書氏反」、「如字」、「始豉反」和「以豉反」四音。第一音是「弛」的假借字。第二音和第三音上古分別是*sljel 和*sljels，它們之間有什麼差別還不清楚。第四音是*lels，它跟第三音應是有無*-s 頭的交替。讀作「始豉反」的，是使動詞；讀「以豉反」的，應是自動詞。如：施於，毛以豉反，移也。鄭如字，下同。(《詩經上》53 二 b)。德施，始豉反，與也。(《周易》19 一 a)。

孫玉文《漢語變調構詞研究》「從漢魏韻文論上古後期已有變調構詞」一節中，舉漢魏韻文中的一些字，認為它們都相當嚴格地反映出上古後期漢語口語中的變調構詞現象，例字中包括「施」。

注音字「易」《廣韻》異讀，「難易」之易讀去聲，與「變易」之易讀入聲音異義別。「施」本有不同讀音，語法意義有別。「難易」之「易」音與「施」一音正對應。注音字「易」為常用字，用常用語形式表示，意在說明該注音字是異讀字，需要用常用語中的字音限定注音字音讀。高誘「施」字音注所用注音術語，存在明顯的異讀別義意識。

（四）被注音字兩音有異讀，注音字一音

1. 走——奏

《淮南子‧說林訓》：「朝之市則走，夕過市則步，所求者亡也。」高注：「走，讀『奏記』之奏。」

走，《廣韻》：「趨也」，「子苟切」，流厚開一上精。／「《釋名》曰：『疾趨曰走』」，「則候切」，流候開一去精。

走，《說文》：「趨也。从夭、止。夭止者，屈也。」

《群經音辨·辨字音清濁》卷六：走趨也（臧苟切）；趨向曰走（臧候切書短咸奔走）。

周祖謨《四聲別義創始之時代》一文中論述：走之字義，有趨走、走向之分。古者趨走之走，讀上聲；走向之走，讀去聲。如《孟子》：「棄甲曳兵而走」，走退走也，讀上聲。《淮南子·說林篇》：「漁者走淵，木者走山」，高誘云：「走讀奏記之奏，」則讀去聲矣。又《漢書·高紀上》：「步從間道走軍」，《集注》云：「服虔曰：『走音奏。』師古曰：『走謂趣向也。』」《張釋之傳》：「此走邯鄲道也」，《集注》云：「如淳曰『走音奏，趣也。』」凡此之類，並讀去聲。夫趨走與走向義近，而古人分為二音者正以其為用不同耳。

周法高《字表》將其歸入「動詞」之「非去聲或清聲母為使謂式」類。走，趨也，臧苟切（上聲）；趨向曰走，臧候切（去聲）。案：周文 PP.55，56：「案走之字義，有趨走走向之分。古者趨走之走，讀上聲；走向之走，讀去聲。如《孟子·梁惠王上》：「棄甲曳兵而走」，走，退走也，讀上聲。《淮南子·說林篇》：「漁者走淵，木者走山」，高誘云：「走讀奏記之奏」，則讀去聲矣。又《漢書·高紀上》：「步從間道走軍」，《集注》云：「服虔曰：走音奏。師古曰：走謂趣向也」。《張釋之傳》：「此走邯鄲道也」，《集注》云：「如淳曰：走音奏，趣也。」凡此之類，並讀去聲。

馬建忠《馬氏文通》：「走」字，上讀內動字，趨也。《文選·報任少卿書》：「太史公牛馬走。」班固《答賓戲》：「走亦不任廁技於彼列。」兩「走」字解僕也，則名字矣。去讀疾趨也，亦內動字。《詩·大雅·緜》：「予曰有奔走。」《孟子·梁惠王下》：「棄甲曳兵而走。」

金理新將其歸入「後綴*-s」表示「及物動詞」類及「後綴*-ɦ」表示「不及物動詞」類。走*tjo-ɦ，子苟切，《說文》：「趨也。」《左傳·莊公八年》：「鞭之，見血；走出遇賊於門，劫而束之。」走*tjo-s，則候切，《釋名》：「疾趨曰走。」《釋名》：「走，奏也，促有所奏至也。」《淮南子·說林篇》：「漁者走淵，木者走山。」高誘注曰：「走讀奏記之奏。」《漢書·高帝紀》：「步從間道走軍。」[集注]：「服虔曰：走音奏。師古曰：走謂趣向也。」

黃坤堯《〈經典釋文〉的動詞異讀》將其歸入「表示動作目的或目標」類。認為，讀上聲「走」表示一般跑動，讀去聲，有目標義，即有所向。

奏，《廣韻》：「進也」，「則候反」。「奏記」之奏音則候反，「走」以此讀去聲，表示「疾趨」義，與文義相合。「走」係一常用字，高誘為其注音，說明其讀不按常用音讀。「走」字高誘時代已具兩讀，音異語法意義相別。正是這種音義語法關係的存在，高誘才不煩為一常用字破讀注音。

2. 怒——弩

《呂氏春秋・仲冬紀・至忠》：「太子曰：『何故？』文摯對曰：『非怒王則疾不可治，怒王則摯必死。」高注：「怒讀如『強弩』之弩。」

怒，《廣韻》兩音同義，分別為：「恚也」，「奴古切」，遇姥合一上泥。／「恚也」，奴故切，遇暮合一去泥。

怒，《說文》：「恚也。从心奴聲。」

《釋文》為「怒」字注音兩次，皆出《毛詩音義》，均音「乃路反」，其中一次指明為協韻。

陳奇猷按：「『非怒王則疾不可治，怒王則摯必死』二語相對為文。『怒』字用為被動詞，主詞皆是文摯。二語猶言我不使王怒則疾不可治，我使王怒則摯必死〔註14〕。」此例高誘為「怒」注音「強弩」之弩，弩，《廣韻》音「奴古切」。根據陳奇猷的認識，此「怒」表示動詞的致使義，即「使王怒」。自然與其相對的去聲讀音的「怒」，不表致使義。去聲讀音為其常用讀音，如字讀，高誘不出注。

《淮南子・原道訓》：「夫喜怒者，道之邪也；憂悲者，德之失也；好憎者，心之過也；嗜欲者，性之累也。」此例「怒」字高未注音，如字讀，表示一般動詞意義，無致使義。

《國語・周語上》「王怒，得衛巫，使監謗者，以告，則殺之。」此例「怒」字也為一般義，無致使義。

可見，高誘音注「強弩」之弩，有明顯區別「怒」致使非致使語法意義的意圖，這也表現出高誘通過音注區別語詞語法意義變化的語法意識。

被注音字為常用字，高誘音注的目的不是為了簡單標音，而是為了通過音注區別該詞不同的語法意義。

〔註14〕陳奇猷：《呂氏春秋校釋》，上海：學林出版社，1984年版，第585頁。

（五）被注音字兩音同義，注音字兩音有異讀

1. 鵠——告

《淮南子·氾論訓》：「乾鵠知來而不知往。」高注：「鵠，讀『告退』之告。」

鵠，《廣韻》：「鳥名」，「胡沃切」，通沃合一入匣。／「鵠鶵，鳥名，似鵠」，「古沃切」，通沃合一入見。

告，《廣韻》：「報也」，「古到切」，效號開一去見。／「告上曰告，發下曰誥」，「古沃切」，通沃合一入見。

《說文》告，「牛觸人，角箸橫木，所以告人也。从口从牛。《易》曰：『僮牛之告。』」／誥，「告也。从言告聲。」

《群經音辨·辨字同音異》卷一：告喻也（古奧切）；告白也（古毒切）；告讀書用法也（音鞠，《禮》其罪纖劀，亦告於甸人）。

《群經音辨·辨字音清濁》卷六：下白上曰告（古祿切，《禮》為天子出必告）；上布下曰告（古報切，《書》予誓告汝）。

唐納將其歸入「轉化形式具有變狹的意義」類。（在這一組中轉化形式比基本形式具有較特殊化的意義。一些敬語也放在這兒。許多轉化字在觀念方面令人想到印歐語中 derived intensive and meditative verbs。在這兩組中的一些字可能放在這兒。）

周法高先生《字表》將其歸入「主動被動關係之轉變」之「上和下的關係」類。告：下白上曰告，古祿切（入聲）；上布下曰告，古報切，一作誥（去聲）。案《禮記·曲禮》上：「夫為人子者，出必告，反必面。」《釋文》卷十一 640：「必告：古毒反。」《尚書·仲虺之誥》：「仲虺作誥。」《釋文》卷三 156：「誥，故報反。」

周祖謨《四聲別義創始之時代》一文中論述：蓋上告下音古到切，下告上音古沃切。一讀去聲，一讀入聲。漢人此字已有兩讀，《詩》「日月告凶」，《漢書·劉向傳》作「日月鞫凶」；《禮記·文王世子》「則告於甸人」，注云「告讀為鞫，」鞫告雙聲，鞫入聲字也。《釋名》云：「上敕下曰告，告覺也。使覺悟知己意也。」覺亦入聲字。又《史記·高祖本紀》云：「高祖為亭長時，常告歸之田。」《集解》云：「服虔曰『告音如嘷呼之嘷』。李斐曰『休謁之名也』。孟康曰『古者名吏休假曰告。告又音嚳。』」《索隱》曰：「韋昭云『告請歸乞

假也,音告語之告,劉伯莊、顏師古並音古篤反,服音如嘷呼之嘷。」按《東觀漢記·田邑傳》云『邑年三十,歷卿大夫,號歸罷厭事,少所嗜欲。』尋號與嘷同,古者當有此語。今服虔雖據田邑號歸,亦恐未為得。然此告字,當音誥。誥號聲相近,故後告歸號歸遂變也。」據是可知告歸之告,古有數讀,服虔音號,孟康音譽,顏伯莊音梏,梏譽並入聲,沃韻字也。《淮南子·氾論篇》:「乾鵠知來,而不知往」,高誘云:「鵠讀告退之告。」鵠亦沃韻字,而高誘音「告退之告」,可證高誘讀告亦有入聲一音,韋昭音告語之告亦然。今人讀告歸之告多讀為梏,殆即本乎高誘、韋昭矣。

　　《四聲別義釋例》將其歸入「意義有彼此上下之分而有異讀」類。告,示也,語也。下白上曰告,古祿切。入聲。上布下曰告,古報切。去聲。案:《書·大禹謨》:「不虐無告」,《釋文》:「告故毒反。」《盤庚中》:「今予告汝不易」,《釋文》:「告工號反。」

　　黃坤堯《〈經典釋文〉的動詞異讀》將其歸入「相見請見類」,認為:去聲音義為告語,表示一般施受關係。入聲每有下告上之意。且「告」有「於」字,不直接帶受事名詞。《禮記·曲禮上》:「夫為人子者,出必告,入必面。」《釋文》:「古毒反。」《詩·周南·關雎》序:「頌者,美盛德之形容,以其成功,告於神明者也。」《釋文》:「古毒反。」前例「為人子者」按句式當為施事,後例「神明」當為受事;但由於看法問題,卑的不能看作施事,尊的不能看作受事,所以陸德明用入聲來顯示這種上告上的實質關係。此外「告朔」、「忠告」等詞組的「告」字亦讀入聲,前者有上下關係,後者雖論友道,讀入聲則可顯示謙敬之意。

　　金理新將其歸入「後綴-s」表示「動詞施與指向」類。告*kug,古沃切「告上曰告,發下曰告。」《詩經·葛覃》:「言告師氏,言告言歸。」又《干旄》:「彼姝者子,何以告之?」《左傳·隱公四年》:「衛人來告亂,夏公及宋公遇於清。」告*kug-s,古倒切,「報也」。《群經音辨》:「下白上曰告,古祿切,禮為天子出必告;上布下曰告,古報切,盡予誓告汝。」告,字也作誥。誥*kug-s,古報切,「告也。」《國語·楚語》:「近臣諫,遠臣謗,與人誦,以自告也。」不過,「誥」古文獻中一般用作名詞,而*-s正是一個動轉化後綴。

　　曾明路《上古「入——去聲字」研究》將其歸入「後入——去聲字」C類(在《詩經》時代仍讀入聲),直到漢代還讀入聲。

謝紀鋒認為：「告」《詩》韻 6 見，有去入兩讀。義為「告上」，讀入聲，凡 5 見。即：《鄘・干旄・三》祝、六、告，《衛・考槃・三》陸、軸、宿、告，《齊・南山・三》告、鞠，《大雅・既醉・三》俶、告，《大雅・抑・二》告、則。在這種意義和用法上，還可以順便看另外兩例：《公羊傳・文公六年》：「不告月者何？不告朔也。」《論語・八佾》：「子貢欲去告朔之餼羊。」兩例中的「告」《釋文》皆作古篤反，入聲。義為「告下」，讀去聲，凡 1 見。即《小雅・楚茨・五》備、戒、位、告。

「告退」之告係下白上，讀入聲。告字為一常用字，高誘以常用語標注。據謝紀鋒，「告」字去入兩讀《詩經》時代即已存在，東漢兩讀別義當更鮮明，於是高誘注音以常用語「告退」之告與語法意義相別的去聲讀「告」區別開來。由注音字讀再確定被注音字「鵠」讀入聲見紐。

2. 轉——傳

《淮南子・氾論訓》：「譬猶不知音者之歌也，濁之則鬱而無轉。」高注：「轉，讀『傳譯』之傳也。」

轉，《廣韻》：「動也，運也」，「陟兗切」，山獮合三上知。／「流轉」，「知戀切」，山線合三去知。

傳，《廣韻》：「轉也」，「直攣切」，山仙合三平澄。／「郵馬，《釋名》曰：『傳，傳也，人所止息去，後人復來，轉轉相傳，無常人也』」，「知戀切」，山線合三去知。／「訓也，《釋名》曰：『傳，傳也，以傳示後人也』」，「直戀切」，山線合三去澄。

《群經音辨・辨字音清濁》卷六：傳授也（直專切）；記所授曰傳（直戀切）。

唐納將其歸入「基本形式是動詞性的——轉化形式是名詞性的」一類。

周法高《字表》將其歸入「非去聲或清聲母為動詞，去聲或濁聲母為名詞或名語」類。傳，授也，直專切（平聲）；記所授曰傳，直戀切（去聲）。案《論語・學而》：「傳不習乎？」《集解》：「言凡所傳之事，得無素不講習而傳之。」《釋文》卷二四 1360：「傳不：直專反，注同。」《易》王弼注本標題云：「周易兼義上經乾傳第一」，《釋文》卷二 61：「傳：直戀反，以傳述為義，謂夫子十翼也。」

高注「傳譯」之「譯」字當為「驛」字誤，《經典釋文卷七・毛詩音義下》

繹字注：「音亦，毛云陳也，鄭作驛，音同，謂傳驛也。」高注「傳譯」之傳讀知母線韻，正與「轉」字讀音對應。「傳」為常用字，特以常用語音注形式標注，「傳」在高誘時代有異讀，高注以「傳譯」之傳以別與其義相異之音讀。

（六）被注音字兩音異義，注音字兩音有異讀

1. 煬——養

（1）《淮南子・俶真訓》：「古之真人，立於天地之本，中至優游，抱德煬和，而萬物雜累焉」高注：「煬，炙也。煬，讀『供養』之養。」

（2）《淮南子・精神訓》：「是故無所甚疏，而無所甚親，抱德煬和，以順于天。「高注：「煬，炙也。讀『供養』之養。」

煬，《廣韻》：「釋金」，「與章切」，宕陽開三平以。／「炙也，向也，暴也」，「餘亮切」，宕漾開三去以。

養，《廣韻》：「育也」，「餘兩切」，宕養開三上以。／「供養」，「餘亮切」，宕漾開三去以。

唐納將其歸入「轉化形式具有變狹的意義」一類。

《群經音辨・辨字音清濁》卷六：上育下曰養（餘兩切，《書》政在養民）；下奉上曰養（餘亮切）。

周祖謨《四聲別義釋例》將其歸入「意義有彼此上下之分，而有異讀」類。養，育也。上育下曰養，餘兩切。上聲。下奉上曰養，餘亮切。去聲。案：《書・大禹謨》「政在養民」，養音上聲。《易・漸卦》注：「無祿養進而得之」，《釋文》：「養羊尚反」，音去聲。

周法高《字表》將其歸入「主動被動關係之轉變」之「上和下的關係」類。養，上育下曰養，餘兩切（上聲）《尚書・大禹謨》：「政在養民。」；下奉上曰養，餘亮切（去聲）。案《易・漸卦》注：「無祿養進而得之。」《釋文》卷二102：「祿養，羊尚反。」《左傳・文公十八年》：「如孝子之養父母也。」《釋文》卷十六968：「之養：餘亮反。」

黃坤堯《〈經典釋文〉的動詞異讀》將其歸入「區別上下尊卑類」。以《釋文》注音證明「養」上聲讀有生養、養育、教養、修養諸義，去聲讀有供養、孝養義，並表敬意。兩讀區別上下尊卑相當清楚。

金理新將其歸入「後綴*-s」表示「非自主動詞」類及「後綴*-ɦ」表示「自

主動詞」類。非自主動詞表示說話者主觀上無法控制的或由他者實施的動作行為。因而，君主或尊者的動作行為以及對君主或尊者必須做的動作行為，或表示對對方尊重的動作行為，或者自然現象的動作行為等，都是說話者主觀上所無法控制的。而自主指說話者主觀上可以控制或自願的動作行為。養*jaŋ-ɦ，餘兩切，「育也。」，《左傳・襄公二十七年》：「敏以事君必能養民。」養*jaŋ-s，餘亮切，「供養也。」《說文》：「養，供養也。」《左傳・文公十八年》：「如孝子之養父母也。」《釋文》：「之養：餘亮反。」《詩經・祈父》鄭箋：「不得供養也。」《釋文》：「養，羊亮反。」《群經音辨》：「上育下曰養，餘兩切，書政在養民；下奉上曰養，餘亮切。」

　　孫玉文《漢語變調構詞研究》「從漢魏韻文論上古後期已有變調構詞」一節中，舉漢魏韻文中的一些字，認為它們都相當嚴格地反映出上古後期漢語口語中的變調構詞現象，例字中包括「養」。

　　上述諸家對「養」字異讀別義的功能辨別相當清楚。高誘為「煬」作音兩次，用同樣的注語「『供養』之養」作音，此養字係一常用字，高以「供養」注明，說明此養字當有異讀。「供養」之養音去聲，與「養育」之養語法意義相別，音亦相異，高注「供養」之養音與煬字音義正合。

　　注音字為常用字，以常用語音注形式標注，說明注音字可能是個異讀字。用異讀字以常用語音注形式標音確定被注音字的讀音和詞義。高誘音注被注音字或注音字多為常用字，或以常用語形式標注或以經典語句標注，都在說明這些語詞可能存在異讀，需要加以特別標注以對應音義關係。

　　綜上，高誘音注異讀不外乎被注音字有異讀、注音字有異讀、被注音字與注音字均有異讀三種情況。正如翟思成（2001）所言：「高注改讀的字，多為常見字，若無異讀，則無須出注。」被注音字有異讀，音注是必須的，高誘這類音注的目的，在於正確區分被音字語詞的語法意義，說明高誘音注滲透有很強的語法意識。注音字有異讀，高誘音注採取了「某某之某」的注音形式，可以明確界定對應意義的注音字語詞讀音，進而確定被注音字的讀音和詞義，這類語詞在高誘時代異讀別義當是相當清楚的。因此我們以為不論是被注音字的異讀還是注音字的異讀，這些異讀音注都是高誘語法意識的最直接反映。正基於此，一字兩讀絕非六朝經師強生分別所能為，高誘時代異讀別義已經存在，高誘異讀別義音注當是對上古漢語語詞異讀形態音變與語法變化關係的繼承。後

代學者對以上所舉諸例異讀作過不少討論，但有關這些語詞異讀究竟反映的是哪種音變與哪種語法關係？因為各家多從近代語法術語出發研究上古漢語語法，意見不一，仁者見仁，智者見智。

第八章　高誘音注異讀與形態現象初探

　　潘悟雲在《漢語歷史音韻學》中指出以下幾種語音交替現象反映了形態音變：1. 韻尾相同而主元音相近的韻母之間的交替，即清儒所說的旁轉。2. 主元音相同而韻尾部位相同的韻母之間的交替，即清儒所說的對轉。3. 同部位的塞音，包括清濁和送氣不送氣之間的交替。4. 流音之間的交替。5. 同部位的鼻音之間。6. 詞根加前綴音或加後綴音。7. 詞根聲母和元音之間加中綴。8. 長短元音之間。9. 小舌塞音和舌根塞音之間。10. 帶次要音節的詞和不帶次要音節的詞之間。上一章所分析的高誘音注異讀反映語法意義或形態變化的一些語音交替，基本上都可以歸入上列範圍內。

第一節　高誘音注異讀所反映的形態

　　高誘作為東漢著名的訓詁學家，為典籍作注的宗旨自然是為了訓詁。從他現存作注的三本書《呂氏春秋》、《淮南子》、《戰國策》中保存的注釋材料看，基本為詞語訓詁，音注材料有限，從音注中反映的語詞異讀數量自然更少，這為數不多的異讀語詞直接反映出來的形態現象因此也不充分。儘管如此，這為數不多的異讀材料，卻至少向我們證明了上古漢語時期形態音變的事實。

　　隨著漢語形態音變的逐漸消失，很多異讀材料現在已很難看出其中的語法特徵或形態規律。於是就有許多學者對把異讀看成形態音變表示質疑，認為異

讀只是一種詞彙現象或語義現象。也有學者把異讀僅看作音變構詞的手段。但我們以為從語音交替變化的角度來看，大多數異讀仍然應看作是形態音變的遺存。有關這一認識，金理新先生《上古漢語形態研究》、沈建民先生《〈經典釋文〉音切研究》之〈經典釋文〉異讀所反映的一些形態現象》一章中所表達的觀點，極為可信。下文將從形態音變的角度對高誘音注材料中不多的異讀現象進行分析。

一、異讀區分動詞致使和非致使

從事上古漢語形態研究的學者對上古漢語中以內部屈折形式來表示動詞致使非致使形態關係多有討論。

周法高（1962）明確指出輔音清濁交替是上古漢語非致使動詞和致使動詞彼此轉換的形式標記。

王力（1965）分析上古漢語非致使動詞和致使動詞語音關係時也說，特別值得注意的是：非致使動詞一般讀濁音，致使動詞一般讀清音。

包擬古（1980）舉例認為上古漢語中*s-前綴有致使意義的痕跡。

潘悟雲（1987）認為輔音清濁交替是動詞非致使和致使交替的形式標記，並以此為基礎證明上古漢語的輔音清濁諧聲實質上是一種形態關係。

梅祖麟（1988）也同意輔音清濁交替是上古漢語動詞非致使和致使的構成形式，同時提出*s-語素是一個致使化前綴〔註1〕。

舒志武（1988）較為詳細地分析了上古漢語*s-前綴，並明確提出致使化是上古漢語*s-前綴的重要構形功能之一。

鄭張尚芳（1990）也認為上古漢語的*s-是「表使動式的詞頭」。

潘悟雲（1991）在前人研究基礎上專文論述了上古漢語致使動詞的屈折形式，用較為豐富可靠的材料證明了上古漢語致使動詞的構成形式之一就是附加*s-前綴。

前綴*s-表示致使，前綴*ɦ-表示非致使

我們知道藏語*s-前綴有表示致使意義的功能，這一點包擬古早在 1973 年《漢藏語中帶*s-複輔音聲母在漢語的反映形式》一文中有過論證，並認識到

〔註 1〕參考金理新：《上古漢語形態研究》，合肥：黃山書社，2006 年版，第 47～48 頁。

上古漢語可能也有致使動詞*s-前綴，只是這種帶*s-前綴的致使動詞難以找到而已〔註2〕。梅祖麟（1989）專文討論上古漢語*s-語素的意義，其中之一就有致使化功能，舉八例作了說明。潘悟雲（1991）也舉了 11 例對*s-前綴表示致使義作了論證。前綴*ɦ-在上古漢語中是一個非致使動詞前綴這一觀點 Pulleyblank（1973）提出，其後 Baxter、龔煌誠、沙加爾等學者紛紛吸收了這一觀點，對前綴*ɦ-展開討論。對*s-前綴表示致使義、*ɦ-前綴表示非致使義討論比較充分的當數金理新，在對前人例證作出評定的同時又補充大量例證對*s-前綴致使功能、*ɦ-前綴非致使功能作出充分說明。

包擬古（1973）列舉了以母和書母交替所構成的同族詞，大體上就是非致使動詞和致使動詞之間的關係。包所舉的屬於以母和書母交替關係的例子有「施／施、豫／舒、夷／矢、繹／釋、逸／失」等五對。其中「施／施」潘悟雲（1991）也有採納〔註3〕。

施，高誘音注「讀『難易』之易也」。「難易」之「易」《廣韻》「以豉切」，上古錫部余紐，上古各家擬音分別為：王力*ʎiek、李方桂*righ、白一平*ljeks、鄭張尚芳*leegs、潘悟雲*legs、金理新*ɦ-dar。高誘音注說明其時「施」字有異讀，語法意義有別。金理新以為*ɦ-dar 施，表示動詞的非致使義。「施」《廣韻》「式支切」，上古音*s-thar〔註4〕，表示動詞的致使義。「施」上古通過前綴*s-、*ɦ-交替實現了動詞致使、非致使義的轉換。「施」的這種語法形態音變現象在經典中不乏其例，如《莊子·人間世》：「哀樂不易施乎前。」《集釋》：「施，讀曰移。」「施」為動詞「延展、延及」義，動作具有非致使義。

二、異讀區分動詞自主和非自主

金鵬（1983）指出藏語的自主、非自主動詞與語法結構有重大關係。馬慶株（1988）參考藏語動詞自主和非自主的劃分，對現代漢語動詞進行分析，得出現代漢語的動詞也劃分為自主和非自主的結論。金理新（2006）則認為上古漢語更像藏語，除了詞彙手段外，還有相當豐富的動詞是通過語音屈折表現自主動詞和非自主動詞的差別的。自主動詞指說話者可以主觀控制或控制力較

〔註2〕參考金理新：《上古漢語形態研究》，合肥：黃山書社，2006 年版，第 122 頁。
〔註3〕參考金理新：《上古漢語形態研究》，合肥：黃山書社，2006 年版，第 126 頁。
〔註4〕該上古擬音據金理新（2006）。

強的動作行為，而非自主動詞則指說話者不能由主觀控制的或控制力較弱或由他人進行的動作行為。對自主非自主語法意義的區分金理新用大量例證證明可通過輔音清濁交替及*-s、*-ɦ後綴轉換來實現。

後綴*-s 表示非自主，後綴*-ɦ表示自主

煬，高注「讀『供養』之養」。供養，指對長者或尊者必須做的動作行為，是說話者主觀無法控制的，具有非自主義。當音「餘亮切」，上古各家分別擬音為李方桂*raŋh、白一平*ljaŋs、鄭張尚芳*laŋs、潘悟雲*laŋs、金理新*jaŋ-s。高誘音注目的旨在說明其時的常用字「養」已有兩讀，具有語法形態變化。「養」《廣韻》另有一音「餘兩切」，上古各家擬音分別為：李方桂*raŋx、白一平*ljaŋʔ、鄭張尚芳*laŋʔ、潘悟雲*laŋʔ、金理新*jaŋ-ɦ。此音表義「養育」，即上育下，具有自主義。「養」之兩讀具有動詞自主與非自主義之別，這種語法形態之變根據上古各家擬音，是通過後綴交替實現的。因為各家擬音系統有別，後綴表現或有異同。金理新上古音體系表示，這種動詞的自主、非自主義變化是由後綴*-ɦ、*-s 交替完成的。

三、異讀區分動詞及物和不及物

早在十九世紀末葉，德國康拉迪就認為中國語的動詞有及物和不及物兩種形態的分別，這分別是由聲母的清濁交替來實現的。此後，Maspero、Schuessler、Pulleyblank 等都認為及物動詞和不及物動詞的清濁交替是上古漢語顯著的形態現象。Pulleyblank 同時認為不及物動詞的濁輔音聲母來自及物動詞附加*ɦ-前綴，而這個*ɦ-前綴導致詞根輔音聲母濁化，後來演變成濁輔音聲母。這一觀點後為白一平（1992）吸收。上古漢語的不及物動詞跟及物動詞之間存在語詞形式的不同，這一點，周祖謨（1966）、周法高（1967）、王力（1980）、黃坤堯（1991）等都有認識〔註5〕。根據各家對及物動詞、不及物動詞區別的認識，可以看出上古漢語實現及物動詞、不及物動詞之間轉換的方式除了聲母清濁交替外就是通過附加詞綴或詞綴替換來實現的。

後綴*-s 表示及物，後綴*-ɦ表示不及物

走，高注「讀『奏記』之奏」。「奏記」之「奏」，中古當音「則候切」，上古侯部精紐，上古各家擬音分別為：李方桂*tsugh、白一平*tsos、鄭張尚芳

〔註5〕參考金理新：《上古漢語形態研究》，合肥：黃山書社，2006 年版，第 59 頁。

*ʔsoos、潘悟雲*skloos、金理新*tjo-s。表義「疾趨」，後常接處所賓語，為及物動詞。走，《廣韻》另有一音「中苟切」，表義「趨走」，後不帶賓語，為不及物動詞。上古各家擬音分別為：李方桂*tsugx、白一平*tsoʔ、鄭張尚芳*ʔsooʔ、潘悟雲*sklooʔ、金理新*tjo-ɦ。「走」之及物性、非及物性，通過後綴交替實現。

語，高為「漁」注音時明確指出為「『相語』之語」、「告語」、「《論語》之語」等，說明「語」字有異讀，注音時所以用專門的語詞限定其讀音。高誘所注「相語」、「告語」等中「語」同音，中古「牛倨切」，上古各家擬音分別為：李方桂*ŋjagh、白一平*ŋjas、鄭張尚芳*ŋas、潘悟雲*ŋas、金理新*d-ŋa-s。此「語」後可帶表人的賓語，為及物動詞。語，中古另有一音「魚巨切」，表義「說論」，後不可帶賓語，為不及物動詞，上古各家擬音分別為：李方桂*ŋjagx、白一平*ŋjaʔ、鄭張尚芳*ŋaʔ、潘悟雲*ŋaʔ、金理新*d-ŋa-ɦ。根據各家擬音，可見「語」之動詞及物性、不及物性正是通過後綴交替實現的。金理新上古音體系表現為，後綴*-s、*-ɦ交替可實現動詞及物性、不及物性意義轉換。東漢時期「語」有語法形態音變，所以高誘不煩對此常用字以「相語」、「告語」、「《論語》之語」等限定「語」字讀音，以對應被注音字「漁」的文本音義。

齊，高注「齊讀『齊和』之齊」。「齊和」之「齊」當音中古「在詣切」，上古各家擬音分別為：李方桂*dzidh、白一平*ɦtshəjs、鄭張尚芳*zliils、潘悟雲*ziils、金理新*djir-s。此「齊」後常帶賓語，具有及物性。「齊」中古另有一音「徂奚切」，表義「齊整」，後不帶賓語，表示不及物義，上古各家擬音分別為：李方桂*dzid、白一平*ɦtshəj、鄭張尚芳*zliil、潘悟雲*ziil、金理新*djir。各家上古擬音可見，「齊」的及物性、不及物性意義轉換正是通過後綴添加來實現的，基本比較一致地表現為後綴-s具有動詞及物性意義。「齊」係一常用字，高誘為其注音，其時「齊」字具有語法形態音變。

四、異讀區分動詞施與指向

梅祖麟（1980）把有施與指向特性的動詞稱作內向動詞和外向動詞，並用「買、賣」這樣的例子作了說明。

周法高將這一類型的詞義轉變叫「主動被動關係之轉變」。

金理新（2006）首次提出「動詞施與指向」這一語法概念，認為後綴*-s

有指明動詞施與指向的功能，並用大量例證作了有力的論述。其中就有「遺、告」。

後綴*-s 表示動詞施與指向

遺，出現在高注「狄，讀『中山人相遺物』之遺」中，高注特別指明「中山人相遺物」，意在說明「遺」不只一讀。注文中「遺」當音中古「以醉切」，上古各家擬音分別為：李方桂*rədh、白一平*ljujs、鄭張尚芳*luls、潘悟雲*gluls、金理新*gjur-s。此「遺」表示「饋贈」義，動作有一個施與指向。上古漢語詞彙系統中意義為「施與」的語詞，在語音形式選擇上有一個共同點，即聲調同是中古漢語的去聲，這一點金理新（2006）有詳細論述。對於一個動詞需要突出其動作施與指向時，就會附加一個表示施與指向的動詞*-s 後綴。

告，作為注音字出現在高注「鵠，讀『告退』之告」中，「告退」之告旨在告訴我們此告字不只一讀。注中「告退」之告當音中古「古沃切」，上古各家擬音分別為：李方桂*kəkw、白一平*kuk、鄭張尚芳*kuug、潘悟雲*kuug、金理新*kug。此「告」表示的動作是下對上，卑者對尊者的一種動作。告，《廣韻》另有一音「古報切」，表義「報也」，動作為上對下，尊者對卑者。上古各家擬音分別為：李方桂*kəkwh、白一平*kuks、鄭張尚芳*kuugs、潘悟雲*kuugs、金理新*kug-s。可見附加後綴*-s 後，多有突出施與指向的意義。

五、異讀區分動詞完成體與未完成體

沃爾芬登（1929）認為，動轉化*-s 後綴來自於藏語動詞的完成體後綴*-s。這一觀點為許多學者所接受，如白保羅、馬提索夫等。

梅祖麟（1980）通過對藏語名詞後綴-s 來源的分析，似乎認為上古漢語的名詞*-s 後綴跟動詞完成體有關。

潘悟雲（1991）肯定了*-s 後綴是上古漢語的一個既事式後綴。並認為周法高所舉的「治」是典型的動詞現時式和既事式的不同。

黃坤堯（1992）認為上古漢語動詞有完成和未完成的區別。

吳安其（1997）專文討論了上古漢語的完成體。不過，上述諸家用於討論上古漢語完成體後綴*-s 的例證並不豐富。

金理新（2002）認為上古漢語動詞有現時式和既事式之分，舉出了上古漢

語大量*-s 後綴動詞表完成體的例子，同時對上古漢語未完成體表示形式用後綴*-ɦ作了大量例證。其所舉例中有轉引周法高（1967）採自《群經音辨》的例字「過」，新增例字「易」、「重」、「解」。

後綴*-s 表示動詞完成式，後綴*-ɦ表示動詞現時式

過，高注「讀『責過』之過」。「責過」之「過」當音中古「古臥切」，上古各家擬音分別為：李方桂*kuarh、白一平*kʷajs、鄭張尚芳*klools、潘悟雲*klools、金理新*kor-s。此「過」表示動作的完成，義為「過越」。過，中古另有一讀「古禾切」，表義「經過」，表示動作的進行持續。上古各家擬音分別為：李方桂*kuar、白一平*kʷaj、鄭張尚芳*klool、潘悟雲*klool、金理新*kor。「過」兩讀有動詞完成式、進行時之別，而這種語法意義的分別是通過語音轉化實現的。根據上古各家擬音可見，後綴*-s 具有表示動作完成時意義。

易，高注「讀如『易綱』之易」及「讀『河間易縣』之易」。還有一例出現在「施」的注音字中，即「施，讀『難易』之易也」。「河間易縣」係一專名，此專名音讀為中古音「羊益切」，上古各家擬音分別為：李方桂*rik、白一平*ljek、鄭張尚芳*leg、潘悟雲*leg、金理新*ɦ-dig，被注音字「易」文義為「變易」，表示動作尚未完成的狀態。「易綱」之易及「難易」之易當音中古「以豉切」，分別表示「治理」、「難易」之義，有動作完成之義。此「易」上古各家擬音分別為：李方桂*rikh、白一平*ljeks、鄭張尚芳*legs、潘悟雲*legs、金理新*ɦ-dig-s。「易」之兩讀有動詞未完成與完成語法之別，這種分別是通過語詞語音轉化實現的，即通過附加後綴*-s 來表示完成式。高誘「易」字二音分別井然，語法概念清晰。

重，高注「讀『復重』之重」。「復重」之「重」，當音中古「柱用切」，表義「嚴重」義。該「重」上古各家擬音分別為：李方桂*drjuŋh、白一平*drjoŋs、鄭張尚芳*doŋs、潘悟雲*doŋs、金理新*r-doŋ-s。重，《廣韻》另有一音「直容切」，動詞「重疊、重複」義。該「重」上古各家擬音分別為：李方桂*drjuŋ、白一平*drjoŋ、鄭張尚芳*doŋ、潘悟雲*doŋ、金理新*r-doŋ。「重」讀去聲，副詞。此副詞係動詞動作完成後呈現的一種狀態，由動詞轉化而來的副詞歸為動詞完成體一類。《莊子·讓王》：「此之謂重傷之人無壽類矣。」《釋文》：「重，直用反。」《呂氏春秋》文與此文相類，「重傷」之重，高注「復重」之重，音與《釋文》同。「重」動詞完成式，是通過附加後綴實現的，上古各家擬音基

本一致地表現為*-s 後綴。

解，高注「讀『解故』之解」及「讀『解除』之解」。「解故」之「解」中古「佳買切」，上古各家擬音分別為：李方桂*krigx、白一平*kreʔ、鄭張尚芳*kreeʔ、潘悟雲*kreeʔ、金理新*kli-ɦ。此「解」表示動詞的現時式。「解除」之「解」中古「古隘切」，表示動詞的完成式，上古各家擬音分別為：李方桂*krigh、白一平*kres、鄭張尚芳*krees、潘悟雲*krees、金理新*kli-s。「解」之兩讀音異義別，前者表示一種動作行為，後者則表示這種動作行為完成後的一種結果或狀態，語法意義相別其語音形態相應變化。這種動詞完成式、現時式之間的意義轉換，據金理新上古音體系，是通過後綴*-s、*-ɦ交替實現的。

六、異讀表示詞性轉化

古人沒有名詞、動詞及虛詞這些語法術語，但在他們的語感中對詞性的辨認還是相當明顯的。《經典釋文·序錄》云：「夫質有精麤，謂之好、惡（並如字）；心有愛憎，稱為好、惡（上呼報反，下烏路反）。當體即云名譽（音預），論情則曰毀譽（音餘）……比人言者，多為一例。如、而靡異，邪（不定之詞）、也（助句之詞）弗殊。莫辯復（扶又反，重也）、復（音服，反也），寧論過（古禾反，經過）、過（古臥反，超過）〔註6〕。」《經典釋文》中這些字的異讀就說明古人對語詞異讀具有語法詞性區分的認識。

周祖謨（1946）對此作過詳盡的討論，將因詞性不同而變調者分為七類。

王力（1980）對詞性問題也有自己的看法，認為就動詞來看，聲調的變化引起詞性的變化，情況特別明顯。凡名詞和形容詞轉化為動詞，則動詞念去聲；凡動詞轉化為名詞，則名詞念去聲。總之，轉化出來的一般都變為去聲。

黃坤堯（1997）根據《經典釋文·序錄》所論，將陸德明對於古代文獻的異讀區分為五項，其中就有區別詞性的異讀。

金理新（2006）在「聲母清濁交替」一章中涉及語詞異讀跟語詞詞性之間的關係，詳細討論了輔音清濁交替跟名詞、動詞之間詞性轉換的關係。在「後綴-s」一章中詳細論述了上古漢語的後綴-s（中古去聲的來源）具有名謂化、動轉化的功能，另外還有動詞完成體及其他語法意義功能。在其他前綴、後綴的章節介紹中多次涉及名謂化功能，即名詞實現向動詞轉化的語音形態變化。

〔註6〕陸德明：《經典釋文》，北京：中華書局，1983 年版，第 3 頁。

　　沈建民（2007）在「《經典釋文》異讀所反映的一些形態現象」一章中提及異讀表示詞性轉化的觀點。

　　綜合各家觀點，去聲異讀具有轉化詞性的功能是可以肯定的。對於去聲來自上古漢語-s 韻尾各家基本達成一致意見，而這正好說明*-s 後綴具有區別詞性的功能。高誘音注異讀可見詞性轉化例，通過*-s 具有動轉化功能。

　　行，高注「讀『行馬』之行」。「行馬」之「行」當音中古「戶庚切」，表示動詞「行走」義。該「行」上古各家擬音分別為：李方桂*graŋ、白一平*graŋ、鄭張尚芳*graaŋ、潘悟雲*graaŋ、金理新*glaŋ。行，《廣韻》另有一音「下更切」，表示名詞「景跡」義。該「行」上古各家擬音分別為：李方桂*graŋh、白一平*graŋs、鄭張尚芳*graaŋs、潘悟雲*graaŋs、金理新*glaŋ-s。

　　難，高注「儺，讀『躁難』之難」。「躁難」之難當音中古「奴案切」，表示名詞「患難」義。該「難」上古各家擬音分別為：李方桂*nanh、白一平*nans、鄭張尚芳*naans、潘悟雲*naans。難，《廣韻》另有一音「那干切」，表示形容詞「困難」義。此「難」上古各家擬音分別為：李方桂*nan、白一平*nan、鄭張尚芳*naan、潘悟雲*naan。

　　被，高注「讀『光被四表』之表」。此「被」表示動詞「被覆」義，當音中古「平義切」。上古各家擬音分別為：李方桂*bjiarh、白一平*brjajs、鄭張尚芳*brals、潘悟雲*bals。被，《廣韻》另有一音「皮彼切」，表示名詞「衣被」義。該「被」上古各家擬音分別為：李方桂*bjiar、白一平*brjaj、鄭張尚芳*bral、潘悟雲*bal。「被」之兩讀詞性有別，一為動詞，表動作，一為名詞，表動作關聯之物。「被」的動轉化，通過附加後綴實現。

　　以上幾例動詞、形容詞轉化為名詞，中古皆音去聲，上古表現為後綴*-s 的不同。上古漢語名詞變動詞實現的手段，比較多樣，金理新總結為輔音清濁交替、附加前綴、附加*-s 後綴，同時並存輔音清濁交替或附加前綴。

　　漁，《廣韻》只有一音，而高誘不煩為其注音 6 次，且用有異讀之語詞「語」為其注音，指明它在文中讀音當為去聲，而《廣韻》漁只有平聲一讀。漁，《說文》解為「捕魚也」，動詞。據孫玉文（2007），「漁」字是由「魚」變調構詞產生的，在漢代讀為去聲，從六朝經師音注推斷至晚六朝後期「漁」已讀成平聲，至唐代「漁」只能讀平聲，注去聲只是「合韻」。《廣韻》不論捕魚的「漁」寫成什麼，都遵從後代讀法，注成平聲。「務從該廣」的《集韻》

倒是保留了「漁」字去聲讀音。高誘音注記錄的是「漁」字的古讀，其音注的目的當是區別語詞語法意義，辨別詞性。「魚」名詞轉化為動詞「漁」，是通過附加*-s 後綴完成的。

可見*-s 後綴除了動轉化作用，亦可以反過來，具有名謂化作用。此外似乎形容詞、動詞的詞性轉換也與其有關。

勞，高注「讀『勞勑』之勞」。此義之「勞」當音中古「郎到切」，表示動詞「勞慰」義。該詞上古各家擬音分別為：李方桂*lagwh、白一平*c-raws、鄭張尚芳*raaws、潘悟雲*raaws。勞，《廣韻》另有一讀「魯刀切」，表示形容詞「勤勞」義。該「勞」上古各家擬音分別為：李方桂*lagw、白一平*c-raw、鄭張尚芳*raaw、潘悟雲*raaw。兩「勞」詞性之別，語音形態表現為*-s 後綴的有無。

第二節　高誘音注異讀與形態的關係

通過對高誘音注不多的異讀語詞反映的形態變化所作的初步探討，加深了我們對高誘異讀音注價值的認識。高誘的這些異讀音注，絕非作者杜撰強生分別所能成，自然是漢語繼承所以然。那麼，這種客觀性可以幫我們釐清上古漢語一些問題的錯誤認知。至少目前看來，有兩點結論可以得到充分肯定：

一、上古漢語無疑是存在形態變化的。從高誘音注異讀材料來看，可確定以下幾種語音現象與形態有關：1. 前綴*s-與前綴*ɦ-之間的語音交替。2. 前綴*s-與無 s-前綴之間的交替。3. 後綴*-s 與後綴*-ɦ之間的語音交替。4. 後綴*-s 與無-s 韻尾之間的交替。5. 去聲與其他三聲之間的交替。

二、異讀與形態之間存在著相互依存的關係。

潘悟雲（1987）認為，古代漢語隨著形態的消失，異讀大部分也消失了。形態與異讀的關係是一種相互依存的關係。確實，高誘音注中的「漁」字在高誘時代當還有兩讀，可到了《廣韻》中就沒有異讀了，這跟它區別語法意義的形態音變消失不無關係。同理，語音的日趨簡化導致異讀無法存在，上古漢語的形態在歷史發展過程中也就隨之消失。所以說，語音與形態之間有著相生相滅的關係。

結　論

　　本文全面系統地整理、統計了高誘「三書注」的音注材料，考察了高誘「三書注」音注材料的音注情況和音注術語性質功能、高誘音注中保存的方音，重點是高誘音注反映的語音現象、高誘音注原因和高誘音注反映的音義關係、高誘音注異讀與形態關係。各章研究結論，總結如下：

　　一、高誘的音注情況。高誘「三書注」共有音注 386 例，其中標音 332 例，通假（同音借用）27 例，通假（同源通用）13 例，異文 12 例，釋義 2 例。高誘的音注方法有直音法、比擬音注法、譬況音注法、無音讀音注法。音注方法以比擬音注法為主，計 360 例，占總音注的 93.5%，其次為直音法，譬況音注法均與比擬音注法結合使用，計 13 例，本文討論用 12 例，餘 1 例未納入研究範圍原因正文已有說明。

　　高誘音注方式直音法為「音」，比擬音注法有「讀」、「讀若」、「讀為」、「讀曰」、「讀如」、「讀近」、「讀似」，譬況音注法有「急氣言」、「急舌言」、「急察言」、「緩氣言」、「籠口言」、「閉口言」。

　　高誘音注術語體式豐富多樣，每種音注方式有不同的音注術語體式，「音」音注方式最主要的音注術語體式為「A 音 B」式，比擬音注法「讀」最主要的音注術語體式為「A 讀某某之某」式，「讀如」最主要的音注術語體式為「A 讀如某某之某」式，「讀若」、「讀為」同，「讀曰」最主要的音注術語體式為「A 讀曰 B」式，「讀近」最主要的音注術語體式為「A 讀近 B」式，「讀似」

的音注術語體式就一種，為「A 讀似 B」式。至於譬況音注法的音注術語體式情況要複雜一些，正文有詳細說明。

二、高誘音注術語性質功能。高誘音注術語直音法的性質功能有標音、通假（同音借用）、通假（同源通用）、異文、標音兼明義等。比擬音注法各類音注術語之間性質功能是相互交叉的，每類音注術語的主要功能一致，即都用來標音。高誘時代相近音注術語已經混用，功能分別不明，音注術語異名同實。譬況音注術語「急氣言」「緩氣言」的性質與聲調的變化、聲母清濁有關，「籠口」、「閉口」與韻的開合、韻尾的開閉有關。

三、高誘音注反映的語音現象。以高誘音注材料中 332 例標音類為考察對象，以《廣韻》音讀為基礎，分別對被注音字、注音字上古中古聲紐韻部聲調進行比對，找出上古中古聲紐韻母的對應規律，揭示上古中古聲紐不同現象（如古無輕唇音、古無舌上音等）、上古韻部向中古韻母的分化（反映一部分中古韻母同用現象）；同時對高誘音注被注音字與注音字之間的語音對應進行分析，找出高音中聲紐混注，韻部對轉、旁轉的先秦語音痕跡以及東漢不同於古的新現象，主要集中於幾類上古韻部在東漢的合併。同時結合上古各家擬音，比較這些聲紐、韻部各自的上古語音關聯，揭示高誘混注的上古語音相關特徵信息。

四、高誘音注保存的方音。高誘音注材料中涉及方音的共有 18 例，對此 18 例從三個方言分區逐一進行討論，對各個方言區的一些特殊現象作了說明。其中很多音注保存了古讀，為研究上古語音提供了寶貴的資料。

五、高誘音注原因。高誘音注原因主要是單純標音（被注音字與注音字意義無關）和標音兼明義（被注音字與注音字意義有關），單純標音主要是專名標音、方言標音、生僻字標音；標音兼明義主要是為了區別詞彙意義和語法意義或形態變化而採取音注標明。高誘音注原因可見高誘音注指導思想，即除為注音而音注外，更多更明顯的訓詁指導思想對其音注影響很大。

六、高誘音注反映的音義關係。通過對高誘音注材料中異讀字的梳理以及諸家異讀異義分析考察，發現高誘音注異讀字存在以音別義的現象，異讀可以區別不同的詞彙意義和語法意義。由此可看出高誘音注的語法意識，即為了區別不同的語法意義為被注音字標注不同的讀音或用不同的音注術語體式點明注音字有異讀。據此，至少東漢高誘時代可證存在異讀現象。

　　七、高誘音注異讀與形態現象初探。高誘音注不多的異讀材料反映了漢語一些形態現象。異讀與形態的關係，可以肯定兩點是：一、上古漢語無疑是存在形態變化的，高誘音注異讀材料就涉及 5 種形態變化。二、異讀與形態之間存在著相互依存的關係，兩者相生相滅。

　　綜上，對於高誘「三書注」音注材料的全面測查與系統研究，我們明確了高誘音注的指導思想，揭示了上古——中古語音音變部分規律及高誘東漢時代部分音的變化，認識到高誘時代已有異讀現象存在，進一步肯定上古漢語確有形態音變現象。金理新（2006：12）曾有言：「可以說，目前上古漢語的形態研究還只能算是處於初始階段。正因為上古漢語形態證明相當不充分，因而不能不使懷疑者更加懷疑上古漢語形態的存在。」這就需要繼續加強對先秦經典文獻的研究探索，挖掘更多可信可靠的材料，充實豐富上古漢語形態的研究。

參考文獻

一、工具書

1. 丁度，集韻〔M〕，上海：上海古籍出版社，1985。

2. 段玉裁，說文解字注〔M〕，上海：上海古籍出版社，2001。

3. 郭錫良，漢字古音手冊〔M〕，北京：北京大學出版社，1986。

4. 紀昀等，文淵閣四庫全書〔M〕，臺北：臺灣商務印書館，1986。

5. 賈昌朝，群經音辨〔M〕，北京：中華書局，1985。

6. 陸德明，經典釋文〔M〕，北京：中華書局，1983。

7. 續修四庫全書〔M〕，上海：上海古籍出版社，2002。

8. 唐作藩，上古音手冊〔M〕，南京：江蘇人民出版社，1982。

9. 王筠，說文釋例〔M〕，北京：中華書局，1987。

10. 魏徵等，隋書〔M〕，北京：中華書局，1973。

11. 許慎，說文解字〔M〕，北京：中華書局，1963。

12. 周祖謨，廣韻校本〔M〕，北京：中華書局，1960。

13. 朱駿聲，說文通訓定聲〔M〕，武漢：武漢市古籍書店影印，1983。

二、專　著

1. 白一平著，龔群虎等譯，漢語上古音手冊〔M〕，上海：上海教育出版社，2021。

2. 畢沅校正，高誘（注），呂氏春秋〔M〕，上海：上海古籍出版社，1996。

3. 陳奇猷，呂氏春秋校釋〔M〕，上海：學林出版社，1984。

4. 陳奇猷，呂氏春秋新校釋〔M〕，上海：上海古籍出版社，2002。

5. 董同龢，漢語音韻學〔M〕，北京：中華書局，2001。

6. 段玉裁，經韻樓集〔M〕，南京：江蘇古籍出版社，2010。

7. 范新幹，東晉劉昌宗音研究〔M〕，北京：崇文書局，2002。

8. 方孝岳，漢語語音史概要〔M〕，香港：商務印書館香港分館，1979。

9. 高本漢著，趙元任、羅常培、李方桂合譯，中國音韻學研究〔M〕，北京：清華大學出版社，2007。

10. 高誘（注），戰國策〔M〕，上海：上海書店，1987。

11. 顧炎武，音學五書〔M〕，北京：中華書局，1982。

12. 郭在貽，訓詁學〔M〕，長沙：湖南人民出版社，1986。

13. 何寧，淮南子集釋〔M〕，北京：中華書局，1998。

14. 洪誠，訓詁學〔M〕，南京：江蘇古籍出版社，1984。

15. 華學誠，周秦漢晉方言研究史〔M〕，上海：復旦大學出版社，2003。

16. 黃坤堯，《經典釋文》動詞異讀新探〔M〕，臺北：臺灣學生書局，1992。

17. 黃坤堯，音義闡微〔M〕，上海：上海古籍出版社，1997。

18. 金理新，上古漢語形態研究〔M〕，合肥：黃山書社，2006。

19. 金理新，上古漢語音系〔M〕，合肥：黃山書社，2002。

20. 李方桂，上古音研究〔M〕，北京：商務印書館，2003。

21. 李榮，切韻音系〔M〕，北京：科學出版社，1956。

22. 李新魁，漢語音韻學〔M〕，北京：北京出版社，1986。

23. 林燾、耿振生，音韻學概要〔M〕，北京：商務印書館，2004。

24. 劉師培，中國文學教科書〔M〕，上海：國學保存會，1906。

25. 劉文典，淮南鴻烈集解〔M〕，北京：中華書局，1989。

26. 陸宗達、王寧，訓詁方法論〔M〕，北京：中國社會科學出版社，1983。

27. 馬建忠，馬氏文通〔M〕，北京：商務印書館，1983。

28. 潘悟雲，漢語歷史音韻學〔M〕，上海：上海教育出版社，2000。

29. 錢大昕，潛研堂文集〔M〕，北京：商務印書館，1935。

30. 錢大昕，潛研堂集〔M〕，上海：上海古籍出版社，1989。

31. 錢大昕，十駕齋養新錄〔M〕，南京：江蘇古籍出版社，2000。

32. 阮元、王先謙，清經解〔M〕，南京：鳳凰出版社，2005。

33. 沈建民，《經典釋文》音切研究〔M〕，北京：中華書局，2007。

34. 孫雍長，訓詁原理〔M〕，北京：語文出版社，1997。

35. 孫玉文，漢語變調構詞研究（增訂本）〔M〕，北京：商務印書館，2007。

36. 唐作藩，音韻學教程〔M〕，北京：北京大學出版社，1991。

37. 萬獻初，《經典釋文》音切類目研究〔M〕，北京：商務印書館，2004。

38. 王力，古代漢語〔M〕，北京：中華書局，1999。

39. 王力，漢語史稿〔M〕，北京：中華書局，1980。

40. 王力，漢語音韻學〔M〕，北京：中華書局，1956。

41. 王力，漢語語音史〔M〕，北京：北京社會科學出版社，1985。

42. 王力，同源字典〔M〕，北京：商務印書館，1982。

43. 王引之，經義述聞〔M〕，南京：江蘇古籍出版社，2000。

44. 吳承仕，經籍舊音辨證〔M〕，北京：中華書局，1986。

45. 顏之推撰，王利器集解，顏氏家訓集解（增補本）〔M〕，北京：中華書局，2002。

46. 楊樹達，積微居小學述林〔M〕，北京：中華書局，1983。

47. 俞樾，諸子平議〔M〕，北京：中華書局，1954。

48. 張世祿，中國音韻學史〔M〕，上海：商務印書館，1938。

49. 張雙棣，淮南子校釋〔M〕，北京：北京大學出版社，1997。

50. 張舜徽，鄭學叢著〔M〕，濟南：齊魯書社，1984。

51. 鄭張尚芳，上古音系〔M〕，上海：上海教育出版社，2003。

52. 鄭張尚芳，溫州方言志〔M〕，北京：中華書局，2008。

53. 周法高，中國古代語法・構詞編〔M〕，臺北：中央研究院歷史語言研究所專刊，1962。

54. 周祖謨，問學集〔M〕，北京：中華書局，1966。

55. 朱承平，異文類語料的鑒別與應用〔M〕，長沙：嶽麓書社，2005。

56. 諸祖耿，戰國策集注匯考〔M〕，南京：江蘇古籍出版社，1985。

三、論　文

1. W South Coblin.Notes on the Dialect of the Han Buddhist Transcriptions〔J〕，收錄於國際漢學會議論文集・語言文字組，〔C〕，臺北：中央研究院，1981。

2. A.G.Haudricourt. De l'origine des Tons en Vietnaien（1954）〔J〕，馮蒸譯，越南語聲調的起源，收錄於民族語文研究情報資料集（第 7 集）〔C〕，北京：中國社會科學院民族研究所語言研究室，1986。

3. 陳麗萍，略論「假借字」、「通假字」、「同源字」概念互混之源〔J〕，保山師專學報，2007（6）。

4. 馮蒸，馮蒸音韻論集〔C〕，北京：學苑出版社，2006。

5. 洪心衡，關於「讀破」的問題〔J〕，中國語文，1965（1）。

6. 何志華，《淮南子》高誘注音讀斠證〔J〕，諸子學刊，2009（1）。

7. 華學誠，論高誘的方言研究〔J〕，長沙電力學院學報，2002（3）。

8. 李國英，試論「同源通用字」與「同音借用字」〔J〕，北京師範大學學報，1989（4）。

9. 陸志韋，說文解字讀若音訂〔J〕，燕京學報，1946（30）。

10. 梅祖麟，上古漢語*s-前綴的構詞功能〔J〕，收錄於第二屆國際漢學會議論文集（語言與文字組）〔C〕，臺北：中央研究院，1989。

11. 梅祖麟，四聲別義中的時間層次〔J〕，中國語文，1980（6）。

12. 潘悟雲，上古漢語使動詞的屈折形式〔J〕，溫州師範學院學報，1991（2）。

13. 潘悟雲，諧聲現象的重新解釋〔J〕，溫州師範學院學報，1987（4）。

14. 平山久雄著、曲翰章譯，高誘注《淮南子》《呂氏春秋》的「急氣言」、「緩氣言」〔J〕，古漢語研究，1991（3）。

15. 時建國，《經典釋文》直音的性質〔J〕，古漢語研究，2005（1）。

16. 孫玉文，上古漢語四聲別義例證〔J〕，古漢語研究，1993（1）。

17. 孫玉文，從東漢高誘的注音材料看中古韻書未收的一些上古讀音〔J〕，西南交通大學學報，2020（5）。

18. 唐作藩，破讀音的處理問題〔J〕，辭書研究，1979（2）。

19. 王力，古漢語自動詞和使動詞的配對〔J〕，中華文史論叢，1965（6）。

20. 王力，黃侃古音學述評〔J〕，1978，收錄於王力文集第十七卷〔C〕，濟南：山東教育出版社，1989。

21. 王力，語言學論文集〔C〕，北京：商務印書館，2000。

22. 王麗芬，《呂氏春秋》高誘注研究：碩士〔D〕，南京：南京師範大學，2005。

23. 王明春，高誘訓詁術語研究：碩士〔D〕，濟南：山東師範大學，2004。

24. 王明春，高誘注中的「讀曰（為）」和「讀如（若）」〔J〕，德州學院學報，2005（3）。

25. 王明春，高誘注中的注音術語〔J〕，德州學院學報，2006（2）。

26. 吳先文，《淮南子》高誘注訓詁研究：碩士〔D〕，合肥：安徽大學，2004。

27. 吳先文，《淮南子》高誘注之注音研究〔J〕，合肥學院學報，2005（4）。

28. 吳欣，高誘《呂氏春秋注》詞彙研究：博士〔D〕，杭州：浙江大學，2008。

29. 謝紀鋒，從《說文》讀若看古音四聲〔J〕，1984，收錄於羅常培紀念論文集〔C〕，北京：商務印書館，1984。

30. 徐志林，《呂氏春秋》高誘注研究：碩士〔D〕，合肥：安徽大學，2003。

31. 徐志林，《呂氏春秋》高注音讀研究〔J〕，廣東教育學院學報，2004（1）。

32. 楊蓉蓉，高誘注所存古方音疏證〔J〕，古漢語研究，1992（1）。

33. 尹戴忠，《楚辭》洪興祖直音研究〔J〕，邵陽學院學報，2007（4）。

34. 音史新論——慶祝邵榮芬先生八十壽辰學術論文集〔C〕，北京：學苑出版社，2005。

35. 俞敏，後漢三國梵漢對音譜〔J〕，收錄於中國語文學論文選〔C〕，東京：日本光生館，1984。

36. 俞敏，俞敏語言學論文集〔C〕，北京：商務印書館，1999。

37. 虞萬里，三禮漢讀、異文及其古音系統〔J〕，語言研究，1997（2）。

38. 曾明路，上古「入——去」聲字研究：碩士〔D〕，北京：北京大學，1998，收錄於綴玉集——北京大學中文系研究生論文選編〔C〕，北京：北京大學出版社，1990。

39. 曾明路，上古押韻字的條件異讀〔J〕，中國語文，1987（1）。

40. 翟思成，高誘音注材料測查與分析：碩士〔D〕，石家莊：河北大學，2001。

41. 張能甫，關於鄭玄注中「讀為」、「讀如」的再思考〔J〕，古漢語研究，1998（3）。

42. 趙奇棟，《淮南子》東漢注研究：碩士〔D〕，上海：華東師範大學，2004。

43. 鄭張尚芳，緩氣急氣為元音長短解〔J〕，語言研究，1998 年增刊。

44. 周俊勳，高誘注方言詞研究〔J〕，四川大學學報，1999 年增刊。

45. 周祖謨，兩漢韻部略說〔J〕，收錄於周祖謨學術論著自選集〔C〕，北京：北京師範學院出版社，1993。

46. 周祖謨，四聲別義創始之時代〔J〕，收錄於周祖謨學術論著自選集〔C〕，北京：北京師範學院出版社，1993。

47. 周祖謨，四聲別義釋例〔J〕，收錄於問學集〔M〕，北京：中華書局，1966。

48. 朱曉農，論早期上聲帶假聲〔J〕，中國語文，2007（2）。

附錄一　高誘音注資料

出　處	被音字	注音字
《呂氏春秋・仲春紀・仲春》P67	高	郊音與高相近
《呂氏春秋・仲春紀・貴生》P79	苴	音鮓
《呂氏春秋・季夏紀・音初》P341	抎	音曰「顛隕」之隕
《呂氏春秋・季夏紀・明理》P369	陴	音「楊子愛骭一毛」之骭
《呂氏春秋・仲秋紀・論威》P436	窅	音窈
《呂氏春秋・仲秋紀・論威》P437	殙	音悶
《呂氏春秋・仲冬紀・當務》P600	觳	音殼
《呂氏春秋・季冬紀・介立》P630	蒸	音登
《呂氏春秋・離俗覽・離俗》P1240	募	音「千伯」之伯
《呂氏春秋・慎行論・求人》P1523	啁	音超
《呂氏春秋・貴直論・過理》P1567	櫱	櫱與蠆其音同
《呂氏春秋・士容論・任地》P1739	蛾	兗州謂蛾為䗾，音相近也
《戰國策一・秦一》P17	歸	歸當作愧，音相近故作歸
《戰國策一・秦二》P31	適	音翅
《戰國策一・秦四》P54	銛	音括
《戰國策二・楚四》P40	湔	音薦
《戰國策二・趙三》P71	郝	音釋作赦
《戰國策三・中山》P95	校	音明孝反
《淮南鴻烈集解・原道訓》P25	蠡	音展
《淮南鴻烈集解・俶真訓》P51	弊	音「跋涉」之跋

《呂氏春秋・孟春紀・孟春》P5	蟄	讀如《詩・文王之什》
《呂氏春秋・孟春紀・孟春》P15	飭	讀勒
《呂氏春秋・孟春紀・孟春》P18	髊	讀「水漬物」之漬
《呂氏春秋・孟春紀・本生》P24	扣	讀曰骨
《呂氏春秋・孟春紀・本生》P29	惛	讀「憂悶」之悶
《呂氏春秋・孟春紀・重己》P39	勯	讀曰單
《呂氏春秋・孟春紀・重己》P41	燀	讀曰宣
《呂氏春秋・孟春紀・重己》P42	靰	讀曰蕙
《呂氏春秋・孟春紀・重己》P43	酏	讀如《詩》「虵虵碩言」之虵
《呂氏春秋・孟春紀・貴公》P54	飭	讀曰勒
《呂氏春秋・孟春紀・去私》P59	簟	讀曰「車笘」之笘
《呂氏春秋・孟春紀・去私》P61	忍	讀曰仁
《呂氏春秋・仲春紀・情慾》P89	蹻	謂「乘蹻」之蹻
《呂氏春秋・仲春紀・功名》P114	茹	讀「茹船漏」之茹字
《呂氏春秋・季春紀・季春》P129	栚	讀曰朕
《呂氏春秋・季春紀・季春》P131	蔂	讀如《詩》「葛蔂」之蔂
《呂氏春秋・季春紀・季春》P132	儺	讀《論語》「鄉人儺」同
《呂氏春秋・季春紀・盡數》P139	敻	讀如《詩》云「于嗟敻兮」
《呂氏春秋・季春紀・先己》P156	組	讀「組織」之組
《呂氏春秋・季春紀・圜道》P178	居	讀曰「居處」之居
《呂氏春秋・孟夏紀・尊師》P216	蠲	讀曰圭
《呂氏春秋・孟夏紀・誣徒》P226	苦	讀如「鹽會」之鹽
《呂氏春秋・孟夏紀・用眾》P233	跖	讀如「捃摭」之摭
《呂氏春秋・仲夏紀・仲夏》P254	朕	讀近殆
《呂氏春秋・仲夏紀・大樂》P258	渾	讀如「兗冕」之兗
《呂氏春秋・仲夏紀・大樂》P258	沌	讀近屯
《呂氏春秋・仲夏紀・適音》P276	詹	讀如「澹然無為」之澹
《呂氏春秋・仲夏紀・古樂》P291	闕	讀曰「遏止」之遏
《呂氏春秋・季夏紀・季夏》P315	蚈	讀如「蹊徑」之蹊
《呂氏春秋・季夏紀・季夏》P317	漁	讀若「相語」之語
《呂氏春秋・季夏紀・音律》P332	飭	讀如敕
《呂氏春秋・季夏紀・音律》P332	蟄	讀如《詩・文王什》之什
《呂氏春秋・季夏紀・制樂》P354	飭	讀如敕
《呂氏春秋・季夏紀・明理》P364	暈	讀為「君國子民」之君
《呂氏春秋・孟秋紀・孟秋》P382	坿	讀如符

《呂氏春秋・孟秋紀・振亂》P399	蕲	讀曰祈
《呂氏春秋・仲秋紀・簡選》P443	銚	讀曰「葦苕」之苕
《呂氏春秋・季秋紀・季秋》P477	墐	讀如「斤斧」之斤
《呂氏春秋・季秋紀・季秋》P478	鼽	讀曰「仇怨」之仇
《呂氏春秋・孟冬紀・孟冬》P520	璽	讀曰「移徙」之徙
《呂氏春秋・孟冬紀・節喪》P528	扣	讀曰掘
《呂氏春秋・仲冬紀・仲冬》P572	湛	讀「潘金」之潘
《呂氏春秋・仲冬紀・仲冬》P572	饎	讀「熾火」之熾
《呂氏春秋・仲冬紀・至忠》P585	怒	讀如「強弩」之弩
《呂氏春秋・仲冬紀・忠廉》P594	演	讀如「胤子」之胤
《呂氏春秋・季冬紀・季冬》P619	漁	讀如《論語》之語
《呂氏春秋・季冬紀・季冬》P620	飭	讀曰勅
《呂氏春秋・孝行覽・本味》P743	佚	讀曰莘
《呂氏春秋・孝行覽・本味》P748	爟	讀曰「權衡」之權
《呂氏春秋・孝行覽・本味》P754	掔	讀如「棬椀」之椀
《呂氏春秋・慎大覽・慎大》P853	郼	讀如衣
《呂氏春秋・慎大覽・慎大》P860	愬	愬一作遡，讀如虩
《呂氏春秋・慎大覽・下賢》P884	就就	讀如「由與」之與
《呂氏春秋・慎大覽・下賢》P885	鵠	讀如「浩浩昊天」之浩
《呂氏春秋・先職覽・知接》P971	詍	讀「誣妄」之誣
《呂氏春秋・審分覽・審分》P1034	去	讀「去就」之去
《呂氏春秋・審應覽・不屈》P1208	歙	讀曰脅
《呂氏春秋・審應覽・應言》P1214	蝸	讀「齲齒」之齲
《呂氏春秋・離俗覽・離俗》P1237	襄	讀如「曲撓」之撓
《呂氏春秋・離俗覽・舉難》P1312	飾	讀曰敕
《呂氏春秋・恃君覽・恃君》P1329	樊	讀如「匍匐」之匐
《呂氏春秋・恃君覽・觀表》P1421	朓	讀如「窮穹」之穹
《呂氏春秋・開春論・審為》P1455	為	謂「相為」之為 [註1]
《呂氏春秋・開春論・審為》P1461	重	讀「復重」之重
《呂氏春秋・慎行論・慎行》P1489	閣	讀近鴻，緩氣言之
《呂氏春秋・不苟論・贊能》P1597	爟	讀如權衡
《呂氏春秋・士容論・上農》P1715	巧	讀如「巧智」之巧
《呂氏春秋・士容論・辨土》P1766	易	讀如「易綱」之易

〔註 1〕畢沅曰：「注『謂』疑『讀』。」陳奇猷案：「畢說是。」見陳奇猷：《呂氏春秋校釋》，
　　　　上海：學林出版社，1984 年版，第 1455 頁。

《呂氏春秋・士容論・審時》P1793	噮	讀如「餲厭」之餲
《呂氏春秋・士容論・審時》P1804	胕	讀如痛
《戰國策一・齊一》P73	昳	讀曰逸
《戰國策三・中山》P95	餽	讀與饋同
《淮南鴻烈集解・原道訓》P1	柝	讀「重門擊柝」之柝
《淮南鴻烈集解・原道訓》P1	滑	讀曰骨
《淮南鴻烈集解・原道訓》P1	橫	讀「桄車」之桄
《淮南鴻烈集解・原道訓》P3	骼	讀曰格
《淮南鴻烈集解・原道訓》P4	挽	讀人空頭扣之挽
《淮南鴻烈集解・原道訓》P4	屈	讀「秋雞無尾屈」之屈
《淮南鴻烈集解・原道訓》P6	抮	讀與《左傳》「憾而能眕」者同
《淮南鴻烈集解・原道訓》P6	抱	讀《詩》「克歧克嶷」之嶷
《淮南鴻烈集解・原道訓》P7	鍛	讀「炳燭」之炳
《淮南鴻烈集解・原道訓》P8	霄	讀「消息」之消
《淮南鴻烈集解・原道訓》P9	霄	讀紺緔
《淮南鴻烈集解・原道訓》P9	霑	讀「翟氏」之翟
《淮南鴻烈集解・原道訓》P9	劉	讀「留連」之留，非「劉氏」之劉
《淮南鴻烈集解・原道訓》P11	距	讀「距守」之距
《淮南鴻烈集解・原道訓》P14	粹	讀「禍祟」之祟
《淮南鴻烈集解・原道訓》P17	跖	讀「捃摭」之摭
《淮南鴻烈集解・原道訓》P17	蛟	讀「人情性交易」之交，緩氣言乃得
《淮南鴻烈集解・原道訓》P17	窾	讀「科條」之科也
《淮南鴻烈集解・原道訓》P17	蟄	讀「什伍」之什
《淮南鴻烈集解・原道訓》P23	墝埆	讀「人相墝橢」之墝
《淮南鴻烈集解・原道訓》P23	漁	讀告語
《淮南鴻烈集解・原道訓》P23	潭	讀《葛覃》之覃
《淮南鴻烈集解・原道訓》P25	躓	楚人讀躓為隤
《淮南鴻烈集解・原道訓》P26	錞	讀若頓
《淮南鴻烈集解・原道訓》P26	底	讀曰紙
《淮南鴻烈集解・原道訓》P28	洞	讀「同異」之同
《淮南鴻烈集解・原道訓》P30	解	讀「解故」之解
《淮南鴻烈集解・原道訓》P36	澤	讀《葛覃》之覃
《淮南鴻烈集解・原道訓》P36	褭	「橈弱」之弱〔註2〕

〔註2〕吳承仕按：「褭、弱同屬宵部，聲類亦近，『注』應有『音』、『讀』等字，今本誤奪。」見吳承仕：《經籍舊音辨證》，北京：中華書局，1986年版，第232頁。

《淮南鴻烈集解・原道訓》P37	滾	讀「維繩」之維
《淮南鴻烈集解・原道訓》P37	灖	讀「挩滅」之挩
《淮南鴻烈集解・原道訓》P37	苴	讀「觚哉」之觚
《淮南鴻烈集解・原道訓》P37	蔣	讀「水漿」之漿
《淮南鴻烈集解・原道訓》P39	朗	讀「汝南朗陵」之朗
《淮南鴻烈集解・原道訓》P39	慊	讀「辟向慊」之慊
《淮南鴻烈集解・原道訓》P40	蟯	讀饒
《淮南鴻烈集解・原道訓》P40	蚑	讀為「蚑步」之蚑
《淮南鴻烈集解・原道訓》P40	眭	讀曰桂
《淮南鴻烈集解・原道訓》P40	嫈	讀「疾營」之營
《淮南鴻烈集解・原道訓》P40	抗	讀「扣耳」之扣
《淮南鴻烈集解・原道訓》P40	蹎	楚人讀蹎為蹟
《淮南鴻烈集解・原道訓》P41	連	讀「陵聱幽州陵陵連」之連
《淮南鴻烈集解・原道訓》P41	嶁	讀「嵆嶁無松栢」之嶁
《淮南鴻烈集解・原道訓》P41	壑	讀「赫赫明明」之赫
《淮南鴻烈集解・原道訓》P41	暯	讀「織絹致宓暯無閒孔」之暯
《淮南鴻烈集解・俶真訓》P44	綃	讀「紺綃」之綃
《淮南鴻烈集解・俶真訓》P44	霓	「翟氏」之翟〔註3〕
《淮南鴻烈集解・俶真訓》P45	摻	讀「參星」之參
《淮南鴻烈集解・俶真訓》P45	蚑	讀「車蚑轍」之蚑
《淮南鴻烈集解・俶真訓》P45	噲	讀「不悅懌外」之噲
《淮南鴻烈集解・俶真訓》P45	萑	讀曰唯
《淮南鴻烈集解・俶真訓》P45	薝	讀曰扅
《淮南鴻烈集解・俶真訓》P45	汪	讀《傳》「矢諸周氏之汪」同
《淮南鴻烈集解・俶真訓》P46	攉	讀「鎬京」之鎬
《淮南鴻烈集解・俶真訓》P47	掩	讀曰奄
《淮南鴻烈集解・俶真訓》P47	舛	讀「舛賣」之舛
《淮南鴻烈集解・俶真訓》P48	苑	讀南陽苑
《淮南鴻烈集解・俶真訓》P49	茫	讀「王莽」之莽
《淮南鴻烈集解・俶真訓》P49	沈	讀「水出沈沈正白」之沈
《淮南鴻烈集解・俶真訓》P50	煬	讀「供養」之養
《淮南鴻烈集解・俶真訓》P51	搬	讀楚人言殺

〔註3〕吳承仕按:「《俶真篇》『蕭條霄霓』,《注》云:『霓,翟氏之翟也』,亦誤奪「讀」字,類此者眾,後不復出。」詳吳承仕:《經籍舊音辨證》,北京:中華書局,1986年版,第232頁。

《淮南鴻烈集解・俶真訓》P52	骭	讀「閇收」之閇
《淮南鴻烈集解・俶真訓》P55	楯	讀「允恭」之允
《淮南鴻烈集解・俶真訓》P55	垓	讀「人飲食太多以思下垓」
《淮南鴻烈集解・俶真訓》P55	坫	讀為「筦氏有反坫」之坫
《淮南鴻烈集解・俶真訓》P55	呴	讀「以口相籥」之籥
《淮南鴻烈集解・俶真訓》P56	鑄	讀如「唾祝」之祝
《淮南鴻烈集解・俶真訓》P56	桙	讀《詩・頌》「苞有三蘖」同
《淮南鴻烈集解・俶真訓》P57	鏤	讀「婁數」之婁
《淮南鴻烈集解・俶真訓》P57	苻	讀「麪甄」之甄
《淮南鴻烈集解・俶真訓》P59	犧	讀曰希
《淮南鴻烈集解・俶真訓》P59	刏	讀技之技
《淮南鴻烈集解・俶真訓》P59	劇	讀《詩》「蹶角」之蹶
《淮南鴻烈集解・俶真訓》P63	涔	讀延祜曷問，急氣閉口言
《淮南鴻烈集解・俶真訓》P64	澗	讀「閑放」之閑
《淮南鴻烈集解・俶真訓》P64	被	讀「光被四表」之被
《淮南鴻烈集解・俶真訓》P66	施	讀「難易」之易
《淮南鴻烈集解・俶真訓》P66	憀	讀「簫簫無逢際」之憀
《淮南鴻烈集解・俶真訓》P66	鮭	「傒徑」之傒
《淮南鴻烈集解・俶真訓》P69	易	讀「河間易縣」之易
《淮南鴻烈集解・俶真訓》P70	薶	讀「倭語」之倭
《淮南鴻烈集解・俶真訓》P70	翣	讀「鵝鶩食唼喋」之唼
《淮南鴻烈集解・俶真訓》P71	儡	讀「雷同」之雷
《淮南鴻烈集解・俶真訓》P73	螫	讀「解釋」之釋
《淮南鴻烈集解・天文訓》P79	洞	讀「挺挏」之挏
《淮南鴻烈集解・天文訓》P79	灟	讀「以鐵頭斫地」之鐲
《淮南鴻烈集解・天文訓》P81	譙	讀若「物醮炒」之醮
《淮南鴻烈集解・天文訓》P81	蕁	讀《葛覃》之覃
《淮南鴻烈集解・天文訓》P82	標	讀「刀末」之標
《淮南鴻烈集解・天文訓》P108	朏	讀若「朏諾皋」之朏
《淮南鴻烈集解・天文訓》P109	連	讀「腐爛」之爛
《淮南鴻烈集解・天文訓》P116	茅	讀如《詩》「有貓有虎」之貓，古文作秒
《淮南鴻烈集解・天文訓》P118	單	讀「明揚」之明
《淮南鴻烈集解・天文訓》P119	作	讀昨
《淮南鴻烈集解・天文訓》P119	困	讀睏
《淮南鴻烈集解・地形訓》P134	樊	讀如「麥飯」之飯

《淮南鴻烈集解・地形訓》P136	曠	讀「無枝攢」之攢
《淮南鴻烈集解・地形訓》P136	殙	讀「胤嗣」之胤
《淮南鴻烈集解・地形訓》P137	元	讀「常山人謂伯為穴」之穴
《淮南鴻烈集解・地形訓》P139	斥	讀「斥丘」之斥
《淮南鴻烈集解・地形訓》P142	壚	讀「纑繩」之纑
《淮南鴻烈集解・地形訓》P145	旄	讀近「綢繆」之繆，急氣言乃得之
《淮南鴻烈集解・地形訓》P145	翁	讀「脅榦」之脅
《淮南鴻烈集解・地形訓》P146	憃	讀人謂「憃然無知」之憃也，籠口言乃得
《淮南鴻烈集解・地形訓》P148	句嬰	讀為九嬰
《淮南鴻烈集解・地形訓》P148	碻	讀如蚌
《淮南鴻烈集解・地形訓》P149	耽	讀「褶衣」之褶
《淮南鴻烈集解・地形訓》P149	娀	讀如「嵩高」之嵩
《淮南鴻烈集解・地形訓》P154	檽	讀「人姓檽氏」之檽
《淮南鴻烈集解・地形訓》P155	菌	讀「羣下」之羣
《淮南鴻烈集解・地形訓》P155	潭	讀「譚國」之譚
《淮南鴻烈集解・地形訓》P155	煥	一讀嘆
《淮南鴻烈集解・時則訓》P160	萁	讀「該備」之該
《淮南鴻烈集解・時則訓》P165	楳	讀南陽人言山陵同
《淮南鴻烈集解・時則訓》P166	㦬	讀《葛藟》之藟
《淮南鴻烈集解・時則訓》P169	簁	讀「池澤」之池
《淮南鴻烈集解・時則訓》P171	蚈	讀「奚徑」之徑
《淮南鴻烈集解・時則訓》P171	漁	讀若「相語」之語
《淮南鴻烈集解・時則訓》P175	楝	讀「練染」之練
《淮南鴻烈集解・時則訓》P176	豢	讀「宦學」之宦
《淮南鴻烈集解・時則訓》P176	粹	讀「禍祟」之祟
《淮南鴻烈集解・時則訓》P176	儺	讀「躁難」之難
《淮南鴻烈集解・時則訓》P176	窖	讀「窖藏人物」之窖
《淮南鴻烈集解・時則訓》P179	觓	讀「怨仇」之仇
《淮南鴻烈集解・時則訓》P181	苦	讀「鹽會」之鹽
《淮南鴻烈集解・時則訓》P181	交	讀「將校」之校
《淮南鴻烈集解・時則訓》P182	酋	讀「酋豪」之酋
《淮南鴻烈集解・時則訓》P182	齊	讀「齊和」之齊
《淮南鴻烈集解・時則訓》P182	湛	讀「審釜」之審

《淮南鴻烈集解・時則訓》P182	熺	炊「熾火」之熾〔註4〕
《淮南鴻烈集解・時則訓》P184	漁	讀《論語》之語
《淮南鴻烈集解・時則訓》P189	平	讀「評議」之評
《淮南鴻烈集解・覽冥訓》P194	歅	讀「鴛鴦」之鴦
《淮南鴻烈集解・覽冥訓》P194	唈	讀《左傳》「嬖人婤姶」之姶
《淮南鴻烈集解・覽冥訓》P195	運	讀「運圍」之圍
《淮南鴻烈集解・覽冥訓》P196	夫	讀「大夫」之夫
《淮南鴻烈集解・覽冥訓》P200	區	讀「歌謳」之謳
《淮南鴻烈集解・覽冥訓》P201	狋	讀「中山人相遺物」之遺
《淮南鴻烈集解・覽冥訓》P204	過	讀「責過」之過
《淮南鴻烈集解・覽冥訓》P207	佢	讀「虛田」之虛
《淮南鴻烈集解・覽冥訓》P208	蹎	讀「填實」之填
《淮南鴻烈集解・覽冥訓》P208	壚	讀「繩繼」之繼
《淮南鴻烈集解・覽冥訓》P209	絡	讀「道路」之路
《淮南鴻烈集解・覽冥訓》P211	莎蹪	讀「猿猴蹻噪」之蹻
《淮南鴻烈集解・覽冥訓》P212	璧	讀辟
《淮南鴻烈集解・覽冥訓》P213	軵	讀「楫拊」之拊
《淮南鴻烈集解・覽冥訓》P216	瀷	讀燕人強春言「敕」同
《淮南鴻烈集解・精神訓》P218	芒	讀「王莽」之莽
《淮南鴻烈集解・精神訓》P218	芅	讀「杖滅」之杖
《淮南鴻烈集解・精神訓》P218	閔	讀「閔子騫」之閔
《淮南鴻烈集解・精神訓》P218	澒	讀「項羽」之項
《淮南鴻烈集解・精神訓》P218	鴻	讀「子贛」之贛
《淮南鴻烈集解・精神訓》P218	洞	讀「同游」之同
《淮南鴻烈集解・精神訓》P220	歙	讀脅
《淮南鴻烈集解・精神訓》P221	竣	讀「蹊巍」之竣
《淮南鴻烈集解・精神訓》P221	薄	讀「享薄」之薄
《淮南鴻烈集解・精神訓》P226	煬	讀「供養」之養
《淮南鴻烈集解・精神訓》P227	樊	讀「麥飯」之飯
《淮南鴻烈集解・精神訓》P227	芒	讀「王莽」之莽
《淮南鴻烈集解・精神訓》P227	逯	讀《詩・綠衣》之綠
《淮南鴻烈集解・精神訓》P227	渾	讀「大珠渾渾」之渾
《淮南鴻烈集解・精神訓》P229	渾	讀「揮章」之揮

〔註4〕吳承仕按：「『熺，炊熾火之熾』，『炊』上誤奪一『讀』字。見吳承仕：《經籍舊音辨證》，北京：中華書局，1986 年版，第 236 頁。

《淮南鴻烈集解・精神訓》P231	枅	讀雞枅
《淮南鴻烈集解・精神訓》P232	糲	讀「賴恃」之賴
《淮南鴻烈集解・精神訓》P232	粢	讀「齊褎」之齊
《淮南鴻烈集解・精神訓》P233	任	讀「任俠」之任
《淮南鴻烈集解・精神訓》P233	腸	讀「精神歇越無」之歇
《淮南鴻烈集解・精神訓》P233	燭營	讀曰括撮
《淮南鴻烈集解・精神訓》P238	篙	讀「顯孫」之顯
《淮南鴻烈集解・精神訓》P239	越	讀「經無重越」之越
《淮南鴻烈集解・精神訓》P239	叩	叩或作跔，跔，讀「車軥」之軥
《淮南鴻烈集解・精神訓》P242	仇	讀「仇餘」之仇
《淮南鴻烈集解・本經訓》P244	倪	讀「射倪取不覺」之倪
《淮南鴻烈集解・本經訓》P247	芒	讀「麥芒」之芒
《淮南鴻烈集解・本經訓》P247	挐	讀「上谷茹縣」之茹
《淮南鴻烈集解・本經訓》P247	剞	讀「技尺」之技
《淮南鴻烈集解・本經訓》P247	劂	讀《詩》「蹶角」之蹶
《淮南鴻烈集解・本經訓》P247	削	讀「綃頭」之綃
《淮南鴻烈集解・本經訓》P248	箘	讀似綸
《淮南鴻烈集解・本經訓》P248	露	讀「南陽人言道路」之路
《淮南鴻烈集解・本經訓》P248	瞻	讀近殆，緩氣言之
《淮南鴻烈集解・本經訓》P248	蛩	讀《詩》「小珙」之珙
《淮南鴻烈集解・本經訓》P248	距	讀「拒守」之拒
《淮南鴻烈集解・本經訓》P254	猰	讀「車軋履人」之軋
《淮南鴻烈集解・本經訓》P254	貐	讀「疾除瘉」之瘉
《淮南鴻烈集解・本經訓》P254	廛	讀「裹纏」之纏
《淮南鴻烈集解・本經訓》P258	牢	讀屋霤
《淮南鴻烈集解・本經訓》P259	歙	讀曰脅
《淮南鴻烈集解・本經訓》P261	苑	讀南陽之宛
《淮南鴻烈集解・本經訓》P261	儼	讀「儼然」之儼
《淮南鴻烈集解・本經訓》P261	淌	讀「平敞」之敞
《淮南鴻烈集解・本經訓》P261	濮	讀燕人強春言「敕」之敕
《淮南鴻烈集解・本經訓》P261	淢	讀「郁乎文哉」之郁
《淮南鴻烈集解・本經訓》P261	杼	讀楚言杼
《淮南鴻烈集解・本經訓》P261	紾	讀「紾結」之紾
《淮南鴻烈集解・本經訓》P261	抱	讀「岐嶷」之嶷
《淮南鴻烈集解・本經訓》P262	挐	讀「人性紛挐不解」之挐

《淮南鴻烈集解・本經訓》P262	潣	讀「愚戀」之愚
《淮南鴻烈集解・本經訓》P262	蓮	讀「蓮羊魚」之蓮
《淮南鴻烈集解・本經訓》P263	甬	讀「踊曜」之踊
《淮南鴻烈集解・本經訓》P263	道	讀「道布」之道
《淮南鴻烈集解・本經訓》P264	殄	讀曰典
《淮南鴻烈集解・本經訓》P265	鏤	讀婁之婁
《淮南鴻烈集解・本經訓》P265	贏	讀「指端贏文」之贏
《淮南鴻烈集解・本經訓》P266	衰	讀曰「崔杼」之崔
《淮南鴻烈集解・本經訓》P266	戁	讀近貯益之胜戀，籠口言之
《淮南鴻烈集解・本經訓》P267	行	讀「行馬」之行
《淮南鴻烈集解・本經訓》P268	侯	讀曰雞
《淮南鴻烈集解・主術訓》P270	眭	讀「而買眭蓋」之眭
《淮南鴻烈集解・主術訓》P275	徽	讀「紛麻繶車」之繶
《淮南鴻烈集解・主術訓》P279	歙	讀協
《淮南鴻烈集解・主術訓》P281	苦	讀鹽
《淮南鴻烈集解・主術訓》P281	嫚	讀「慢緩」之慢
《淮南鴻烈集解・主術訓》P292	枅	讀如雞
《淮南鴻烈集解・主術訓》P293	劗	讀「驚攢」之攢
《淮南鴻烈集解・主術訓》P303	鷄鷴	讀曰私鈚頭，二字三音
《淮南鴻烈集解・主術訓》P305	橈	讀「煩嬈」之嬈
《淮南鴻烈集解・氾論訓》P422	蚩	讀《詩》云「言采其茵」之茵
《淮南鴻烈集解・氾論訓》P422	綊	讀「恬然不動」之恬
《淮南鴻烈集解・氾論訓》P422	鉤	讀「濟陰句陽」之句
《淮南鴻烈集解・氾論訓》P423	耰	讀曰憂
《淮南鴻烈集解・氾論訓》P428	洞	讀「挺桐」之桐
《淮南鴻烈集解・氾論訓》P428	屬	讀「犁攊」之攊
《淮南鴻烈集解・氾論訓》P430	訽	讀「夏后」之后
《淮南鴻烈集解・氾論訓》P430	槽	讀「領如蠐螬」之螬
《淮南鴻烈集解・氾論訓》P431	銷	讀「綑綃」之綃
《淮南鴻烈集解・氾論訓》P435	轉	讀「傳譯」之傳
《淮南鴻烈集解・氾論訓》P436	潛	讀「汶水」之汶
《淮南鴻烈集解・氾論訓》P437	勞	讀「勞勅」之勞
《淮南鴻烈集解・氾論訓》P438	紿	讀「仍代」之代
《淮南鴻烈集解・氾論訓》P443	衰	讀繩之維
《淮南鴻烈集解・氾論訓》P443	微	讀「扶滅」之扶

《淮南鴻烈集解・氾論訓》P445	乾	讀「乾燥」之乾
《淮南鴻烈集解・氾論訓》P445	鵠	讀「告退」之告
《淮南鴻烈集解・氾論訓》P450	頜	讀「合索」之合
《淮南鴻烈集解・氾論訓》P455	濫	讀「收斂」之斂
《淮南鴻烈集解・氾論訓》P459	尌	讀近茸，急察言之
《淮南鴻烈集解・說山訓》P521	輴	讀若「牛行輴輴」之輴
《淮南鴻烈集解・說山訓》P526	埅	讀似望，作江、淮間人言能得之
《淮南鴻烈集解・說山訓》P526	澳	讀「人謂貴家為腴主」之腴
《淮南鴻烈集解・說山訓》P529	撲	讀「撲脈」之撲
《淮南鴻烈集解・說山訓》P535	倕	讀《詩》「惴惴其栗」之惴
《淮南鴻烈集解・說山訓》P538	社	讀「雖家謂公為阿社」之社
《淮南鴻烈集解・說山訓》P538	窠	讀曰科
《淮南鴻烈集解・說山訓》P540	荷	讀如燕人強秦言「胡」同
《淮南鴻烈集解・說山訓》P544	贋	讀《傳》曰「有蜚不為災」之蜚
《淮南鴻烈集解・說山訓》P544	簀	讀「功績」之績
《淮南鴻烈集解・說山訓》P544	顫	讀「天寒凍顫」之顫
《淮南鴻烈集解・說山訓》P546	嫫	讀「模範」之模
《淮南鴻烈集解・說山訓》P546	甂	讀「黿鼉」之鼉
《淮南鴻烈集解・說山訓》P553	撒	讀曰槃
《淮南鴻烈集解・說山訓》P553	齊	讀「蒜齏」之齏
《淮南鴻烈集解・說山訓》P553	轔	讀近藺，急舌言之乃得
《淮南鴻烈集解・說林訓》P554	桅	讀如《左傳》「襄王出居鄭地氾」之氾
《淮南鴻烈集解・說林訓》P556	任	讀「勘任」之任
《淮南鴻烈集解・說林訓》P557	鈺	讀「象金之銅柱餘」之柱
《淮南鴻烈集解・說林訓》P557	發	讀「射百發」之發
《淮南鴻烈集解・說林訓》P558	鐂	讀曰彗
《淮南鴻烈集解・說林訓》P558	磏	讀「一曰廉氏」之廉
《淮南鴻烈集解・說林訓》P560	尌	讀「尌濟」之尌
《淮南鴻烈集解・說林訓》P562	錞	讀「頓首」之頓
《淮南鴻烈集解・說林訓》P562	匱	讀如「孔子射于瞿相」之瞿
《淮南鴻烈集解・說林訓》P563	但	讀燕言「鉏」同
《淮南鴻烈集解・說林訓》P567	漁	讀《論語》之語
《淮南鴻烈集解・說林訓》P567	走	讀「奏記」之奏
《淮南鴻烈集解・說林訓》P571	羉	讀沙穈
《淮南鴻烈集解・說林訓》P576	蚈	讀「蹊徑」之蹊

《淮南鴻烈集解・說林訓》P576	醷	讀「甕瓷」之瓷
《淮南鴻烈集解・說林訓》P577	孑孑	讀廉絜
《淮南鴻烈集解・說林訓》P577	蟊	讀「能而心」之惡
《淮南鴻烈集解・說林訓》P578	轔	讀似隣，急氣言乃得之
《淮南鴻烈集解・說林訓》P579	杕	讀《詩》「有杕之杜」
《淮南鴻烈集解・說林訓》P583	纂	讀曰「綾繹纂」之纂
《淮南鴻烈集解・脩務訓》P632	解	讀「解除」之解
《淮南鴻烈集解・脩務訓》P639	踡	讀「權衡」之權，急氣言之
《淮南鴻烈集解・脩務訓》P639	朕	讀夑
《淮南鴻烈集解・脩務訓》P639	哆	讀大口之哆
《淮南鴻烈集解・脩務訓》P639	嬀	讀「楚蔿氏」之蔿
《淮南鴻烈集解・脩務訓》P639	嫫	讀如「模範」之模
《淮南鴻烈集解・脩務訓》P639	仳	讀人得風病之靡
《淮南鴻烈集解・脩務訓》P639	倠	讀近魋
《淮南鴻烈集解・脩務訓》P639	仳倠	一說：讀曰莊維
《淮南鴻烈集解・脩務訓》P641	駤	讀似質，緩氣言之者，在舌頭乃得
《淮南鴻烈集解・脩務訓》P641	跐	讀燕人言「趡操善趍者謂之跐」同
《淮南鴻烈集解・脩務訓》P645	蚑	讀「車蚑」之蚑
《淮南鴻烈集解・脩務訓》P645	蟯	讀「饒多」之饒
《淮南鴻烈集解・脩務訓》P647	幑	讀「維車」之維
《淮南鴻烈集解・脩務訓》P647	擽	讀「屈直木令句」「欲句此木」之句
《淮南鴻烈集解・脩務訓》P647	摽	讀「刀摽」之摽
《淮南鴻烈集解・脩務訓》P647	橄	讀曰敬
《淮南鴻烈集解・脩務訓》P647	磏	讀「廉氏」之廉
《淮南鴻烈集解・脩務訓》P655	鈕	讀豐年之稔
《淮南鴻烈集解・脩務訓》P656	營	讀「營正急」之營
《淮南鴻烈集解・脩務訓》P659	憚悇	讀「慘探」之探

附錄二　高誘音注標音類被注音字與注音字中古上古聲韻表

中古聲韻調相同			上古聲紐韻部相同 92 例		
被注音字	中　古	上　古	注音字	中　古	上　古
蓥〔註1〕	曾登開一平端	蒸部端紐	登	曾登開一平端	蒸部端紐
蘖	山薛開三入疑	月部端紐	轙	山薛開三入疑	月部端紐
蹍〔註2〕	山獮開三上知	元部端紐	展	山獮開三上知	元部端紐
酏	止支開三平以	歌部喻紐	虵	止支開三平以	歌部喻紐
栚	深寢開三上澄	侵部定紐	朕	深寢開三上澄	侵部定紐
跖	梗昔開三入章	鐸部章紐	摭	梗昔開三入章	鐸部章紐
沌	臻魂合一平定	文部定紐	屯	臻魂合一平定	文部定紐
觓	流尤開三平群	幽部群紐	仇	流尤開三平群	幽部群紐
璽	止紙開三上心	歌部心紐	徙	止紙開三上心	歌部心紐
侁	臻臻開三平生	真部山紐	莘	臻臻開三平生	真部山紐
郼	止微開三平影	微部影紐	衣	止微開三平影	微部影紐
愬	梗麥開二入生	錫部山紐	虩	梗麥開二入生	錫部山紐

〔註 1〕畢沅曰：「舊本『篴』誤從『艸』，又注『音登』二字，亦與高注不似。」被注音字據正為「篴」。畢說見陳奇猷：《呂氏春秋校釋》，上海：學林出版社，1984 年版，第 630 頁。

〔註 2〕王念孫云：「展與蹍聲不相近，蹍皆當為跟，字之誤也，跟，女展反，履也，言後者履先者而上也。跟字或作踺。」被注音字據正為「跟」。王說見劉文典：《淮南鴻烈集解》，北京：中華書局，1989 年版，第 25 頁。

蝺	遇麌合三上溪	魚部溪紐	齲	遇麌合三上溪	魚部溪紐
僰	曾德開一入並	職部並紐	匐	曾德開一入並	職部並紐
滑	臻沒合一入見	物部見紐	骨	臻沒合一入見	物部見紐
橫	宕唐合一平見	陽部見紐	桄	宕唐合一平見	陽部見紐
觡	梗陌開二入見	鐸部見紐	格	梗陌開二入見	鐸部見紐
霄	效宵開三平心	宵部心紐	消	效宵開三平心	宵部心紐
霄	效宵開三平心	宵部心紐	綃	效宵開三平心	宵部心紐
劉	流尤開三平來	幽部來紐	留	流尤開三平來	幽部來紐
粹	止至合三去心	物部心紐	祟	止至合三去心	物部心紐
跖	梗昔開三入章	鐸部章紐	摭	梗昔開三入章	鐸部章紐
蛟	效肴開二平見	宵部見紐	交	效肴開二平見	宵部見紐
潭	咸覃開一平定	侵部定紐	覃	咸覃開一平定	侵部定紐
洞	通東合一平定	東部定紐	同	通東合一平定	東部定紐
苽	遇模合一平見	魚部見紐	觚	遇模合一平見	魚部見紐
蔣	宕陽開三平精	陽部精紐	漿	宕陽開三平精	陽部精紐
蟯	效宵開三平日	宵部日紐	饒	效宵開三平日	宵部日紐
瑩	梗清合三平以	耕部余紐	營	梗清合三平以	耕部余紐
霄	效宵開三平心	宵部心紐	綃	效宵開三平心	宵部心紐
萑〔註 3〕	止脂合三平以	脂部喻紐	唯	止脂合三平以	脂部喻紐
	止旨合三上以	脂部余紐		止旨合三上以	脂部余紐
蔰〔註 4〕	遇姥合一上匣	魚部匣紐	扈	遇姥合一上匣	魚部匣紐
掩	咸琰開三上影	談部影紐	奄	咸琰開三上影	談部影紐
煬	宕漾開三去以	陽部余紐	養	宕漾開三去以	陽部余紐
翣	咸狎開二入生	葉部生紐	唼	咸狎開二入生	葉部生紐
傫	蟹灰合一平來	微部來紐	雷	蟹灰合一平來	微部來紐
螫	梗昔開三入書	鐸部書紐	釋	梗昔開三入書	鐸部書紐
洞	通東合一平定	東部定紐	挏	通東合一平定	東部定紐
壚	遇模合一平來	魚部來紐	纑	遇模合一平來	魚部來紐
娀	通東合三平心	侵部心紐	嵩	通東合三平心	侵部心紐

〔註 3〕王念孫云：「萑音灌，與唯字聲不相近。萑皆當為雈，字之誤也。」「劉績不知萑為雈之誤，而改萑為萑，斯為謬矣。」被注音字據正當為雈。王說見劉文典：《淮南鴻烈集解》，北京：中華書局，1989 年版，第 45 頁。

〔註 4〕王念孫云：「雈蔰之蔰，當依《後漢書》作扈，注當作『扈，讀曰戶』。正文作蔰者，因雈字而誤加艸耳。後人不達，又改注文為『蔰，讀曰扈』，以從已誤之正文，則其謬益甚矣。」被注音字據正當為扈，注音字據正當為戶。王說見劉文典：《淮南鴻烈集解》，北京：中華書局，1989 年版，第 45 頁。

潭	咸覃開一平定	侵部定紐	譚	咸覃開一平定	侵部定紐
棟	山霰開四去來	元部來紐	練	山霰開四去來	元部來紐
豢	山諫合二去匣	元部匣紐	宦	山諫合二去匣	元部匣紐
粹	止至合三去心	物部心紐	崇	止至合三去心	物部心紐
鼽	流尤開三平群	幽部群紐	仇	流尤開三平群	幽部群紐
交	效肴開二平見	宵部見紐	校	效肴開二平見	宵部見紐
平	梗庚開三平並	耕部並紐	評	梗庚開三平並	耕部並紐
唈	咸合開一入影	緝部影紐	姶	咸合開一入影	緝部影紐
區	流侯開一平影	侯部影紐	謳	流侯開一平影	侯部影紐
壚	遇模合一平來	魚部來紐	纑	遇模合一平來	魚部來紐
蕡	山元合三平奉	元部並紐	躓	山元合三平奉	元部並紐
璧	梗昔開三入幫	錫部幫紐	辟	梗昔開三入幫	錫部幫紐
洞	通東合一平定	東部定紐	同	通東合一平定	東部定紐
煬	宕漾開三去以	陽部余紐	養	宕漾開三去以	陽部余紐
逯	通燭合三入來	屋部來紐	綠	通燭合三入來	屋部來紐
糲	蟹泰開一去來	月部來紐	賴	蟹泰開一去來	月部來紐
露	遇暮合一去來	鐸部來紐	路	遇暮合一去來	鐸部來紐
距	遇語合三上群	魚部群紐	拒	遇語合三上群	魚部群紐
貐	遇麌合三上以	侯部余紐	瘉	遇麌合三上以	侯部余紐
廛	山仙開三入定	元部定紐	纏	山仙開三入定	元部定紐
苑	山阮合三上影	元部影紐	宛	山阮合三上影	元部影紐
湡	遇虞合三平疑	侯部疑紐	愚	遇虞合三平疑	侯部疑紐
甬	通腫合三上以	東部余紐	踊	通腫合三上以	東部余紐
嫚	山諫合一去明	元部明紐	慢	山諫合一去明	元部明紐
枅	蟹齊開四平見	支部見紐	雞	蟹齊開四平見	支部見紐
蝱	梗庚開二平明	陽部明紐	茴	梗庚開二平明	陽部明紐
鉤	流侯開一平見	侯部見紐	句	流侯開一平見	侯部見紐
耰	流尤開三平影	幽部影紐	憂	流尤開三平影	幽部影紐
洞	通東合一平定	東部定紐	桐	通東合一平定	東部定紐
詢	流候開一去匣	侯部匣紐	后	流候開一去匣	侯部匣紐
槽	效豪開一平從	幽部從紐	蠐	效豪開一平從	幽部從紐
銷	效宵開三平心	宵部心紐	綃	效宵開三平心	宵部心紐
轉	山線合三去知	元部端紐	傳	山線合三去知	元部端紐
鵠	通沃合一入見	覺部見紐	告	通沃合一入見	覺部見紐
澳〔註5〕	效號開一去影	覺部影紐	腰	效號開一去影	覺部影紐

〔註 5〕吳承仕：「朱東光本『澳』並作『澳』，『腰』作『腰』。承仕按：文當作『澳』，作

嫫	遇模合一平明	魚部明紐	模	遇模合一平明	魚部明紐
梔〔註 6〕	咸凡合三平奉	談部並紐	氾	咸凡合三平奉	談部並紐
鏏	蟹祭合三去邪	月部邪紐	彗	蟹祭合三去邪	月部邪紐
醠	宕蕩開一上影	陽部影紐	瓮	宕蕩開一上影	陽部影紐
鸎	宕蕩開一上影	陽部影紐	惡〔註 7〕	宕蕩開一上影	陽部影紐
啳〔註 8〕	山仙合三平群	元部群紐	權	山仙合三平群	元部群紐
嫫	遇模合一平明	魚部明紐	模	遇模合一平明	魚部明紐
蟯	效宵開三平日	宵部日紐	饒	效宵開三平日	宵部日紐
銋	深寑開三上日	侵部日紐	稔	深寑開三上日	侵部日紐
怒	遇姥合一上泥	魚部泥紐	弩	遇姥合一上泥	魚部泥紐
矒〔註 9〕	止未合三去敷	物部滂紐	攢	止未合三去敷	物部滂紐
走	流候開一去精	侯部精紐	奏	流候開一去精	侯部精紐
朅	集韻：山月開三入曉	月部曉紐	歇	山月開三入曉	月部曉紐
睽	止脂合三平群	微部群紐	夔	止脂合三平群	微部群紐
劂	蟹祭合三去見	月部見紐	蹶	蟹祭合三去見	月部見紐
劂	蟹祭合三去見	月部見紐	蹶	蟹祭合三去見	月部見紐
斸	通燭合三入知	屋部端紐	钃〔註 10〕	通燭合三入知	屋部端紐

『湀』者形近而譌……高讀湀為『奧主』之『奧』……各本譌『湀』為『湀』,《注》文又譌為『腴』、為『腰』，文義遂不可說。」被注音字據正當為湀，注音字據正當為奧。吳說見吳承仕：《經籍舊音辨證》，北京：中華書局，1986 年版，第 240 頁。

〔註 6〕王念孫云：「梔與氾，聲不相近，徧考書傳亦無謂船舷板為梔者。梔當為柂，柂與氾同聲，故讀從之。柂字本作舥，《廣雅》曰：『舥謂之舷。』《集韻》、《類篇》並云舥或作柂。柂字草書譌為梔矣。」被注音字據正為柂。王說見劉文典：《淮南鴻烈集解》，北京：中華書局，1989 年版，第 554 頁。

〔註 7〕吳承仕：「今謂高注蓋讀鸎為能惡之『惡』,『而心』者，誤離『惡』形為二,『惡』俗書或作『悪』，即『惡』字形近之譌，並傳寫失之也。」注音字據正當為惡。吳說見吳承仕：《經籍舊音辨證》，北京：中華書局，1986 年版，第 242 頁。

〔註 8〕楊樹達云：「啳當為齤之或字。《說文・齒部》云：『齤，缺齒也。一曰曲齒。從齒，𠔉聲。讀若權。』高讀啳為權衡之權，與許讀正合。」被注音字據正為齤。楊說見張雙棣：《淮南子校釋》，北京：北大出版社，1997 年版，第 1970 頁。

〔註 9〕李哲明曰：「《廣雅・釋詁》:『矒，曝也。』《廣韻》:『昲，日光。』矒與昲音義同，昲之為矒，猶拂之為攢也。」被音字本字為昲。李說詳張雙棣：《淮南子校釋》，北京：北大出版社，1997 年版，第 441 頁。

〔註 10〕吳承仕：「『钃』應作『鐲』，形近之譌也。鐲為田器，《說文》作『櫡』，云『斫也，齊謂之茲其。』《爾雅》『斪斸謂之定』，李巡云『鉏也』。此言『鐵頭斫地』，正說鐲之形用耳。《氾論訓》『洞洞屬屬』,《注》云：『屬讀犂櫡之櫡。』正與引同意。」注音字據正為鐲。吳說見吳承仕：《經籍舊音辨證》，北京：中華書局，1986 年版，第 234 頁。

中古聲韻調相同			同字相標 83 例		
被注音字	中　古	上　古	注音字	中　古	上　古
蹻	效宵開㊃平溪	宵部溪紐	蹻	效宵開㊃平溪	宵部溪紐
	宕藥開三入群	藥部群紐		宕藥開三入群	藥部群紐
茹	遇語合三上日	魚部日紐	茹	遇語合三上日	魚部日紐
	遇御合三去日			遇御合三去日	
	遇魚合三平日			遇魚合三平日	
纍	止脂合三上來	微部來紐	纍	止脂合三上來	微部來紐
	止至合三去來			止至合三去來	
儺	果歌開一平泥	歌部泥紐	儺	果歌開一平泥	歌部泥紐
敻	梗勁合三去曉	耕部曉紐	敻	梗勁合三去曉	耕部曉紐
	山霰合四去曉	元部曉紐		山霰合四去曉	元部曉紐
組	遇姥合一上精	魚部精紐	組	遇姥合一上精	魚部精紐
居	遇魚合三平見	魚部見紐	居	遇魚合三平見	魚部見紐
	止之開三平見	之部見紐		止之開三平見	之部見紐
去	遇御合三去溪	魚部溪紐	去	遇御合三去溪	魚部溪紐
	遇語合三上溪			遇語合三上溪	
為	止支合三平云	歌部匣紐	為	止支合三平云	歌部匣紐
	止寘合三去云			止寘合三去云	
重	通鍾合三平澄	東部定紐	重	通鍾合三平澄	東部定紐
	通腫合三上澄			通腫合三上澄	
	通用合三去澄			通用合三去澄	
巧	效巧開二上溪	幽部溪紐	巧	效巧開二上溪	幽部溪紐
	效效開二去溪			效效開二去溪	
易	止寘開三去以	錫部余紐	易	止寘開三去以	錫部余紐
	梗昔開三入以			梗昔開三入以	
柝	宕鐸開一入透	鐸部透紐	柝	宕鐸開一入透	鐸部透紐
怳	宕養合三上曉	陽部曉紐	怳	宕養合三上曉	陽部曉紐
屈	臻物合三入溪	物部溪紐	屈	臻物合三入溪	物部溪紐
距	遇語合三上群	魚部溪紐	距	遇語合三上群	魚部溪紐
墝	效肴開二平溪	宵部溪紐	墝	效肴開二平溪	宵部溪紐
解	蟹蟹開二上見	支部見紐	解	蟹蟹開二上見	支部見紐
	蟹卦開二去見			蟹卦開二去見	
	蟹卦開二去匣	支部匣紐		蟹卦開二去匣	支部匣紐
	蟹蟹開二上匣			蟹蟹開二上匣	

朗	宕蕩開一上來	陽部來紐	朗	宕蕩開一上來	陽部來紐
慊	咸忝開四上溪	談部溪紐	慊	咸忝開四上溪	談部溪紐
蚑	止支開㈣平群	支部群紐	蚑	止支開㈣平群	支部群紐
	止實開㈣去溪	支部溪紐		止實開㈣去溪	支部溪紐
連	山仙開三平來	元部來紐	連	山仙開三平來	元部來紐
嶁	流厚開一上來	侯部來紐	嶁	流厚開一上來	侯部來紐
	遇麌合三上來			遇麌合三上來	
瞑	臻真開三平明	真部明紐	瞑	臻真開三平明	真部明紐
蚑	止支開㈣平群	支部群紐	蚑	止支開㈣平群	支部群紐
	止實開㈣去溪	支部溪紐		止實開㈣去溪	支部溪紐
噲	蟹夬合二去溪	葉部溪紐	噲	蟹夬合二去溪	葉部溪紐
汪	宕唐合一平影	陽部影紐	汪	宕唐合一平影	陽部影紐
	宕宕合一去影			宕宕合一去影	
	宕養合三上影			宕養合三上影	
舛	山獮合三上昌	元部昌紐	舛	山獮合三上昌	元部昌紐
苑	山阮合三上影	元部影紐	苑	山阮合三上影	元部影紐
沈	深侵開三上澄	侵部定紐	沈	深侵開三上澄	侵部定紐
	深寢開三上書	侵部書紐		深寢開三上書	侵部書紐
	深沁開三去澄	侵部定紐		深沁開三去澄	侵部定紐
垓	蟹咍開一平見	之部見紐	垓	蟹咍開一平見	之部見紐
坫	深侵開三平知	侵部端紐	坫	深侵開三平知	侵部端紐
	咸㮇開四去端			咸㮇開四去端	
被	止實開㈢去並	歌部並紐	被	止實開㈢去並	歌部並紐
	止紙開㈢上並			止紙開㈢上並	
懣	山桓合一平明	元部明紐	懣	山桓合一平明	元部明紐
易	梗昔開三入以	錫部余紐	易	梗昔開三入以	錫部余紐
	止實開三去以			止實開三去以	
標	效宵開㈣平幫	宵部幫紐	標	效宵開㈣平幫	宵部幫紐
	效小開㈣上幫			效小開㈣上幫	
胐	蟹海開一上滂	微部滂紐	胐	蟹海開一上滂	微部滂紐
	止尾合三上滂			止尾合三上滂	
	臻沒合一入溪	物部溪紐		臻沒合一入溪	物部溪紐
元〔註11〕	宕蕩開一上見	陽部見紐	穴	宕蕩開一上見	陽部見紐

〔註11〕王念孫云：「『元澤』當為『亢澤』，字之誤也。亢與沆同。《說文》曰：『趙、魏謂

斥	假禡開三去昌	鐸部昌紐	斥	假禡開三去昌	鐸部昌紐
	梗昔開三入昌			梗昔開三入昌	
憃	通鍾合三平書	東部書紐	憃	通鍾合三平書	東部書紐
	江江開二平徹	東部透紐		江江開二平徹	東部透紐
	通用合三去徹			通用合三去徹	
構	山元合三平明	元部明紐	構	山元合三平明	元部明紐
	山桓合一平明			山桓合一平明	
	臻魂合一平明	文部明紐		臻魂合一平明	文部明紐
窖	效效開二去見	覺部見紐	窖	效效開二去見	覺部見紐
酋	流尤開三平從	幽部從紐	酋	流尤開三平從	幽部從紐
齊	蟹霽開四去從	脂部從紐	齊	蟹霽開四去從	脂部從紐
運	臻問合三去云	文部匣紐	圍〔註12〕	臻問合三去云	文部匣紐
夫	遇虞合三平非	魚部幫紐	夫	遇虞合三平非	魚部幫紐
	遇虞合三平奉	魚部並紐		遇虞合三平奉	魚部並紐
過	果過合一去見	歌部見紐	過	果過合一去見	歌部見紐
	果戈合一平見			果戈合一平見	
閔	臻軫開三上明	文部明紐	閔	臻軫開三上明	文部明紐
踆	臻諄合三平清	文部清紐	踆	臻諄合三平清	文部清紐
薄	宕鐸開一入並	鐸部並紐	薄	宕鐸開一入並	鐸部並紐
渾	臻魂合一平匣	文部匣紐	渾	臻魂合一平匣	文部匣紐
枅	蟹齊開四平見	支部見紐	枅	蟹齊開四平見	支部見紐
任	深侵開三平日	侵部日紐	任	深侵開三平日	侵部日紐
	深沁開三去日			深沁開三去日	
越	山月合三入云	月部匣紐	越	山月合三入云	月部匣紐
	山末合一入匣			山末合一入匣	
仇	流尤開三平群	幽部群紐	仇	流尤開三平群	幽部群紐
倪	山末合一入透	月部透紐	倪	山末合一入透	月部透紐
芒	宕唐開一平明	陽部明紐	芒	宕唐開一平明	陽部明紐
	宕陽合三平微			宕陽合三平微	

伯為朊。』漢之常山郡，戰國時趙地也。此云『常山人謂伯為亢』，正與《說文》
相合。」被注音字、注音字皆當據正為亢，本字作朊。王說見劉文典：《淮南鴻烈
集解》，北京：中華書局，1989 年版，第 137 頁。

〔註12〕吳承仕：「朱東光本作『運讀運圍之圍』也。承仕按：注當云『運讀運圍之運』。《漢
書·天文志》：『兩軍相當，日暈圍在中中勝，在外外勝。』《注》意蓋謂此之『月
運』字讀與《天文志》『暈圍』之『暈』同。運、圍雖可相通，然《天文志》『暈圍』
列為二名，名實亦殊，即不得讀運為『圍』矣。」注音字據正為運。吳說見吳承仕：
《經籍舊音辨證》，北京：中華書局，1986 年版，第 237 頁。

儼	咸儼開三上疑	談部疑紐	儼	咸儼開三上疑	談部疑紐
杼	遇語合三上船	魚部船紐	杼	遇語合三上船	魚部船紐
	遇語合三上澄	魚部定紐		遇語合三上澄	魚部定紐
紾	山獮開三上知	元部端紐	紾	山獮開三上知	元部端紐
	臻軫開三上章	文部章紐		臻軫開三上章	文部章紐
挐	假麻開二平娘	魚部泥紐	挐	假麻開二平娘	魚部泥紐
	遇魚合三平娘			遇魚合三平娘	
蓮	山先開四平來	元部來紐	蓮	山先開四平來	元部來紐
	山獮開三上來			山獮開三上來	
道	效皓開一上定	幽部定紐	道	效皓開一上定	幽部定紐
贏	梗清開三平以	耕部余紐	贏	梗清開三平以	耕部余紐
行	梗庚開二平匣	陽部匣紐	行	梗庚開二平匣	陽部匣紐
	宕唐開一平匣			宕唐開一平匣	
	宕宕開一去匣			宕宕開一去匣	
	梗映開三去匣			梗映開三去匣	
黈	流厚開一上透	侯部透紐	黈	流厚開一上透	侯部透紐
勞	效號開一去來	宵部來紐	勞	效號開一去來	宵部來紐
	效豪開一平來			效豪開一平來	
干	山寒開一平見	元部見紐	干	山寒開一平見	元部見紐
	山仙開三平群			山仙開三平群	
輴	臻諄合三平徹	文部透紐	輴	臻諄合三平徹	文部透紐
揲	山薛開三入船	月部船紐	揲	山薛開三入船	月部船紐
	咸怗開四入定	葉部定紐		咸怗開四入定	葉部定紐
	咸葉開三入以	葉部余紐		咸葉開三入以	葉部余紐
社	假馬開三上祥	魚部禪紐	社	假馬開三上祥	魚部禪紐
顫	山線開三去章	元部章紐	顫	山線開三去章	元部章紐
任	深侵開三平日	侵部日紐	任	深侵開三平日	侵部日紐
	深沁開三去日			深沁開三去日	
發	山月合三入非	月部幫紐	發	山月合三入非	月部幫紐
軵	通腫合三上日	東部日紐	軵	通腫合三上日	東部日紐
纂	山緩合一上精	元部精紐	纂	山緩合一上精	元部精紐
解	蟹蟹開二上見	支部見紐	解	蟹蟹開二上見	支部見紐
	蟹卦開二去見			蟹卦開二去見	
	蟹卦開二去匣	支部匣紐		蟹卦開二去匣	支部匣紐
	蟹蟹開二上匣			蟹蟹開二上匣	

哆	假馬開三上昌	歌部昌紐	哆	假馬開三上昌	歌部昌紐
	止紙開三上昌			止紙開三上昌	
	假禡開二去知	歌部端紐		假禡開二去知	歌部端紐
	果哿開一上端			果哿開一上端	
	果個開一去端			果個開一去端	
	止志開三去昌	支部昌紐		止志開三去昌	支部昌紐
訬	效小開三上明	宵部明紐	訬	效小開三上明	宵部明紐
	效肴開二平初	宵部初紐		效肴開二平初	宵部初紐
跂	止支開四平群	支部群紐	跂	止支開四平群	支部群紐
	止寘開四去溪	支部溪紐		止寘開四去溪	支部溪紐
摽	效宵開四平滂	宵部滂紐	摽	效宵開四平滂	宵部滂紐
	效笑開四去滂			效笑開四去滂	
	效小開三上並	宵部並紐		效小開三上並	宵部並紐
營	梗清合三平以	耕部余紐	營	梗清合三平以	耕部余紐
枙	蟹霽開四去定	月部定紐	枙	蟹霽開四去定	月部定紐

中古聲韻調相同		上古不同（韻部不同及聲韻皆不同）10 例			
被注音字	中古	上古	注音字	中古	上古
校	效效開二去匣	宵部匣紐	明孝反〔註13〕	效效開二去匣	幽部匣紐
髊	止寘開三去從	歌部從紐	漬	止寘開三去從	錫部從紐
饎	止志開三去昌	之部昌紐	熾	止志開三去昌	職部昌紐
呴（同欨）	遇虞合三平曉	侯部曉紐	籲	遇虞合三平曉	魚部曉紐
施	止寘開三去以	歌部書紐	易	止寘開三去以	錫部余紐
箆	止支開三平澄	支部定紐	池	止支開三平澄	歌部定紐
熺〔註14〕	止志開三去昌	之部昌紐	熾	止志開三去昌	職部昌紐
猰	山黠開二入影	月部影紐	軋	山黠開二入影	質部影紐
䬝	止未合三去奉	文部並紐	蜚	止未合三去奉	微部並紐
適〔註15〕	止寘開三去書	錫部書紐	翅	止寘開三去書	支部書紐

〔註13〕明孝反當為胡孝反誤。

〔註14〕桂馥云：「熺，借字，當為饎。《特牲·饋食禮》：『主婦視饎，於西堂下』，鄭注：『爨炊黍稷曰饎。』」被注音字本字作饎。《呂氏春秋·仲冬紀·仲冬》：「湛饎必潔，水泉必香」，正作饎字。桂說詳劉文典：《淮南鴻烈集解》，北京：中華書局，1989年版，第182頁。

〔註15〕《戰國策·秦二》：「今臣之賢，不及曾子，而王之信臣，又未若曾子之母也，疑臣者不適三人。」高注：「適音翅。」被注音字為借字，本字當為啻。啻，《說文》：「語時不啻也」。啻，《廣韻》：「不啻」，「施智切」。

中古韻調相同聲紐不同			上古韻同聲紐不同 22 例		
被注音字	中　古	上　古	注音字	中　古	上　古
蟄	深緝開三入澄	緝部定紐	什	深緝開三入禪	緝部禪紐
渾	臻混合一上匣	文部匣紐	袞	臻混合一上見	文部見紐
蚈	蟹齊開四平見	支部見紐	蹊	蟹齊開四平匣	支部匣紐
蟄	深緝開三入澄	緝部定紐	什	深緝開三入禪	緝部禪紐
蟄	深緝開三入澄	緝部定紐	什	深緝開三入禪	緝部禪紐
屬	通燭合三入章	屋部章紐	擭	通燭合三入知	屋部端紐
作	宕鐸開一入精	鐸部精紐	昨	宕鐸開一入從	鐸部從紐
蚈	蟹齊開四平見	支部見紐	徑〔註16〕	蟹齊開四平匣	支部匣紐
蹎	山先開四平端	真部端紐	填	山先開四平定	真部定紐
挐	遇魚合三平娘	魚部泥紐	茹	遇魚合三平日	魚部日紐
蛩	通鍾合三平群	東部群紐	珙	通鍾合三平見	東部見紐
殄	山銑開四上定	文部定紐	典	山銑開四上端	文部端紐
傒	蟹齊開四平匣	支部匣紐	雞	蟹齊開四平見	支部見紐
齊	蟹齊開四平從	脂部從紐	薺	蟹齊開四平粗	脂部精紐
籅〔註17〕	宕藥合三入雲	鐸部匣紐	戄	宕藥合三入見	鐸部見紐
蚈	蟹齊開四平見	支部見紐	蹊	蟹齊開四平匣	支部匣紐
耽	咸葉開三入知	葉部端紐	褶	咸葉開三入章	葉部章紐
瀷	曾職開三入昌	職部昌紐	敕	曾職開三入徹	職部透紐
篇	山仙合三平禪	元部禪紐	顓	山仙合三平章	元部章紐
瀷	曾職開三入昌	職部昌紐	敕	曾職開三入徹	職部透紐
但〔註18〕	遇魚合三平清	魚部清紐	鉏	遇魚合三平崇	魚部崇紐
跔	遇虞合三平見	侯部見紐	軥	遇虞合三平群	侯部群紐

〔註16〕高誘「三書注」為蚈字作音 3 次，分別為：讀如「蹊徑」之蹊，讀「蹊徑」之蹊，讀「奚徑」之徑。很顯然，「奚徑」之徑當為奚字誤，奚與蹊同音。

〔註17〕此字《廣韻》、《集韻》無。莊逵吉云：「《說文解字·竹部》有籅字，云『收餘者也。』《方言》：『籅，桮也。』郭璞注：『所以絡絲也。』然則蟬籅即籅字矣。」被注音字據正為籅。莊說見劉文典：《淮南鴻烈集解》，北京：中華書局，1989 年版，第 563 頁。

〔註18〕王念孫云：「高讀與燕言鉏同，則其字當從且，不當從旦。《說文》：『伹，拙也。從人，且聲。』《玉篇》開閭、祥閭二切，引《廣雅》云：『伹，鈍也。』（今本《廣雅》伹誤作但，辯見《廣雅疏證》。）《廣韻》：『伹，拙人也。』意與高注『不知吹人』相近。又高注讀燕言鉏同，與《說文》從人且聲及《玉篇》七閭、祥閭二音並相近，若然，則但為伹之誤也。」被注音字據正為伹。王說見劉文典：《淮南鴻烈集解》，北京：中華書局，1989 年版，第 563 頁。

中古韻調相同聲紐不同			上古聲韻不同 4 例		
被注音字	中　古	上　古	注音字	中　古	上　古
苻	遇虞合三平奉	侯部並紐	麩（同麩）	遇虞合三平敷	魚部滂紐
剞	止紙開⊜上見	歌部見紐	技	止紙開⊜上群	支部群紐
剞	止紙開⊜上見	歌部見紐	技	止紙開⊜上群	支部群紐
鴻	集韻：通送合一去匣	東部匣紐	贛	通送合一去見	侵部見紐
中古聲韻相同調不同			上古聲紐韻部相同 27 例		
被注音字	中　古	上　古	注音字	中　古	上　古
銚	效嘯開四去定	宵部定紐	苕	效蕭開四平定	宵部定紐
茫	宕唐開一平明	陽部明紐	莽	宕蕩開一上明	陽部明紐
鏤	流候開一去來	侯部來紐	婁	流侯開一平來	侯部來紐
膲	效宵開三平精	宵部精紐	醮	效笑開三去精	宵部精紐
樊	山元合三平並	元部並紐	飯	山阮合三上並	元部並紐
縲	止脂合三平來	微部來紐	蠱	止旨合三上來	微部來紐
芒	宕唐開一平明	陽部明紐	莽	宕蕩開一上明	陽部明紐
樊	山元合三平奉	元部並紐	飯	山阮合三上奉 / 山願合三去奉	元部並紐
芒	宕唐開一平明	陽部明紐	莽	宕蕩開一上明	陽部明紐
鏤	流候開一去來	侯部來紐	婁	流侯開一平來	侯部來紐
劗	山桓合一平精 / 山桓合一平從	元部精紐 / 元部從紐	攢	山翰合一去精 / 山換合一去從	元部精紐 / 元部從紐
轔	臻真開三平來	真部來紐	蘭	臻震開三去來	真部來紐
軵	通腫合三上日	東部日紐	茸	通鍾合三平日	東部日紐
轔〔註19〕	臻軫開三上來	真部來紐	隣	臻真開三平來	真部來紐
鉒	遇遇合三去知	侯部端紐	柱	遇麌合三上知	侯部端紐
橄	梗梗開三上見	耕部見紐	敬	梗映開三去見	耕部見紐
橈	效宵開三平日 / 效效開二去娘	宵部日紐 / 宵部泥紐	嬈	效小開三上日 / 效篠開四上泥	宵部日紐 / 宵部泥紐
漁	遇魚合三平疑	魚部疑紐	語	遇御合三去疑	魚部疑紐
漁	遇魚合三平疑	魚部疑紐	語	遇御合三去疑	魚部疑紐
漁	遇魚合三平疑	魚部疑紐	語	遇御合三去疑	魚部疑紐

〔註19〕據平山久雄（1991），轔當為橉誤，《廣韻》：「橉，門限也，又牛車絕橉。」被注音字據正為橉。

被注音字	中古	上古	注音字	中古	上古
漁	遇魚合三平疑	魚部疑紐	語	遇御合三去疑	魚部疑紐
漁	遇魚合三平疑	魚部疑紐	語	遇御合三去疑	魚部疑紐
漁	遇魚合三平疑	魚部疑紐	語	遇御合三去疑	魚部疑紐
憛〔註20〕	咸勘開一去透	侵部透紐	探	咸覃開一平透	侵部透紐
樊	山元合三平奉	元部並紐	飯	山阮合三上奉 / 山願合三去奉	元部並紐
芠	臻文合三平微	文部明紐	抆〔註21〕	臻吻合三上明 / 臻問合三去明	文部明紐
閧	通送合一去匣	東部匣紐	鴻	通東合一平匣 / 通董合一上匣	東部匣紐
中古韻相同聲紐及調不同			上古聲紐不同 6 例		
被注音字	中古	上古	注音字	中古	上古
暈	臻問合三去云	文部匣紐	君	臻文合三平見	文部見紐
眭	蟹齊合四平匣	支部匣紐	桂	蟹霽合四去見	支部見紐
楯	臻諄合三平邪	文部邪紐	允	臻準合三上以	文部余紐
倨	遇御合三去見	魚部見紐	虛	遇魚合三平溪	魚部溪紐
倕	止支合三平禪	歌部禪紐	惴	止寘合三去章	歌部章紐
嶲	止支合三平曉	歌部曉紐	蔫	止紙合三上云	歌部匣紐
中古韻相同聲紐及調不同			上古聲紐韻部不同 1 例		
被注音字	中古	上古	注音字	中古	上古
就就	流宥開三去從	覺部從紐	由	流尤開三平以	幽部喻紐
中古韻不同聲紐相同			上古聲紐韻部相同 19 例		
被注音字	中古	上古	注音字	中古	上古
募	遇暮合一去明	鐸部明紐	伯〔註22〕	梗陌開二入明	鐸部明紐
郝	梗昔開三入書	鐸部書紐	赦	假禡開三去書	鐸部書紐
弊	蟹祭開三去並	月部並紐	跋	山末合一入並	月部並紐

〔註20〕 王念孫云：「錢大昕謂憛當作憛是也。然《楚辭・七諫》『心怊憛而煩冤兮』，王注云：『怊憛，憂悉貌。』《後漢書・馮衍傳》『終怊憛而洞疑』，李賢注引《廣蒼》云：『怊憛，禍福未定也。』皆與高注貪欲之義不同。《廣韻》：『怊，抽據切。憛怊，愛也。』義蓋本於《淮南子》。」被音字或當為憛。王說見：劉文典：《淮南鴻烈集解》，北京：中華書局，1989 年版，第 658 頁。

〔註21〕 抆，《說文》無，中古韻書無，當為抆字誤。《淮南子・氾論訓》微字高注：「讀抆滅之抆」。抆有「拭也」義，「抆滅」義通。

〔註22〕 吳承仕按：「千伯之『伯』字應作『佰』，形近之誤也。《食貨志》『無農夫之苦，有仟佰之得』，顏《注》音莫白反。字亦通作『陌』，正與募音近。《說文》：『𨘎，讀若阡陌之陌。』是其比。今讀為伯，音義俱非。」注音字據正為佰。吳說見吳承仕：《經籍舊音辨證》，北京：中華書局，1986 年版，第 229 頁。

坿	遇遇合三去奉	侯部並紐	符	遇虞合三平奉	侯部並紐
	遇虞合三平奉				
歆	咸談開一平曉	談部曉紐	脅	咸醃開三去曉	談部曉紐
				咸業開三入曉	
滾	止脂合三平心	微部心紐	維	蟹隊合一去心	微部心紐
壑	宕鐸開一入曉	鐸部曉紐	赫	梗陌開二入曉	鐸部曉紐
骭	山諫開二去匣	元部匣紐	閒	山翰開一去匣	元部匣紐
連	山仙開三平來	元部來紐	爛	山翰開一去來	元部來紐
菌	臻軫開三上群	文部群紐	羣	臻文合三平群	文部群紐
萁	止之開三平見	之部見紐	該	蟹咍開一平見	之部見紐
絡	宕鐸開一入來	鐸部來紐	路	遇暮合一去來	鐸部來紐
澒	通董合一上匣	東部匣紐	項	江講開二上匣	東部匣紐
牢	效豪開一平來	幽部來紐	雷	流宥開三去來	幽部來紐
濫	咸闞開一去來	談部來紐	斂	咸琰開三上來	談部來紐
				咸艷開三去來	
磏〔註23〕	咸談三平來	談部來紐	廉	咸鹽開三平來	談部來紐
磏〔註24〕	咸談三平來	談部來紐	廉	咸鹽開三平來	談部來紐
孑	山薛開④入見	月部見紐	絜	山屑開四入見	月部見紐
罧〔註25〕	深寑開三上心	侵部心紐	糂	咸感開一上心	侵部心紐
中古韻不同聲紐相同			上古韻部不同聲紐相同 24 例		
被注音字	中古	上古	注音字	中古	上古
蠲	山先合四平見	真部見紐	圭	蟹齊開四平見	支部見紐
脙	效豪開一平溪	幽部溪紐	穹	通東合三平溪	蒸部溪紐
霓〔註26〕	效篠開四上定	宵部定紐	翟	梗錫開四入定	藥部定紐

〔註23〕《淮南鴻烈解・脩務訓》：「玉堅無敵，鏤以為獸，首尾成形，磏諸之功。」高注：「磏諸，治玉之石。《詩》云：『他山之石，可以為厝』是。磏，讀廉氏之廉，一曰濫也。」《說文・厂部》厱，「厱諸，治玉石也。從厂僉聲，讀若藍。」《廣韻》無厱字。厱，《唐韻》魯甘切，《集韻》盧甘切。據此知高注磏字異讀當為厱字作音。

〔註24〕《淮南鴻烈解・說林訓》：「璧瑗成器，磏諸之功。」高注：「磏諸，治玉之石。《詩》云：『他山之石，可以為錯。』磏讀『一曰廉氏』之廉。」《說文・厂部》厱，「厱諸，治玉石也。從厂僉聲，讀若藍。」《廣韻》無厱字。厱，《唐韻》魯甘切，《集韻》盧甘切。據此知高注磏字一曰異讀音當為厱字作音。

〔註25〕莊逵吉云：「罧，據《爾雅》、《說文解字》，當作『罧』，今《爾雅》作『糂』，謂之涔糝，亦即糝字。」王念孫云：「《說文》、《玉篇》、《廣韻》、《集韻》皆無罧字，罧當為罧，字之誤也。」被注音字據正為罧。見劉文典：《淮南鴻烈集解》，北京：中華書局，1989 年版，第 571 頁。

〔註26〕《說文通訓定聲》：「霓即宛字。」見朱駿聲：《說文通訓定聲》，武漢：武漢市古籍書店，1983 年版，第 340 頁。

霓〔註27〕	效篠開四上定	宵部定紐	翟	梗錫開四入定	藥部定紐
窠	山緩合一上溪	歌部溪紐	科	果戈合一平溪	元部溪紐
灖〔註28〕	集韻：止紙開三上明	歌部明紐	抆	山薛開四入明	月部明紐
抗	宕宕開一去溪	陽部溪紐	扣	流厚開一上溪 流候開一去溪	侯部溪紐
犧	止支開三平曉	歌部曉紐	希	止微開三平曉	微部曉紐
觟	假馬合二上匣	魚部匣紐	傒	蟹齊開四平匣	支部匣紐
旄	效豪開一平明	宵部明紐	繆	流幽開三平明	幽部明紐
儺	果歌開一平泥	歌部泥紐	難	山寒開一平泥 山翰開一去泥	元部泥紐
歍	遇模合一平影	魚部影紐	鴦	宕唐開一平影 宕陽開三平影	陽部影紐
削	宕藥開三入心	藥部心紐	綃	效宵開三平心	宵部心紐
微	止微合三上微	微部明紐	抆	臻吻合三上微 臻問合三去微	文部明紐
仳	止脂開四平並	脂部並紐	靡〔註29〕	止微合三平奉	微部並紐
倠	止脂合四平曉	脂部曉紐	虺	止尾合三上曉 蟹皆合二平曉 蟹灰合一平曉	微部曉紐
膡	曾德合一入定	職部定紐	殆	蟹海開一上定	之部定紐
膡	曾德合一入定	職部定紐	殆	蟹海開一上定	之部定紐
荷	果歌開一平匣	歌部匣紐	胡	遇模合一平匣	魚部匣紐
狄	流宥開三支以	幽部余紐	遺	止脂合三平以 止至合三去以	微部余紐
演	山獮開三上以	元部余紐	胤	臻震開三去以	真部余紐
句嬰	流侯開一平見 流候開一去見 遇遇合三去見	侯部見紐	九嬰	流有開三上見	幽部見紐

〔註27〕同上，霓即寃字。
〔註28〕莊逵吉云：「藏本『灖讀抆減之抆』作『讀校減之校』。」盧詹事文弨云：「或當作抆減之抆，因抆、灖聲相近也，故據莊子語改之。」孫編修星衍云：「當作校減之減，因減、灖聲相近也。」據孫說注音字更為減。詳劉文典：《淮南鴻烈集解》，北京：中華書局，1989 年版，第 37 頁。
〔註29〕孫詒讓云：「靡無風病之義，注靡當作痱。《說文·部》云：『痱，風病也。』」注音字據正為痱。孫說詳劉文典：《淮南鴻烈集解》，北京：中華書局，1989 年版，第 639 頁。

攫	宕藥合三入見	鐸部見紐	句	流侯開一平見	侯部見紐
				流候開一去見	
				遇遇合三去見	
頷	咸覃開一平匣	侵部匣紐	合	咸合開一入匣	緝部匣紐

中古聲韻不同			上古聲紐韻部相同 3 例		
被注音字	中　古	上　古	注音字	中　古	上　古
褭	效篠開四上泥	宵部泥紐	撓	效巧開二上娘	宵部泥紐
褭	效篠開四上泥	宵部泥紐	弱〔註30〕	效巧開二上娘	宵部泥紐
潣	臻準開三上明	文部明紐	汶	臻問合三去微	文部明紐

中古聲韻不同			上古聲韻不同 10 例		
被注音字	中　古	上　古	注音字	中　古	上　古
鐓	蟹隊合一去定	微部定紐	頓	臻慁合一去端	文部端紐
	蟹賄合一上定				
底	蟹薺開四上端	脂部端紐	紙	止紙開三上章	支部章紐
軜	通腫合三上日	東部日紐	拊	遇麌合三上敷	侯部滂紐
渾	臻魂合一平匣	文部匣紐	揮	止微合三平曉	微部曉紐
鐓	蟹隊合一去定	微部定紐	頓	臻慁合一去端	文部端紐
	蟹賄合一上定				
躓	止至開三去端	質部端紐	隤	蟹灰合一平定	微部定紐
蹟	蟹灰合一平定	微部定紐	躓	止至開三去端	質部端紐
枕	深寢開三上澄	侵部定紐	陵	曾蒸開三平來	蒸部來紐
攫	江覺開二入見	藥部見紐	鎬	效皓開一上匣	宵部匣紐
憃	通用合三去徹	東部透紐	戀	江絳開二去知	侵部端紐

中古聲韻不同			上古聲紐不同 21 例		
被注音字	中　古	上　古	注音字	中　古	上　古
苴	遇語合三上精	魚部精紐	鮓	假馬開二上莊	魚部莊紐
轒	集韻：臻痕開一平透	文部透紐	笔〔註31〕	臻魂合一平定	文部定紐
墐	臻真開三平群	文部群紐	斤	臻欣開三平見	文部見紐
	臻震開三去群			臻焮開三去見	
湛	咸豏開二上澄	侵部定紐	瀋	深寢開三上昌	侵部昌紐

〔註30〕 張雙棣：「莊本、集解本注『撓弱之撓』作『橈弱之弱』。今據改為『撓弱之撓』。」注音字據正為撓。張說見張雙棣：《淮南子校釋》，北京：北大出版社，1997 年版，第 114 頁。

〔註31〕 軜，《說文》「兵車也」。笔，《說文》「篅也」。篅，《說文》：「以判竹圜以盛穀也。」高注：「『車笔』之笔」，注音字本字當為軜。

爟	山換合一去見	元部見紐	權	山仙合一平群	元部群紐
爟	山換合一去見	元部見紐	權	山仙合一平群	元部群紐
昳	山屑開四入定	質部定紐	逸	臻質開三入以	質部余紐
潯	深侵開三平邪	侵部邪紐	覃	咸覃開一平定	侵部定紐
困	臻恩合一去溪	文部溪紐	羣	臻文合三平溪	文部群紐
湛	咸謙開二上澄	侵部定紐	審[註32]	深寢開三上昌	侵部昌紐
粢	止脂開三平精	脂部精紐	齊	蟹齊開四平從	脂部從紐
箘	臻軫開三上群	文部群紐	綸	山山合二平見	文部見紐
淌	宕蕩開一上透	陽部透紐	敞	宕養開三上昌	陽部昌紐
淢	曾職合三入云	職部匣紐	鬱	通屋合三入影	職部影紐
徽	止微合三平曉	微部曉紐	縗	蟹灰合一平清	微部清紐
簀	梗麥開二入莊	錫部莊紐	績	梗錫開四入精	錫部精紐
徽	止微合三平曉	微部曉紐	維	蟹隊合一去心	微部心紐
搬	山曷開一入心	月部心紐	殺	山黠開二入生	月部山紐
埵	果果合一上端	歌部端紐	望[註33]	止支合三平禪	歌部禪紐
衰	止脂合三平生	微部山紐	維[註34]	蟹隊合一去心	微部心紐
駤[註35]	山屑開四入定	質部定紐	質	臻質開三入章	質部章紐

〔註32〕吳承仕云:「《呂氏春秋・仲冬紀》『湛饎必潔』,高注云:『讀瀋釜之瀋』,是也。此作『審』者,『瀋』形之殘,應據正。」注音字據正為瀋。詳見吳承仕:《經籍舊音辨證》,北京:中華書局,1986 年版,第 236 頁。

〔註33〕吳承仕按:「『埵』,讀似『望』,聲韻絕殊,疑『望』為『垂』之形譌,垂正書作『埀』,故形與望近。注音字據下為垂。詳吳承仕:《經籍舊音辨證》,北京:中華書局,1986 年版,第 240 頁。

〔註34〕注音字「維」當為「繀」字誤,《淮南子・原道訓》:「雪霜滾灖,浸潭苽蔣。」高注:「滾,讀『繀繩』之繀。」注音字據正為繀。

〔註35〕《淮南子・脩務訓》:「胡人有知利者,而人謂之駤。」高注:「駤,忿戾惡理不通達。駤,讀似質,緩氣言之者,在舌頭乃得。」《廣韻》恎,「惡恎」,「徒結切」。恎字義與文義合,本字為「恎」。